U0956492

Andrea Camilleri

# 陶狗

〔意〕安德烈亚·卡米莱里 著 成沫 译

Il cane di terracotta

上海译文出版社

# 译　序

## 历史

位于意大利南部的西西里岛，历史悠久、风景秀丽，又因地处南欧，与北非突尼斯（昔日的迦太基）、希腊、埃及等地行船交通便利，因其得天独厚的地理条件，古往今来也吸引了许多外来征服者。与中华大地一样，西西里也是一片饱受风霜的土地。本书第七章中一段路边景物的描写，很好地描述了这片土地所承载的伤痛。“……这个叫做西西里的露天岩洞。极少的几所房屋，全都是一层的平房，西西里风格的屋顶，干硬的石头围成的四壁。房子盖得歪七扭八，仿佛它们脚下的大地不愿意承载它们，曾猛烈地想把它们甩开，而它们很不幸地坚持了下来。当然也有极少的几点绿色，但并不是树木或者农作物，而是些龙舌兰、黄芪、蜀黍、剑叶草，艰难而贫瘠地生长，同样徘徊在投降的边缘……”

公元前八世纪，西西里岛上的锡拉库萨、纳索斯等城市成为希腊人的殖民地。随着希腊海外殖民的不断深入，西西里岛成为海外希腊文化的中心，这里与意大利南部的其余殖民地区被唤作“大希腊”，标志着希腊文化在欧洲的全面兴盛。[古罗马诗人维吉尔的史诗《埃涅阿斯纪》记录了传说中罗马文明的创始人，特洛伊英雄埃涅阿斯，逃离失陷的特洛伊，路经迦太基、西西里（卷三及卷五），最终依天命行至罗马，其子嗣建立恢宏的罗马文明。］时至今日，在西西里岛上仍可看见古希腊遗迹（本书女主人公莉维亚就看过很多次，见第二十章开头）。

公元前三世纪中叶，罗马与迦太基为了争夺地中海制海权，尤其是西西里岛的所有权，两强交战，为旷日持久的三次布匿战争拉开了序幕，最终以罗马战胜迦太基结尾，确立了帝国霸权地位，地中海自此成为罗马人口中“我们的海”（Mare Nostrum）。

罗马帝国衰亡之后，昔日辉煌不再，阿拉伯世界开始兴盛。迅速崛起的伊斯兰帝国疆域辽阔，横跨中东、西亚、北非，并通过西班牙向欧洲大陆扩展。在此期间（公元九至十一世纪），西西里岛再次被外来文明征服，当时相对先进的阿拉伯文化也为这片土地增添了新的活力（本书陶狗、洞穴等元素都是天主教及阿拉伯文化相融合后的产物，而第二十一章中也描述了受阿拉伯文化影响较深的马扎拉市风光）。

公元十三世纪，神圣罗马帝国皇帝、西西里国王、耶路撒冷国王腓特烈二世，将西西里巴勒莫设为自己帝国的首都。腓特烈二世才华过人，精通多门语言，其中包括阿拉伯语，这门基督教欧洲的死敌、阿拉伯人的语言。他创办了那不勒斯腓特烈二世大学，并在他的宫廷里召集了来自各地的英才，创立西西里诗派，开创了意大利俗语文化的先河。

世代变迁，西西里这片土地在经受过法国人、西班牙人等各国统治者的肆虐之后，终于迎来了意大利复兴运动（虽然对于本地居民来说，也可能只是又来了新一波的统治者）。加里波第传奇式的千人远征军于1860年从西西里岛登陆，在民族运动复兴意大利的旗号下，一千人的队伍不断壮大，一路北上突破重重障碍，最终实现了意大利国家的统一。从此，意大利的版图终于成为了我们现在所看到的样子。

第二次世界大战期间，又是因为西西里岛“得天独厚”的地理条件，盟军从此地登陆，从南欧方面实现对法西斯政权的包夹，配合当地游击队解放意大利。也是在这样的动荡岁月之中，两位年轻的恋人与衷心守护着他们的陶狗一起，陷入了长达五十年的沉睡。

语言

西西里语在意大利语言及文学史上拥有着非常重要的地位。大量由意大利民族语言，而非通用拉丁语写作的文学作品最早出自腓特烈二世的宫廷。诗人们用西西里语写作诗歌，创立西西里诗派，并将当时俗语文化更为发达的普罗旺斯吟游诗歌形式传入意大利。随着政治经济的发展变迁，意大利博洛尼亚、佛罗伦萨的诗人承接了西西里诗派的辉煌，并最终由佛罗伦萨诗人、“新世纪的第一位诗人”但丁写作《神曲》，奠定了意大利语文学的不朽根基。在《神曲》中，《地狱篇》第十章、第十三章等地均多次提到西西里腓特烈二世宫廷及西西里诗派的代表人物。

现代意大利作家中也不乏使用西西里方言写作的作者。真实主义作家维尔加在《玛拉沃利亚一家》中描述了西西里岛上一户渔民家庭与苦难命运斗争的故事（根据小说最新改编的同名电影由帕斯夸莱·西迈卡执导，曾参展威尼斯电影节并由意大利文化处在华放映，是一部很有意思的现代版《玛拉沃利亚一家》）。诺贝尔文学奖获得者、意大利剧作家皮兰德娄出生于西西里岛阿格利琴托市（即本书中的蒙特鲁萨），曾经用西西里方言写作过多部戏剧并搬上表演舞台。

卡米莱里的蒙塔巴诺系列小说，由混杂着西西里方言的意大利语写成，其爱好者建立的网站上（www.vigata.org），收录了大量原文里的西西里词汇，以供不解当地方言的意大利读者参考。对于译者，如何还原作者行文风格，是一个很大的挑战。针对此问题各国译者各显神通，法语、葡萄牙语与意大利语同样属拉丁语支，两国译者仍不敢保证忠实，各取本国语言中的特色方言而译，在某些地方仍直接引用原文，并附上注解。日本的译者更是结合日本各地方言，自创了混杂的日语。欧洲拉丁字母语言的特色是可以用文字直接重现方言发音，而中文写作中使用方言有种种困难。卡米莱里原文中很多名词都用丰富的方言表述，创造一种原始、偏远、朴素又贴近人民的感觉。在翻译过程中，中文的特性使得方言的变化主要集中在动词，以及句式结构的更改上，而语言发音，尤其是名词发音的不同较难通过文字表达。本书的中文译本混合了部分南京方言，试图追求原文的艺术效果。主要的特点是句式的一些变化和副词、动词的变化。根据不同的说话对象，警长的语言也在方言和普通话之间切换。而叙述旁白部分也夹带着方言，是符合卡米莱里的风格，而与著名方言小说《海上花列传》不一样的地方。译作者才疏学浅，在翻译过程中不免有疏漏不当的地方，敬请诸位读者来信指出（silvano.cheng@gmail.com）。

本书是卡米莱里所著蒙塔巴诺系列的第二本小说。

衷心感谢意大利驻沪领馆文化处卡萨齐（Giorgio Casacchia）教授、译文出版社的编辑宋玲对本书译者的大力支持与鼓励。

2013 年 9 月于罗马

# 目录

# 第一章

从破晓时分的天气状况看来，今天这个天气绝对是诡异多变。一刻儿是发飙的太阳疯狂炙烤，一阵子是冰冷的雨水瓢泼，中间还夹杂骤然刮起的大风。每到这种天气，那些个无法适应剧烈天气变化的人就要受罪唠。他们的痛苦深入骨髓，自身的想法跟心情随到天气阴晴不定，就像那些在房顶上的白铁皮风向标一样，给弄成个旗子或者公鸡的形状，跟到每一阵吹过的风左摇右摆。

萨尔沃·蒙塔巴诺警长向来就是这一类不幸的人种，这也是他从母亲那块遗传过来的。他的母亲体弱多病，经常因为头疼把自己锁在卧室里，弄得黑灯瞎火。那个时候家里决不能有一点噪音，走起路来都得踮着脚尖。而他的父亲，不管巨浪滔天还是风平浪静，总是四平八稳，平心静气不论晴雨。

这一次，蒙塔巴诺警长也没能背叛他的天性，一路上犹豫不决：他根据指示，刚把车子靠在维加塔[①]—费拉省际公路十公里的地方停了下来，就立刻有股冲动，想要重新发动汽车返回镇上，中止整场行动。但最终他还是成功地控制住了自己，把车子靠到路边，拉开仪表盘下的抽屉去取手枪（一般情况下他手枪并不带在身上）。一时间他把手悬在了半空，一动也不动，着了迷似的，直愣愣盯着他的武器。

“圣母马利亚，还真的是这样啊！”他想。

前一天晚上，在杰杰·古罗塔打电话来扯出这么一摊子事儿之前（杰杰是个卖迷幻剂的小贩，并且在一家名为“小牧场”的露天妓院当班头），蒙塔巴诺正在读一本巴塞罗那作家写的侦探小说。这位作者深深地吸引着他，而且名字和他的一样，只不过带着点西班牙腔：蒙塔班[②]。书中有句话让他印象异常深刻：“手枪就像只冰冷的蜥蜴般沉睡着。”他带着些许厌恶收回了手，关上抽屉，让那只蜥蜴继续沉睡下去。不管怎样，如果整件事最终发现是个陷阱，存心要阴他的话，他想带手枪自然可以带，但那群人照样可以随时随地、随心

---

① 作者虚构的西西里城市名，原型为作者出生地西西里岛恩别多克莱港。

② 蒙塔班（1939-2003），西班牙著名侦探小说家，著 Pepe Carvalho 系列小说。

所欲地用他们的AK47在他身上打满窟窿，啊朋友再见吧再见吧再见吧。蒙塔巴诺只能期望杰杰看在那么多年小学同桌，长大后又一直都是好朋友的分上，不会为了一己私利就把他跟卖猪肉一样地给卖了，随便找了点儿狗屁当借口就让他自投罗网。哦不，狗屁借口绝对不是：这件事情，一旦万一是真的话，那绝对是件惊天动地的大事件。

他深深地叹了口气，沿着一条狭长而布满石子的乡间小道，慢慢地往上走去。抬起一只脚，放下另一只脚。小径两旁是大片的葡萄树，用来酿制日常用的葡萄酒，有着圆滚而坚实的葡萄颗粒，也不知道什么原因，被人们称为“意大利葡萄”。在这里人们只种这种葡萄，跟其他的酿酒用葡萄比起来，还是它在这片土地上最为合适，不仅节省开销，还省心省力。

那是个两层的农舍，楼下一间楼上一间，正好坐落在小山坡的顶上，藏在四棵巨大的撒拉逊橄榄树之间。这些橄榄树环绕在四边，几乎把屋子挡了个严实，跟杰杰和他描述的一模一样。门和窗已经褪色，上着锁，前面的空地上是巨大的刺山柑，边旁还有些小点的灌木，长着些野生小瓜，就是那种你拿棍子尖一戳就会朝空中喷射种子的植物。一把破了底的稻草椅，四脚朝天摆着。一个锡做的旧桶，锈迹斑斑又裂成了几块，不能再用来打水了。其余的地方杂草丛生。所有这些都让人觉得这个地方已经好多年无人居住了，但外表都是具有欺骗性的，而蒙塔巴诺在这方面经验太丰富了，不会上当受骗。甚至说，他几乎确信此刻在房子里，正有人观察他，从他的一举一动来判断他的意图。他在门前三步的地方停了下来，脱下夹克，挂在橄榄树枝上，这样他们就可以看见他并没有携带武器。他喊了一声，并没有抬高嗓音，而像是一个人去拜访一位朋友那样：

“哎！当家的！”

没有任何回答，没有任何声音。警长从裤子口袋里取出个打火机跟一包烟，拿起一根放在嘴里，半转过身背对着风点着了烟。这样在房子里的人就可以很方便地观察他的背后，就像之前看着他的前胸一样。他抽了两口烟，然后下定决心走到门前，用拳头重重地敲门，被木板上剥落的油漆硬块弄疼了手指关节。

“啊，有人吗？”他再次问道。

他为即将发生的一切都做好了准备，偏生没料到从背后传来的冷静又带着嘲讽的声音：

“当然有人喽。我在这儿。”

“喂？喂？蒙塔巴诺啊？阿萨！我哎，杰杰哎！”

“我晓得哩，冷静点。你怎么样啊？这个小眼睛啊，还是老样子一天到晚贼溜溜的啊？”

“还不错啦。”

“这几天嘴巴又辛苦啦？口技越来越好了？”

“阿萨，别老跟我扯淡啦。你晓得的哎，我自己从来不辛苦，都是让别人的嘴巴去劳动的哎。”

“哦？你不是大师吗？不是你教会你那些花里胡哨的妓女应该怎样服务客人的吗？”

“阿萨啊，就算像你说的那样，也是她们来教我。她们十岁来的时候就什么都会了，十五岁全都是这项精致活儿的大师了。还有个十四岁的阿尔巴尼亚妞……”

“干吗，你在跟我推销你的商品啊？”

“听我讲，我没的时间跟你吹牛。我得给你个东西，一个包裹。”

“这个时候？你不能明天早晨给我啊？”

“我明天不在镇上。”

“你还晓得包裹里面是什么东西啊？”

“我当然晓得哎。温葡萄酒做的莫斯塔俏莉[①]，正是你喜欢的那种。我妹妹玛利亚妮娜特地做给你的。”

---

① 莫斯塔俏莉（Mostazzoli），一种西西里甜食。

“玛利亚妮娜的眼睛怎么样啦？”

“好多了。在西班牙巴塞罗那他们真是创造奇迹了。”

“在西班牙巴塞罗那他们的书写得也很不错。”

“啊？”

“没事。我跟自己讲话，甭在意。我们哪里见？”

“老地方，一小时后。”

老地方指的是彭塔塞卡海滩，在一座白泥灰岩小丘脚下的一片狭窄的沙滩。通过陆路几乎无法到达这里，或者严格来说，除非通过蒙塔巴诺和杰杰在小学时候发现的那条隐蔽的小道。走路已经很难穿行，想开车通过就更是步步惊心了。蒙塔巴诺住在刚出维加塔镇没几公里的一座海滨小别墅里，彭塔塞卡海滩离他住的地方只有几公里路，因此他并不是特别着急。就在他打开门要去赴约的时候，电话响了起来。

“嗨，亲爱的，我准时吧。今天怎么样啊？”

“老样子，就那些事呗，你呢？”

“一样。萨尔沃，跟你说啊，后来我想了很长时间……”

“莉维亚，实在抱歉打断你。我时间很紧，事实上我没时间了。我现在正站在门口，马上要出门了。”

“那你就出去吧，晚安！”

莉维亚挂了电话，蒙塔巴诺手拿着话筒愣了一会。随后他回想起前一天晚上他让莉维亚半夜准点打电话给他，这样他们肯定有足够的时间煲电话粥。他一时无法决定是立刻给他这位住在波卡达塞区[①]的女人打电话，还是等跟杰杰见面回来以后再打。一阵懊悔之后，他把话筒放回原位，出门了。

当他到达老地方的时候，已经迟到了几分钟，杰杰在那里等着他，同时紧张地沿着自己的汽车来回走动。他们互相拥抱，贴面问候，两个人有段日子没见面了。

“我们去我车上坐着吧，今晚还挺冷的。”警长提议道。

“他们把我夹中间了。”杰杰刚一坐下来便开口说道。

“谁？”

“一些我无法拒绝的人。你晓得的，我跟所有的商人一样，为了平平安安地工作，我的窑子里不出事，我按时支付保护费。每个月，从万能的主那里会派一个人下凡到这里来收款。”

“钱付给谁呢？你能告诉我么？”

“给塔努·格莱克。”

蒙塔巴诺吃了一惊，但并没让他的朋友看出端倪。贾塔

---

① 意大利北部港口城市热那亚的一个古老城区。

努·贝尼其，人称“塔努·格莱克”，他没有见过希腊，哪怕从望远镜里看也没看过，对于希腊的东西他所了解的不会比一根铁管知道的还要多。他的名字来自他的一项恶好，据说在希腊卫城附近十分流行[①]。已知在他身上背负着三条人命，在组织里他位居第二，仅次于大老板们所在的那个等级，但并没听说过他的地盘是维加塔跟周边这一带。这里是古法洛家族和希纳格拉家族争夺的地盘，塔努是属于另一片教区的。

“塔努·格莱克在这里搞什么事啊？”

“你问的什么鸟问题啊？你大盖帽怎么当的？难道你不晓得一旦牵扯到女人，对于塔努来说就没有什么‘哪片’、‘哪块地盘’的说法啦？他负责监控并掌管整个岛上所有的妓女。”

“这我没听说过。你继续讲。”

“今天晚上大概八点钟的时候，还是同样的那个人过来收钱，因为今天是约定好的付款日。他拿走了我交给他的钱，但是这次并没有离开，而是打开了轿车的门，让我上车。”

“你呢？”

---

① 并不清楚是何习俗，可能是后文所指的塔努将人剥皮一事。希腊神话中玛尔希阿斯（Marsyas）向阿波罗挑战比赛吹笛，失败后被杀并剥皮。古罗马诗人奥维德《变形记》中曾简短提到过他的故事（卷六，第382至400行）。

“我吓呆了，冷汗直冒。我还能怎么做啊？我坐上了车，他就开车了。简单点跟你说吧，他沿着去费拉的路开，大概开了半个多小时后停下来了。”

“你问过他你们要去哪里吗？”

“当然了。”

“他怎么跟你说的？”

“一声不吭，就像我没说过话一样。过了大概半个小时到了一个鸟不拉屎的地方，他让我下车，沿着一条小路走，那路上连条狗都没有。走着走着，都不知道从哪里窜出来的，塔努·格莱克就站在我的面前，着实吓了我一跳，我两腿抖的跟筛子一样。搞搞清楚哦，不是我怂、胆子小，那家伙手上可是有五条人命啊。”

“怎么是五条人命？”

“怎么啦？你们那里讲几条？”

“三条。”

“哦不不，肯定五条。我保证。”

“好吧，你继续。”

“我心里立马就开始打小算盘了。考虑到我总是按时付钱，我猜想塔努是想要抬高价格。我生意还不错，他们是知道的。但是我错了，这次不是钱的问题。”

“他想要什么？”

“他连招呼都没跟我打，就问我是不是认得你。”

蒙塔巴诺以为自己听错了。

“问你认不认得谁？”

“你啊，阿萨，你。”

“那你怎么跟他说的？”

“我屎都要拉到裤子上了，就跟他说，当然，我认得你，但是只有点头之交，你好，再见。他看着我，你要相信我，他的眼睛就像是那些雕像的眼睛，一动不动，死了一样，然后仰起头，轻轻地笑起来。他随后问我知不知道我屁股里有几根毛，我最多不能猜错两次。他的意思是我的事情他全都知道，从出生，在哪里混，直到嗝儿屁。真希望那一刻晚点儿来。我就垂下眼睛看着地，再也没有张嘴。紧接着他跟我说他想见你。”

“什么时候，在哪里？”

“今晚，凌晨。在哪里我马上告诉你。”

“你知不知道他从我这里想要什么？”

“我不知道，也不想知道。他说要你相信他，就像相信自己兄弟一样。”

就像相信自己兄弟一样：这样的话非但没有让蒙塔巴诺

更放心，反而激起他背上一阵寒意。大家都知道，在塔努的三条（又或者五条）人命之中，首当其冲的便是他自己的哥哥尼古利诺，先是被勒死，后又沿袭某种神秘的习俗，被小心翼翼地剥去了皮。他陷入了黑色的沉思之中，随后又因为杰杰的话变得更为阴郁。杰杰把一只手放在他的肩膀上，轻声地说道：

“当心点儿啊，阿萨，那家伙就是个禽兽。”

他在回家的路上慢慢行驶着，杰杰的车追了上来，车灯闪烁不停。他停在路边，杰杰凑了过来，整个人朝蒙塔巴诺这边的车窗靠过来，递给他一个包裹。

“我把甜点给忘记了。”

“谢谢。我以为那是你用来掩饰的一个借口呢。”

“你当我是什么人？！一个讲话不作数的假货吗？”

接着他猛踩油门飞驰而去，一副受到了侮辱的样子。

蒙塔巴诺度过了一个不眠之夜，这样的夜晚完全可以当案例跟医生详细探讨。他首先想到的是要和局长打电话，把他叫醒再向他汇报情况，对可能会出现各种局面有所防备。但是塔努·格莱克表达的意思非常清楚，就像杰杰传达的那样：蒙塔巴诺不可以让任何人知道这件事，并且必须一个人赴约。

但是这可不是警察抓小偷的游戏，他的职责便是忠于他的职责，也就是报告给他的上级，与他们一起安排每一个埋伏及抓捕行动的细节，还得借助足够的警力增援。塔努是一位流窜将近十年的通缉犯，而他呢，心平气和地去找他，就像去见一位刚从美国回来的朋友一样？想都别想，必须将情况报告给局长。他开始拨打他的上司在省会城市蒙特鲁萨[①]家中的号码。

“是你吗？亲爱的？”莉维亚的声音从热那亚市的波卡达塞区传了过来。

蒙塔巴诺一瞬间止住了呼吸，可以看出他的直觉指引着他不要通知局长，便让他拨错了号码。

“刚刚真是抱歉，我临时接到了个电话，必须得出门一下。”

“没关系，萨尔沃，我理解你的工作。倒是我得为了挂你电话道歉，我那时太失望了。”

蒙塔巴诺看了看表，他去见塔努之前还有至少三个小时。

“要是你想的话，我们现在可以聊聊。”

“现在？对不起，萨尔沃，不是我故意怄气，我想还是算了。我吃了安眠药，现在眼睛都睁不开了。”

---

① 作者虚构的西西里城市名，原型为西西里岛南部阿格利琴托市。

“好吧，好吧。明天见。我爱你，莉维亚。”

莉维亚的声音立刻就变了，显得清醒而激动。

“哎？怎么了？怎么了，萨尔沃？”

“没什么，有什么问题啊？”

“不对哎，亲爱的，你没跟我说实话。你要做什么危险的事情吗？这样我会担心啊，萨尔沃。”

“你哪里来这些奇怪的想法的啊？”

“跟我说真话，萨尔沃。”

“我并没有在做什么危险的事情。”

“我不相信。”

“神啊，为什么啊？”

“因为你跟我说了‘我爱你’。自打我们在一起交往以来你总共只跟我说了三次，我数过的，而且每一次都是因为一些不寻常的事情。”

唯一的办法就是尽快挂电话，跟莉维亚再解释下去你能一直弄到天亮。

“拜拜，亲爱的，好好睡吧。不要再乱想了。拜拜拜拜，我又得出去了。”

那么现在该怎样来消磨时间呢？他冲了个澡，读了几页蒙塔班的小说，却没看进去多少内容。他从这个房间踱到那个房间，一会儿去扶正一幅挂在墙上的画，一会又重读了一封信、一张收据和一份便条，摸了摸所有伸手能够触到的东西。他又冲了一把澡，刮了刮胡子，成功地在下巴上弄出一道伤口。他打开了电视，又立刻把电视关上，因为那让他一阵恶心。终于到时间了。他已穿戴整齐，准备出门，忽然又想要再来一口莫斯塔俏莉。让他分外震惊的是，桌上的包裹已经被打开过了，纸盒里也再没有甜品的踪迹。由于紧张，无意识之间他已经把甜食全都吃光了。更糟糕的是，他还没尝出是个什么味道来呢。

# 第二章

蒙塔巴诺缓慢地转过身来，像是要控制住心中的那股郁闷怨愤。自己像个刚刚出道的毛头小子一样突然被人从身后给逮住了，尽管他已经高度警惕，但仍没有听见哪怕一丝声响。

“算你赢我一局，一比零，混蛋！”他想。

尽管蒙塔巴诺从没有见过塔努，但还是立刻就把他给认出来了：与几年前的体貌特征相比，塔努留长了胡须，蓄起了小胡子。但是他的眼睛还是老样子没变，从里面看不出任何感情，杰杰说得非常贴切，“就像雕塑一样”。

塔努微微地鞠了一个躬，在他的动作里没有任何挑衅或者开玩笑的意思。蒙塔巴诺不由自主地回敬了一个躬。塔努猛地扬起头，笑了起来。

“我们就像是两个日本人，那些拿剑跟穿盔甲的，叫啥来着？”

“武士。”

塔努张开双臂，就像是想要拥抱面前的这个男人。

“终于亲眼见到了著名的蒙塔巴诺警长，多么荣幸啊。”

蒙塔巴诺决定抛开这些繁文缛节，立刻展开攻势，把局势扭转回来。

“我可不确定您结识我会有什么荣幸的。”

“啊，您已经做了一件让我荣幸的事了。”

“这话怎么说？”

“您在用尊称与我对话，您觉得是小事吗？在我遇见的那么多条子中，从来没有哪怕一个称我为‘您’。”[①]

“我希望您能够意识到，我就代表着法律，而您是位危险的逃犯，涉及多起命案的杀手。我们现在正面对面站着。”

“我没有带武器，您呢？”

“我也没有。”

塔努再次猛地抬起头，大声地笑了起来。

---

① “从来没有哪怕一个称我为‘您’。”：意大利文中“你”和“您”区别非常明显。与陌生人、相尊重的人之间以“您”称呼，如警长与局长之间总是以“您”相称；而与朋友，比较随意的人之间，如警长对手下，则会以“你”相称。哪怕街边两人对骂，若不熟悉，也会互称“您”如何如何。意大利作家莫拉维亚《冷漠的人》中，也有类似场景，两人本以“你”称，后因失和，为显示距离，改为以“您”相称。

“我从来没有看错过人，从来没有过！”

“不管我有没有带武器，我都要逮捕您。”

“那么警长，我就在这里，让您来逮捕的。我就是为了这个才和您见面的。”

他是真诚的，这毫无疑问，但恰是这份诚意让蒙塔巴诺警惕了起来，不知道塔努到底想玩什么花样。

“您完全可以来警察局自首。在这里还是在维加塔是一样的。”

“哦不，警长，这可不是一样的事情。我很惊奇，您能读会写，但字的意思并不都一样啊。我让你们逮捕我，但我不自首。来，请您拿着您的外套，我们进屋说，我来开门。”

蒙塔巴诺把他的外套从橄榄枝上取下，搭在胳膊上，跟着塔努进了屋。屋子里一片漆黑，格莱克点亮了一盏煤油灯，示意让警长坐在两把椅子中的一把上，靠近一张小小的桌子。房间里有一张行军床，只有床垫，没有被单和枕头。一个带玻璃门的小书橱，里面放着瓶子、杯子、烘饼、盘子、意大利面、放酱汁的白铁皮罐子和罐头食品。有一个木制的厨灶，上面放着各类灶具。一段破旧不堪的木制楼梯通向楼上的房间。但警长的眼睛停在了一只比睡在他仪表盘下抽屉中的蜥蜴更加危险的动物上，这可是真正的毒蛇，一把AK47，正打着瞌睡靠在行军床边的墙上。

“我有些上好的葡萄酒。”塔努就像位真正的主人招待客人一样说道。

“谢谢，好的。”蒙塔巴诺说。

经过了寒冷、长夜、紧张与压力、他囫囵吞下去的两斤多莫斯塔俏莉，他感到真的需要来点葡萄酒。

格莱克斟好酒，举起了杯子。

“为健康干杯。”

警长举起他的杯子，也交换了他的祝福。

“为了您的健康。”

这葡萄酒真的不赖，滑下喉间时一阵销魂，慢慢地有了舒适与温暖的感觉。

“真不赖。”蒙塔巴诺赞扬道。

“再来杯？”

为了抵制这般诱惑，警长硬生生地把杯子推开。

“我们谈谈吧？”

“好的。总之呢，我说过了，我决定让你们逮捕我。”

“为什么？”

蒙塔巴诺突然间蹦出的问题，让另外这位一时说不上话来。愣了一下，他重新说道。

"我需要治疗，我生病了。"

"我能插句话吗？既然您认为您很了解我，您就应该晓得我不是那种随便被人当傻逼耍的人。"

"这点我完全相信。"

"那么您为什么不尊敬我，跟我讲这些屁话？"

"您不相信我病了？"

"我相信。但您因为需要治疗，所以甘愿让我们逮捕，那就是跟我在扯淡了。您想听的话我来解释。您在巴勒莫的鲁德斯圣母诊所待了一个半月，然后在特拉帕尼的杰塞玛尼诊所待了三个月，艾梅立果·瓜内拉教授都为您做过手术。哪怕是在今天，形势与几年前相比稍微有些变化，但您想要的话，总能找到不止一家诊所愿意睁一只眼闭一只眼接受您，而不会向警方通风报信。因此您想要投案并不是因为疾病。"

"要是我跟您说时代不一样了，轮子转得更快了呢？"

"这个我还更相信一点。"

"您看，我那过世的老爹是个注重荣誉的人，在他那个时代'荣誉'这个词尚且还有意义。他在我还是个小屁孩的时候就跟我讲说，有声望的人出门坐的马车上面需要抹很多油，才能让轮子转起来，才能跑得畅溜。然后，我老爹的时代过去了，等到我爬上马车的时候，我们里面有人说，为什么我们要向那些政客、市长，那些开银行和大公司的人们乞讨我们所需要的油脂呢？我们要的油脂，我们自己来创造！高！实在是高！所有人都同意了。当然，还是有些人会去偷同伴的马，有些人在某条路上拦住他们的股东，有些人朝着另一个帮派的马车、马匹和骑手身上胡乱开火……但是所有这些事情我们自己内部都能搞定。马车越来越多，可以走的路也多了起来。忽然一位大天才有了个绝妙的主意，他质问现在坐在马车上出行还有什么意义。我们太慢啦落后啦——他说道——要他妈搞快点，现在全世界都坐汽车啦，时代的推进是无法阻挡的！高！实在是高！所有人都跑去把马车换成了汽车，考了驾照。但是有人在驾校没通过考试，就自己退出了，或者被人赶出局了。我们还没来得及跟新的车子建立亲密关系呢，那些小崽子们，打生下来就在车上度过，在美国或者德国学了法律或者经济学，跑过来跟我们说我们的车子太慢了，当今世界要搞上跑车，比如讲一辆法拉利或者玛莎拉蒂，还要装个无线电话跟个传真机，车子发动起来像放鞭炮——噌就出去了。这些崽子们全是新面孔，跟机器讲话而不是跟人说话，他们也不认识你，也不知道你曾经是哪号人物，就算知道也根本不鸟你，可能他们相互之间都不认识，只是在电脑上聊天对话。总之，这些小崽子从来不正眼看任何人，一看见你开着慢车遇到了困难，想都不想就把你扔出路外，随后你便发现自己在沟里摔断了脖子。”

“但是您却不会开法拉利。”

“对头。所以，在死在沟里之前，我还是退场为好。”

“但是在我看来，您并不是那种自己选择退场的人。”

“是我的选择，警长，我向您保证，这是我自己的选择。当然了，也有一些方式可以说服人们按照自己的意愿做出选择。我有个朋友读过很多书，受过教育。有一次，他跟我说了一个故事，那是他在一本德国书上看到的，我现在完完整整地说给您听。有一个男的和他的朋友说：‘跟你打赌我的猫会把它身上的芥末给吃了，就是那种特别辣的芥末，吃下去能把肚子烧个洞。’‘但是猫不喜欢芥末啊。’他的朋友说道。‘但是我会让我的猫吃下去。’那个男的说。‘你用拳头还是用棍子逼它吃的？’朋友问他。‘哦不，不用暴力，它自己就吃了，自己的选择。’男人这样回答道。他们打好了赌，男的挖了一老勺芥末，那芥末光看着就让人肚子烧得慌。他抓住那只猫，叭！把那勺芥末塞进屁眼儿里去了。可怜的猫，感觉到屁股火烧火燎成那样，就开始舔起那儿来。就这样一点一点地舔着，它自觉自愿地，把所有的芥末都吃光了。尊敬的先生，故事就是这样的。”

“我完全懂了。现在让我们从头开始说起吧。”

“我的意思就是，我希望被你们逮捕，但是也需要一点戏剧性来保全面子。”

“我不懂。”

“现在我来跟您解释。”

他解释了很久，时不时喝上一杯红酒。最后蒙塔巴诺被另一位的理由说服了。但是他能够信任塔努吗？这才是真正的问题。在蒙塔巴诺年轻的时候特别喜欢打牌，幸运的是后来他不怎么玩了。现在他的感觉就是塔努在用明牌跟他玩着，没出老千。他必须要让自己去相信感觉，希望自己没有弄错。他们仔仔细细地、作孽兮兮地讨论了抓捕行动的每一个细节，防止到时事情出差错。当他们讨论完的时候，太阳已经升起来了。在离开小房子，让好戏开始上演之前，警长盯着塔努的眼睛看了很久。

“跟我说真话。”

“遵命，蒙塔巴诺长官。”

“干么事偏偏选我啊？”

“因为您是个明白事理的人，现在的表现也是如此。”

在他沿着葡萄园之间的小径一路小跑着返回的时候，蒙塔巴诺想起今天在警局值班的是阿加迪诺·卡塔雷拉，因此接下来要打的这通电话，至少得说是充满了艰难险阻的，如果不会进一步招来不幸或者引起危险的误解的话。这个卡塔雷拉真是没救了。脑子慢，做事揉，他会被警局录用是因为他是前任议员库苏马诺先生的某个远亲。这位议员在乌恰多内监狱里度过了一个愉快的夏天之后，重新和新的当权者建立了良好的关系，为他自己分得了一大块蛋糕。而这蛋糕会时不时神奇般地重新长满，只需要添上几个新的蜜饯水果或者把已经烧完的蜡烛给换成新的就行。跟卡塔雷拉在一起，事情会越搅越乱，尤其是当他一时兴起（偏偏还经常发生），开始说他称为“大利”语的一种语言的时候。

有一天他满脸愁容地出现了。

“警臧，零能碰巧给我推荐个什么专家吗？”[①]

“什么专家啊，卡塔？”

“行病的。”

蒙塔巴诺惊讶地张大了嘴。

“你？性病？你什么时候得上的？”

“我记得素在还小的四候就有了，大概么到六七岁吧。”

---

① 卡塔雷拉口音较重，故翻译时特别营造出这种滑稽的风格。

“你到底在说什么胡话啊，卡塔？你确定你得的是性病吗？”

“乔定萨，警臧。一直有的病啊，来了又走，来了又走，行病嘛！”

蒙塔巴诺朝着托雷桑塔岔路口方向行驶，那里应该是有一个电话亭的，如果线没被人剪断，话筒没被人拿走，整个电话没被偷以及电话亭本身也没有消失的话。与此同时蒙塔巴诺决定甚至不给他的副手米米·奥杰罗打电话，因为按他的性格，这也没辙，他做的第一件事肯定是去通知记者，然后装作很惊讶地发现他们也到了现场。这样就只剩下了法齐奥和托托雷拉这两位警员，鬼晓得现在该用什么头衔去称呼他们。他选了法齐奥，托托雷拉之前被射中了肚子，现在还没有恢复，时不时肚子上的伤口会疼。

电话亭奇迹般地还在，电话奇迹般地能用，法齐奥在第二声铃没响完的时候就接起来了。

“法齐奥，你这个时候就醒啦？”

“是哎，警长。卡塔雷拉大概半分钟前给我打了电话。”

“他说什么？”

“我没听太懂，他又开始说‘大利’语了。大概意思是昨晚有人清空了卡麦罗·英格拉夏的超市，就是那家城外不远的大超市。他们至少是开着载重卡车或者大货车过去的。”

“没有夜间保安吗？”

“有的，但是人还没找到。”

“你是不是在过去的路上了？”

“对头。”

“甭管了。打电话给托托雷拉，让他通知奥杰罗。让他们两个去。跟他们说你去不了了，随便编个狗屁借口，你从床上摔下来撞到头了。哦不不，你跟他们讲，宪兵来抓你了[1]。要么这样更好，打电话给他们，让他们通知宪兵，反正是些小偷小摸，而且宪兵还会很开心，因为我们主动与他们开展合作。现在你听好了：你打电话给加洛，加卢佐——上帝啊听起来我就像是在鸡窝里一样[2]，还有杰玛纳，你们一起到我马上跟你说的地方去。所有人带好冲锋枪。”

---

① 你跟他们讲，宪兵来抓你了：意大利执法部门分多种，负责国民安全的有内务部管辖的警察（Polizia，报警电话 113）以及军队管辖的宪兵（Carabinieri，报警电话 112）。报警时两个电话都可以打，两者职责有所重合，因此常有矛盾及合作上的纠纷。意大利俗语中有很多拿宪兵开涮的笑话。卡米莱里在这里及其他作品中多次讽刺警宪合作之间的矛盾。根据卡米莱里同名小说改编，第十四届上海电影节上放映的意大利影片《帕托的神秘失踪》，全片滑稽地反映了两者合作中的种种闹剧。

② 加洛（Gallo），加卢佐（Galluzzo）在意大利语里均有公鸡的意思。

“操！”

“操，对咯。这次是件大事，需要谨慎处理，所有人都不许跟别人透露半点消息，尤其是加卢佐跟他的妹夫，维加塔卫视的记者。跟那个鸡头加洛讲，不要把车开得像是在印第赛车里一样。不鸣警笛不亮警灯。天热，水一搅，鱼就跑。现在听好了，我跟你讲你该去哪块。”

打完电话后半个小时不到，他们就静悄悄地到了，看起来像是在进行普通的巡逻。他们从车上下来，朝蒙塔巴诺走去，他示意他们跟上。他们在一座半废弃的房子背后集合，这样从大路上看不到他们。

“在车上有一把给您的冲锋枪。”法齐奥说。

“塞你屁股里吧。听好了：要是我们大家这局玩得好，就可能把塔努·格莱克给带回家。”

蒙塔巴诺明显感觉到他的手下们有一瞬间停止了呼吸。

“塔努·格莱克在这里？”第一个恢复过来的法齐奥惊奇地问道。

“我看得很清楚，就是他。他蓄起了胡子，但还是能认得出来。”

“那您是怎么碰见他的？”

“法齐奥，别扯了，我之后跟你详细解释。塔努在那座小山山顶的房子里，从这里看不到。在房子旁边有些撒拉逊橄榄树。屋子里有两间房，一间在一楼、一间二楼。前面有一扇门跟一扇窗，上面的那间房也有扇窗，但是朝着后面。我可说清楚啦？你们全都明白了？塔努除了正面以外没有其他的出口，或者他走投无路从上面房间的窗户里跳出来，但很可能会摔断条腿。我们这么做：法齐奥和加洛去后面，我、杰玛纳和加卢佐从前门突破冲进去。”

法齐奥看起来有些疑惑。

“怎么了？你不同意吗？”

“我们把房子包围起来，让他投降不是更好？我们五个他一个，他怎样也跑不掉的。”

“你怎么知道房子里没有其他人和塔努在一起？”

法齐奥闭嘴了。

“仔细听好了，”蒙塔巴诺为作战会议做总结道，“我们这次最好给他送个惊喜。”

# 第三章

蒙塔巴诺估算了一下，法齐奥和加洛在房子背后就位已经至少五分钟了。至于他自己，肚子贴地匍匐在草丛中，手枪在手，有块石子很悲剧地正好压在胃上，他深深地觉得这样的场景非常可笑，就像自己变成了街头黑帮电影里的人物。他迫不及待想打出信号，让这场好戏开演。他看了看就在边上的加卢佐（杰玛纳在右边更远的地方），低声地问他：

“你准备好了吗？”

“是的，长官！”警员回答道。显而易见，他神经紧绷，满身是汗。蒙塔巴诺为他感到难过，但是总不能过去跟他说这都是在作戏，当然，结局怎样还令人怀疑，但一切总归是场骗局。

“上！”他命令道。

就像被压到最紧的弹簧忽然蹦开，加卢佐几乎没有接触地面，三个起落后跳至屋前，身体贴在房门左面的墙上。他似乎毫不费劲地完成了这一系列动作，但是蒙塔巴诺可以看得出他的胸口上下起伏，气喘吁吁的样子。加卢佐抓紧了冲锋枪，向警长示意他已经准备好进入第二阶段了。蒙塔巴诺接着看了看杰玛纳，他看起来不仅颇为冷静，甚至相当轻松。

“我上了。”蒙塔巴诺用夸张的唇语无声地拼出了这几个字。

“我掩护。”杰玛纳用同样的方式回答道，朝手里的冲锋枪点了点头。

蒙塔巴诺的第一跃就算不能载入史册，起码也能被写进教科书里。一个意志坚定、平衡完美的起跳，堪比跳高运动员的水准，在空中轻盈的停留，干脆、优雅的落地，足以让一位芭蕾舞者惊叹不已。加卢佐和杰玛纳从各自不同的角度观察警长，都从他优雅的身体姿态中感受到了美的震撼。第二次起跳经过调整甚至超越了第一次，但是有某样东西在半空中影响了蒙塔巴诺，使他笔直的姿态，忽然如同比萨斜塔一样向旁倾斜，而他的下坠则完完全全是个小丑的表演。在张开的手臂胡乱挥舞想要抓住个并不存在的把手之后，他身体的侧面沉重地砸向地面。加卢佐下意识地动了下，想要去帮助他，又及时地停住了，重新贴在墙上。杰玛纳也一下子站了起来，又迅速地缩了回去。还好这都是在作戏，警长想，否则的话刚才塔努可以把他们像保龄球瓶一样全部干翻掉。蒙塔巴诺嘴中蹦出了其丰富的词汇表中最为精彩的亵渎之词，匍匐着开始寻找刚才坠落时从手中挣脱的手枪。最终他在野生灌木丛下面发现了它，但当他伸到下面去够手枪时，所有的植物都爆发了，喷了他一脸的种子。伴随着一股愤怒的悲伤，警长意识到自己从一部黑帮电影里的英雄角色降级为阿波特与克斯特罗[①]电影中的人物。他再也没有心情去扮演什么运动员或者舞者，稍微弯着点腰，便飞快地走完了他与房子之间剩下的路程。

蒙塔巴诺和加卢佐眼睛对视着，便无声地进行了交谈并达成了一致。他们挪动到离门三步之遥（那扇门看起来并不是特别结实），深吸一口气，用全部身体的重量冲向门板。看来这扇门是用精致的羊皮纸或者类似的材质制成的，只消用手拍一下就能推开，因此这两个人发现自己径直栽进了房间里。警长奇迹般地收住了脚步，而加卢佐，被刚才自己威猛的力量带着，穿过了整间屋子，恶狠狠地把脸

① 阿波特与克斯特罗电影：美国好莱坞上世纪50年代非常流行的喜剧组合。

撞到墙上，撞歪了鼻子，鲜血喷涌而出，差点把他给呛住。就着塔努点着的煤油灯的光亮，警长欣赏了塔努·格莱克精彩卓绝的表演艺术。他假装从睡梦中被惊醒，咒骂着跳下地，冲向他的AK47。这把枪现在靠在桌子旁边，因此离行军床更远了。蒙塔巴诺就像是剧场里的配角，已经准备好来念他的台词了。

“站住！以法律的名义，给我站住，不然我开枪了！”他用最大的力气喊道，并朝天花板开了四枪。塔努静止不动，高举起双手。加卢佐以为楼上的房间里藏着什么人，就朝着木楼梯扫射了一通。从屋外，法齐奥和加洛听到了枪声，也开始对着楼上的窗户进行火力压制。在房间里的所有人都被枪声震聋，这时杰玛纳冲进来大吼道：

“所有人都不许动，不然我开枪了！”

他还没来得及说完他的威胁，就从背后被法齐奥和加洛直接撞到了蒙塔巴诺和加卢佐中间，而加卢佐已经放下了武器，从口袋里掏出了张手帕努力塞住鼻孔，鲜血染红了他的衬衫、领带和外套。加洛看到这一幕，顿时紧张起来。

“他朝你开枪了？他朝你开枪了，嗯？那个婊子养的！”他愤怒地转向塔努，后者从头至尾高举着双手，用圣人般的耐心等待着这些代表国家秩序的警察将秩序带回这间屋子，弥补他们自己一手造成的这一团混乱。

“不不，他没有朝我开枪。我自己撞墙上了。”加卢佐没好气地说道。塔努没有看任何人，瞅着自己的鞋尖作思考状。

“他觉得很搞笑。”蒙塔巴诺想道，继而给加卢佐下了个干涩的命令。“把他铐上。”

“是他吗？”法齐奥小声问道。

“是他啊，你认不出来？”蒙塔巴诺说。

“我们现在怎么办？”

“把他带上车，送回蒙特鲁萨局里。在路上打电话给局长，把整件事说给他听，让他告诉你们该怎么做。尽量不要让任何人看见他或者认出他来。这次逮捕现在应该是绝对保密的。去吧。”

“那您呢？”

“我看一眼这间房子，搜查一下，谁知道有什么呢。”

法齐奥和其他探员开始向门外走，中间夹着上了铐的塔努，杰玛纳拿着囚犯的 AK47。只有这时塔努才抬起头，看了一眼蒙塔巴诺。蒙塔巴诺意识到他“雕像”般的注视不见了，现在那双眼睛中充满了生机，甚至带着些许笑意。

当五人小队在小路的尽头消失之后，蒙塔巴诺返回屋中开始搜查。事实上他打开了壁柜，拿出还剩一半的葡萄酒，带着它走到一棵橄榄树荫下，充满平静地喝完了这瓶酒。此次抓捕危险逃犯的行动获得了圆满的成功。

一看到蒙塔巴诺出现在办公室中，米米·奥杰罗，像是被魔鬼附身了一样，恨不得把他当猪一样剁了：

“你究竟去哪里了？你躲哪边啦？其他人到底到哪块去啦？他妈的到底怎么回事？”

他应该是非常愤怒才会开始说斯巴达话的：在他们互相忍受的这三年中警长从来没有听到他的副手骂脏话。事实上，也不尽然：上次那个脑残射中托托雷拉肚子的时候他也是这样表现的。

“米米，你跟谁生气哪？”

“什么啊？我生气？我给吓死了！”

“你吓到了？为什么？”

“至少有六个人给这里打电话。他们说的细节都不一样，但是大体意思都吻合。发生了一起交火事件，有人死有人伤。有一个人说简直就是一场屠杀。你不在家，法齐奥和其他人开车出去了，干什么跟谁都没说……我想二加二就等于四吧。难道不是吗？”

“不，你没错。但你不应该朝我发火啊，你应该冲电话发火，都是它的错。”

“干电话什么四啊？”

“关它的事，当然喽！今天就连农村最偏远的茅草屋子里面都装了电话。那么大家手头边有电话会干什么事呢？打电话哎。他们会讲点儿真话，讲点儿想象出来的，可能发生的事，不可能的事情，无法想象的事情，就像是德·菲力波喜剧里那个，叫什么来着，啊对了，《内心的声音》。他们会夸大其词，会故意隐瞒，从来不告诉你到底是谁在说话。他们拨打免费应急电话，讲些这个世界上最狗屎的废话，甚至不需要承担责任！同时黑手党研究专家就激动了：在西西里攻守同盟被打破啦，民众与黑手党间同谋降低啦，人民不再恐惧黑手党啦！降低他妈个屁，就电话账单涨上去了。”

“蒙塔巴，标再用你那些废话轰炸我了！真的有死有伤吗？”

“真的个头。根本就没有冲突，我们朝天开了几枪。加卢佐撞到了鼻子，那位被抓了。”

“那位哪位啊？”

“一名逃犯。”

“对啊，谁啊？”

卡塔雷拉气喘吁吁地跑进来，避免了对答的尴尬。

“警臧，局臧给零的点话。”

“我晚点跟你说。”蒙塔巴诺说着一头钻进了他的办公室。

“亲爱的朋友，向您致上我最诚挚的贺喜！”

“谢谢。”

“您这次干得太漂亮了！”

“我们比较幸运而已。”

“看来那个人比一直以来我们以为的还要重要许多。”

“他现在在哪里？”

“去巴勒莫的路上。反黑组这么要求的，没办法。您的手下在蒙特鲁萨都没能停留，他们必须继续跟随。我派了辆车和我这里四个人作为护送。”

“所以您还没有跟法齐奥说过话？”

“我既没有时间也没有机会。我还不知道发生了什么。因此如果您今天下午可以拨冗来我办公室会谈，告知事件细节，我将不胜感激。”

“就是这个问题。”蒙塔巴诺这样想着，并回忆起这句哈姆雷特中的独白，引自他看过的一个十九世纪的意大利文译本。但他仅仅问道：

“几点？”

“嗯，五点吧。啊，对了，巴勒莫方面要求对本次行动保持绝对的沉默，至少现在如此。”

“如果仅仅取决于我的话……”

“我不是说您，我太了解您了。我可以很负责地说，跟您相比，鱼都是个健谈的物种[1]。对了，顺便说下……”

接着有阵停顿，局长止住了话头，蒙塔巴诺也不大愿意听局长继续说下去。随着刚才那句表扬的话“我太了解您了”，在他脑中有一个小铃铛叮铃铃地响了起来。

“听着，蒙塔巴诺。”局长犹豫着再次说道，随着那丝犹豫，小铃铛响得更欢了。

“说吧。”

“我觉得这次我没办法继续推托，不将您升迁为副局长了。”

“我的圣母马利亚！！！为什么？”

“别犯傻啊，蒙塔巴诺。”

“对不起，但究竟为什么要提拔我呢？”

“这什么问题！就为了您今天早上的所作所为啊。”

蒙塔巴诺同时觉得又冷又热，前额飙汗后背冰凉，此番前景把他吓得不轻。

“局长先生，我与我的同事们每天所做的事情没有任何不同。”

“我并不怀疑。但尤其是这场逮捕行动，一旦之后宣传出去，影响很大啊。”

---

① 意大利语中有句谚语：一声不发像条鱼一样。此处谓警长口风很紧。

“就没希望了吗？”

“旁边去，别像个小孩。”

警长觉得自己就是死亡之网里的一条金枪鱼，渐渐开始缺氧，他张开嘴又闭上，什么都没有。然后他绝望地尝试突围。

“难道不能说这都是法齐奥的错吗？”

“什么，他的错？”

“对不起，我错了，我的意思是他的功劳。”

“一会见，蒙塔巴诺。”

奥杰罗靠在门后头，探出头满脸狐疑。

“局长跟你说了什么？”

“我们讨论了一下情况。”

“唉！看你那张脸！”

“怎么啦？”

“给捶过了。”

“我昨天晚上吃的没消化好。”

“吃啥好东西啦？”

“三斤温葡萄酒莫斯塔俏莉。”

奥杰罗目瞪口呆地看着他，蒙塔巴诺觉得他就要问出那个逃犯究竟是谁这个问题了，便趁机换了个话题，把他推上另一个轨道。

“你们后来找到那个夜间保安了吗？”

“超市的那个？是的，我找到的。小偷在他头上狠狠来了一下，塞住他的嘴巴捆住了手脚，然后蹴到了一个大冰柜里头。”

“他死了？”

“没有，但我相信他也不觉得自己还活着。我们把他拿出来的时候他就像是条大鳕鱼干。”

“你有思路了吗？”

“我大概有点思路，那个宪兵中尉有自己不同的看法。但有件事是肯定的：他们为了带走所有那些东西，肯定用了一辆大卡车。装货最起码需要六个人，由专业人士指挥。”

“听着，米米。我回趟家，换件衣服然后回来。”

开到马里耐拉镇的时候他发现汽车油箱的指针开始闪烁。他把车停在加油站旁，不久前这里发生了枪击案，当时他必须拦下那个汽油工，盘问他所看到的一切。这个汽油工，毫无怨恨地一看到他就用尖锐的嗓音和他打招呼，让他不禁浑身一抖。加满油后，汽油工数着钱然后看着警长。

“怎么了？我给少了？”

“不是，钱对的。我要跟您讲件事。”

“说啊。”蒙塔巴诺有点不耐烦，要是那位继续这样说话，会搞得他神经紧张。

“您看这辆卡车。”

他指着一辆带挂车的卡车，停在加油站的后边空地上，篷布拉得紧紧的，藏起了货物。

“今天早上，”加油工继续说道，“我开门的时候，卡车就在那里了。四个小时过去了，还没人来把它开走。”

“你看过驾驶室里有人睡觉吗？”

“是的，没人。阿有件四情奇怪的，钥匙就插在上面，随便哪个过来就能发动引擎把车子给偷跑的。”

“带我去看看。”蒙塔巴诺一下子来劲了。

# 第四章

小个子，耗子尾巴模样的小胡子，不讨喜的笑脸，金框眼镜，棕色鞋子，棕色袜子，棕色西装，棕色衬衫，棕色领带，简直就是个棕色的噩梦。这就是卡麦罗·英格拉夏，超市的老板，正用手抹着西装裤上的褶缝，右腿跷在左腿上面，第三遍地重复他本人对于整个事件言简意赅的诠释。

“就是一个玩笑，警长，他们想要耍我呗。”

蒙塔巴诺一时走了神，注意力集中在手中的圆珠笔上。他仔细观察着笔帽，把它摘下来，里里外外地仔细察看，就像之前从来没有看见过这玩意儿一样。他朝笔帽里吹气，像是要吹掉几粒看不见的灰尘，之后又重新盯着笔帽看，对于清洁工作不是很满意，于是又吹了口气，再把它放在桌上。接着他拧下金属笔头，对着它沉思了一会，又把它放在笔帽旁边，继而专注地思考着手上笔杆的剩余部分。他把它与另外两件并排放置在桌上，深深叹了口气。就这样他成功地冷静了下来，压抑住了刚才那股差点将他淹没的冲动，让他站起身冲到英格拉夏面前一拳呼到他脸上，接着问他：

“跟我说真话：您觉得我是在开玩笑还是认真的？”

在一旁参加会面的托托雷拉非常了解他的上司的某些举动，很明显地松了口气。

“让我想想。”蒙特巴诺完全恢复了对自己的控制，说道。

“还有什么好想的啊，警长？一切多么明显，跟太阳一样清清楚楚。所有被偷走的货物都在被找回的卡车上，连个牙签、棒棒糖都没少。那么，如果他们不是为了偷东西而来，就是为了开个玩笑呗，糊弄人的。”

“我脑子反应有点慢，英格拉夏先生还请您有点耐心。总而言之，八天前从卡塔尼亚[①]的停车场，也就是刚好咱西西里岛的另一端，两个人把一辆卡车占为己有，卡车后面拖着思费拉扎公司的货箱。在那个时候卡车还是空的。整整八天他们把这辆卡车藏了起来，应该就躲在卡塔尼亚至维加塔这段

① 西西里岛东部海港城市。

公路的某一处，因为没有人在什么地方看见过它。所以，根据逻辑推理，他们偷窃并隐藏这辆卡车的唯一原因，就是为了在某个正确的时间把它弄出来跟您开个玩笑。我继续往下说。昨天夜里一点钟左右卡车出现了，这时候街上没有几个行人，车子停在了您的超市门口。夜间保安以为是来送货的，虽然这个时间有点诡异。我们不知道具体事情经过是怎样的，保安到现在还无法说话，但是可以肯定的是，他们撂倒了保安，拿走了他的钥匙，进了门。其中一个小偷脱下了保安的制服，穿在自己身上：这一招，绝对是一步妙招。第二步妙招：其他人打开了灯，丝毫不加防范就开始干起了他们的活计，要不是当时正值夜晚，简直可以用光天化日之下这个词来形容。高招啊，必须得承认。对于一位碰巧经过附近的陌生人来说，他看见一名穿制服的警卫监督着几个人装载卡车，绝对不会想到他正在目睹一起盗窃案件。这就是我的同事奥杰罗所重现的犯罪现场，并且有当时正在回家的米苏拉卡骑士的证词作证。

英格拉夏本来渐渐对警长的话失去了兴趣，听到那个名字后像被大黄蜂蜇了一样跳了起来。

“米苏拉卡？”

“是的，之前任户籍登记处的职员。”

“但他是个法西斯啊！”

“我看不出骑士先生的政治思想与我们正在谈论的事情有什么关联。”

“当然有关联了！当年我参与政治的时候，他是我的政敌！”

“现在您不参与了？”

“还能怎么样！就这几位米兰的大法官，一心要毁了政治，商业和工业！”

“您听着，骑士先生说的那些话只不过是简单的描述那些盗窃行为的证词。”

“我管他妈骑士先生证实了什么。要我说这只是一个八十好几的糟老头，他看到一只猫能说成是一只大象。还有他夜里那个钟点在那儿干吗？”

“我不知道，我会去问他的。我们要回到之前的话题上来吗？”

“好的。”

“辛苦了两个多小时，在您的超市装好了货物，卡车重新出发了。它开了五到六公里，转过头，停在加油站，直到我们在那里发现了它。您觉得有人筹划了这一整套事件，犯下半打的罪行，冒着几年牢狱的危险，就是为了让他自己或者让您笑一笑？”

“警长，我们可以一直争辩到晚上，但是我向您保证，我真想不出别的原因。这就是一个玩笑。”

在冰箱里，他找到了冷冻的西红柿意大利面，罗勒叶以及帕苏露娜黑橄榄，橄榄散发着一股连死人都能唤醒的香气。主菜是洋葱、果醋配鳀鱼。蒙塔巴诺无条件地信任阿黛琳娜集想象力与美味于一身的精湛厨艺。阿黛琳娜是家里的保姆，每天来打扫一次卫生。她同时也是两个无可救药的罪犯孩子的母亲。其中的一个孩子仍然在监狱里，蒙塔巴诺的功劳。今天阿黛琳娜也没有让他失望。每一次当他打开烤炉或者冰箱的时候，他都像孩童时期一样，怀着躁动不安的心情，在11月2日[①]的早晨在柳条筐子里寻找前一天晚上逝者放在里面的礼物。这个节日现在已被人忘却，被无聊的圣诞树下的礼物所替代，就跟那些对于死者的记忆一样，轻易地被人遗忘。唯一没有忘记那些死者的人们，相反，仍然顽固地守着对于死者记忆的人们，便是那些黑手党分子。但是他们为了纪念死者所送出的礼物肯定不是锡皮火车或者水果杏仁糖。总而言之，阿黛琳娜准备的菜肴中最重要的调料便是惊喜。

---

① 意大利传统的“逝者节”，相当于我们的清明节。根据西西里传统，节日前一天晚上逝者会为小孩子留下一种叫做玛多拉娜的甜食以及其他的礼物。

他拿起这几道菜、一瓶红酒、面包，打开电视，坐在餐桌前。他喜欢一个人吃饭，在安静中享受每一口美食。这也是他喜欢莉维亚的众多原因之一：当她吃饭时，从不开口说话。他觉得在口味方面，他更接近玛格丽特而不是佩佩·卡瓦洛，后者是蒙塔班小说的主角，面对连鲨鱼吃下去都会肚子疼的菜肴，他也能饱餐一顿。

听着国家电视台的报道，一种肮脏龌龊的气氛散播开来。执政党派因一项法案的否决问题，面临分裂危机，而这项法案将提前释放那些贪婪地吃掉了半个国家的人们；法官们揭露了政治腐败的小秘密，以辞职表示抗议；有一缕革命的微风，振奋了那些接受采访的路人。

他把频道转到了地方台，两家地方电视台中的一个："维加塔卫视"无条件地支持着政府，无论执政政府偏红色，黑色还是天蓝色。主持人并没有提到塔努·格莱克的抓捕，只说到有几位勤奋的市民向维加塔警局报告了凌晨时分在一个叫做"核桃"的乡下地方响起了几声嘹亮而又神秘的枪声，警察立即赶到了现场，并没有发现任何异常情况。甚至连"自由网"的记者，从不隐藏自己共产党员身份的尼科洛·齐多，也没有提到塔努的落网。这意味着，这条消息很幸运地尚未流传出去。然而，让人始料未及的是，齐多提到了英格拉夏超市的奇异盗窃案，满载着失窃货物的卡车又被神奇般被找了回来。据齐多称，公众意见认为，窃贼们因分赃产生了争执，因此抛弃了这辆卡车。而齐多并不苟同，他认为事情并非如此，而背后深藏的原因显然要复杂得多。

“蒙塔巴诺警长，我直接向您提问。这件事情要比表面上看起来更加复杂，不是吗？”这位记者，以这样的问题结束了他的节目。

蒙塔巴诺正吃着饭，听见齐多直指自己的名字，并透过电视机直瞪瞪盯着他看，正在喝的红酒一下子呛了上来。他呛了几口，咳嗽了几下，又咒骂了几句。

吃完饭，他换上游泳裤，下海游泳。海水冰冷，但游泳让他重新恢复了活力。

“请您把整个过程一丝不漏地告诉我。”局长说道。

局长请蒙塔巴诺走进办公室，自己从椅子上站了起来，走向警长并重重地拥抱了他。

蒙塔巴诺有这样的特点，他绝对无法向自己敬佩的、诚实的人撒谎，跟他们说胡话。在罪犯以及他不信任的人面前，他可以面不改色地鬼扯，甚至发誓他曾见过月亮周围镶着一圈蕾丝花边。由于他不仅敬佩他的上级，甚至有时与局长对话，感觉像是在和父亲交谈一样，因此，局长提出的要求，让他脸红激动，汗流不止，不停在椅子上变换姿势，好像是椅子造成了所有这些困扰一样。局长注意到了警长的不适，但把它理解为蒙塔巴诺每次需要谈及自己成功完成的任务时，都会感受到的一种真切的不适。局长没有忘记，在上一次的新闻发布会中，在镜头前，蒙塔巴诺警长是如何说话的（如果那样也能算作说话的话）。他作孽兮兮磕磕绊绊又结结巴巴，讲了一段根本没得意义的话，眼睛闪烁像铜铃，目光游移活像是喝醉了酒。

“在我开始叙述之前，我想要个建议。”

“尽管问。”

“我在报告里要写什么啊？”

“什么问题啊，这是？您从来没写过报告？在报告里就写实际发生的事情啊。”局长干涩又有些诧异地回答道。看到另一位仍没打算开口，他继续说道。“顺便说句，您很有魄力并且勇敢地把一次偶遇转化为一次成功的警方行动，我很同意，但是……”

“哎，我就是跟您说……”

“请不要打断我。我不得不指出，这次您冒了很大的风险，也让您的手下冒了很大的危险。您本应该请求后续支援，采取应有的预防措施。很幸运的是一切都进展得非常顺利，但这实际上是一场赌博。这些就是我很真诚地想要告诉您的。现在您说吧。”

蒙塔巴诺看着他左手的手指，好像它们是突然冒出来的，他也不晓得这些指麻头有什么用处。

“怎么了？”局长耐心地问道。

“事情就是一切都是假的啊！”蒙塔巴诺爆发了。“根本就没有什么偶遇，我遇见了塔努，因为是他要求见我的。在那次会面中我们把一切都串通好了。”

局长把一只手搭在眼睛上。

“你们都串通好了？”

“百分之百。”

既然都说出来了，蒙塔巴诺就把一切都告诉了局长。从杰杰的电话，直到演戏一样的抓捕行动。

“还有吗？”局长最后问道。

“是的。既然实际情况如此，我自己并没有功劳，不配晋升为副局长。如果我升职了，那是因为一场假戏，是欺骗。”

“这个由我来决定。”另一位断然说道。

他站了起来，把手放在背后，思考了一会。随后他做出了决定，转过身。

"这样吧，报告呢你给我写两份。"

"两份？！"蒙塔巴诺叫道，同时回忆起自己平时要在白纸上写黑字时所经受的各种煎熬。

"甭跟我争了。假的那份我漂漂亮亮摆到外面，留给那些鼻子尖的让他们泄露给媒体或者黑手党。真的那份我锁在保险柜里。"

他微笑了一下。

"关于晋升呢，好像这才是最让您恐慌的事情。周五晚上来我家吧，我们慢慢聊。您知道吗？我夫人刚自创了一种特制酱汁，绝顶美味。"

杰兰多·米苏拉卡骑士，八十四岁，饱经战争风霜洗礼。他丝毫不负盛名，在蒙塔巴诺警长刚说了声"喂"的时候便发动了进攻。

"那个总机的蠢货接线员！他是谁？"

"怎么了？他干了什么？"

"他不会念我的名字！他脑子进水了！他叫我'比苏拉塔'，就跟那个泻药的名字一样！"

他疑惑地停顿了一下，换了个口吻。

"您得用您的名誉向我保证，这件事情只牵扯到一个长了猪头脑子的人？”

想到刚才的总机接线员是卡塔雷拉，蒙塔巴诺的回答显得异常坚定。

“我可以向您保证。但是对不起，为什么您要我做这样的保证呢？”

“因为如果他有意嘲笑我，或者嘲笑我所代表的事物，上帝作证，我五分钟之内就会到警局来把他的屁股给打开花！”

“但米苏拉卡骑士代表了什么事物呢？”蒙塔巴诺自问道，与此同时另一边仍在做着各种耸人听闻的威胁。什么都没有，什么都代表不了，从“官方”角度来讲的话。骑士是一位退休很久的市政府职员，从未从事政务，在他的党内也只是位普通的党员。他是位无可挑剔的诚实的人，有尊严地过着几近赤贫的生活。就连在墨索里尼时期他也拒绝谋取私利，一直都是一位“忠诚的追随者”，就像当年人们称呼的那样。作为回报，从1935年开始，他参与了所有的战争，经历了最糟糕的战役，一场也没有错过，他好像会使分身术，从西班牙的瓜达拉哈拉，到北非的比尔戈比，途经埃塞俄比亚的阿旬，都有他的身影。之后他在得克萨斯监狱服刑，拒绝合作，因此监狱生活很苦，只提供面包和水。所以，蒙塔巴诺总结道，他代表了对于一段错误历史的记忆，但他绝对忠诚地经历了历史，也为此付出了代价：在几处较为严重的伤之中，有一处伤使他瘸了左腿。

“但是，如果当时条件允许的话，您会去沙洛共和国[①]，与德国人还有那些残留的意大利人并肩作战吗？”有一天蒙塔巴诺冷不防地向他问了这个问题。在警长心中还是挺喜欢这位骑士的。是啊，在这样一个乱哄哄的世界上，充满了堕落的人、教唆犯、勒索者、行贿者、贪污犯、骗子、小偷和口是心非的人，与此同时这个名单每天都在增加。而警长，面对那些无可挑剔的诚实的人时，总是会心怀好感。

听到他的这个问题，老人仿佛从体内逐渐被掏空一般，脸上的皱纹多了许多，眼神中也蒙上了一层雾气。警长知道同样的问题米苏拉卡也曾问过自己，并且从来都没有得出答案。他没有再坚持问下去。

“喂？您还在吗？”米苏拉卡充满怒气的声音传了过来。

“您说吧，骑士先生。”

“我又想起了一些事情，因此之前作证的时候并没有提到。”

---

① 二战后期，意大利解放后，墨索里尼逃至意大利北部，在希特勒支持下，于嘉大湖边沙洛市成立傀儡政权“沙洛共和国”，1945 年 4 月 25 日灭亡。意大利导演帕索里尼的著名电影《沙洛，或索多玛一百二十天》，故事背景便设在此地。

“骑士先生，我毫无理由怀疑您。您说吧，我洗耳恭听。”

“当我快要到超市的时候有一件奇怪的事情发生了，但我并没有注意，当时我很紧张而且激动，因为最近有一些蠢货……”

“您想要说什么？”

如果让他这么说下去的话，骑士先生能从法西斯建党的时候开始说起。

“不在电话里说。我们当面讲。如果我没看错的话，是一件大事情。”

老人是一个该说什么话就说什么话的人，从不言过其实或者轻描淡写。

“这与超市盗窃有关？”

“当然。”

“您跟其他人说过这件事吗？”

“哪个都没有。”

“那请您记住，别跟任何人说。”

“您在侮辱我吗？我当然是什么都不会泄露的。明天一大早我来您的办公室。”

“骑士先生，我有点好奇。您一个人在车里那么晚干什么呢？您知道一个人上了年纪需要更谨慎一些吧？”

“我从蒙特鲁萨来。那天有一个地方政府会议，我虽然不是政府成员，但仍希望在场。没有人可以把杰兰多·米苏拉卡关在门外。我们必须阻止我们的政党丢掉面子和荣誉，不能坐看那些杂种政客的杂种儿子参政，同意把那些狗娘养的耗尽了我们祖国的混蛋放出监狱。警长，您应该知道……”

“会议持续到很晚？”

“直到夜里一点。我仍想继续，但其他人都反对，在困意面前倒下了。真他妈没种。”

“那您到维加塔花了多长时间？”

“半个小时。我开车比较慢。总之，像我刚才说的……”

“对不起，骑士先生，另一条线上有我的电话。明天见。”蒙塔巴诺挂掉了电话。

# 第五章

“比罪犯还要差！那些狗娘养的对待我们比对待杀人犯还要差！他们以为自己是谁哪！狗日的！”

法齐奥刚从巴勒莫回来，一点没有要冷静下来的样子。杰玛纳、加洛和加卢佐在旁边附和着，挥动着右手臂来演示这从未听说过的事情。

“一群二百五！神经病！”

“甭激动，小伙子们。慢慢说。”蒙塔巴诺行使着他的指挥权，命令大家冷静下来。随后，他注意到加卢佐的夹克和衬衫上，并没有之前撞鼻子时洒在上面的血迹，便问道：

“你来这里之前先回过家换衣服了？”

这个问题着实失策，加卢佐气得满脸通红，脸上撞破的鼻子高高肿起，点缀出一点紫色。

“家、家什么家不家的！法齐奥不是说了吗？从巴勒莫，我们直接过来的。我们到了反黑组那里，把塔努·格莱克交了过去。他们抓到我们，把我们每人放在不同的房间里。那时我鼻子还在疼着，我就想在上面盖条湿手帕。过个半个小时左右，什么人都没有，我就打开了门。然后我面前就出现了一位同事。你去哪里？我去找点儿水，把鼻子潮下水。你不能出去，回去。懂了吗，警长？我被扣押起来了！搞的跟我是塔努·格莱克样的！”

“不要提到那个名字，声音低点！”蒙塔巴诺责备道。“谁都不应该知道我们抓住他了！谁泄露出去我把他一脚踹到西班牙去。”

“我们所有人都被扣押了。”法齐奥满脸愤怒地说道。

加卢佐继续说道。

“一个小时以后房间里进来了一个我认识的，您的一位同事，现在调到反黑组去了。好像叫夏齐塔诺。”

“蠢蛋一个。”警长脑海里闪过这句话，但没说出来。

“他看着我就好像我身上有股臭味，跟个要饭的一样。他继续看了我一会，然后说：‘你知道你这个样子是不能去见行政长官的吧？’”

他想到这样荒谬的待遇就来火，艰难地压低自己的嗓门。

“搞笑的是他还满脸怒气，搞的跟这都是我的错一样的！他嘟嘟囔囔地出去了，之后进来了一位同事，给我带了件干净的夹克和衬衫。”

“下面我来讲吧。”法齐奥掂量了下自己的领队身份，插进话来，“简而言之，从下午三点，一直到昨天半夜，我们每一个人都被八个不同的人整整盘问了八遍。”

“他们想要知道什么？”

“事件的详细经过。”

“事实上我被盘问了十遍。”杰玛纳带着些许自豪说道。“显然我比较擅长叙述，他们听我讲得也好像跟在看电影一样。”

“将近一点的时候他们把我们聚在了一起。”法齐奥继续说道。“他们把我们带进了一个大房间，像是个大的办公室，有两个沙发，八把椅子和四张桌子。他们拔下了电话并且带出了房间，然后给了我们一些冷的三明治和热啤酒，味道跟屎一样。我们努力休息了一会，早上八点有个人过来跟我们说，我们可以回维加塔了。连个‘早上好’都没有，连个‘不好意思’，或者‘走开’都不说，路上赶走条狗还要动动嘴呢。什么都没有。”

“好吧。”蒙塔巴诺说道。“你们想怎么样呢？回家吧，好好休息下，吃完中饭后晚点再过来。我向你们保证这件事情我会跟局长反映的。”

“喂？我是维加塔的萨尔沃·蒙塔巴诺警长。我想跟阿图洛·夏齐塔诺警长通话。”

“请稍等，谢谢。”

蒙塔巴诺拿起一张纸和一支笔。他无意识地在上面涂涂画画，之后才发现他画了个坐在马桶上的屁股。

“很抱歉，警长先生正在开会。”

“听着，请您告诉他我也在开会，这样我们就扯平了。他把他的会议暂停五分钟，我这里也一样，这样我们两个都能满意了。”

他为正在大解的屁股上加了点色块。

“蒙塔巴诺？怎么了？抱歉，我时间不多。”

“我也是。听着，夏齐塔诺夫斯基同志……”

“什么夏齐塔诺夫斯基同志？你在说什么胡话？”

“啊，你不是这样称呼的吗？你不是克格勃组织成员吗？”

“我不想跟你开玩笑。”

“我也不是在开玩笑。我从局长的办公室给你打电话，他非常的生气，你就像个克格勃一样对待我的手下。他向我保证今天他会跟部长写信。”

当时的情景无法描述，但确实发生了：他透过电话线看到夏齐塔诺顿时脸色变得苍白，所有人都知道他是个胆小的马屁精。蒙塔巴诺的谎话击中了这一位，效果就像一棒子夯在他头上一样。

“你在说什么啊？你知道的啊，我作为安全部门的负责人……”

蒙塔巴诺打断他。

“保卫安全，与礼貌待人并不冲突。”他仿佛在背诵名言警句，好像自己就是公路上的广告牌，上面写着“优先行车权，与谨慎驾驶并不冲突”。

“但是我很礼貌对待他们的啊！我还给了他们啤酒和三明治！”

“我很遗憾地告诉你，虽然有啤酒和三明治，这件事情还是会在高层产生影响。不过，放轻松，夏齐塔诺，这不是你的错。谁生出来是方的，死的时候绝不会是圆的。”

“什么意思？”

“意思就是，你生出来就是个蠢货，到死都不会变聪明。现在我要求你写封信，收件人是我，信中大肆赞扬我的手下。我明天就要。再见。”

“要是我照做了，你觉得局长还会不会继续写那封信？”

“我很诚实地跟你说：我不知道局长会不会继续写。但要是我是你，感谢信我是会写的，防患于未然嘛。而且我会把寄信日期写成昨天。清楚了吗？”

他发泄一通之后心情好多了。他把卡塔雷拉喊了过来。

“奥杰罗警官在办公室吗？”

“不在，警臧，但他刚打电话过来。他说他过个四几分钟，四几分钟以后他就来办公四。”

他利用这段时间开始写那份假的报告，真的报告前一天晚上在家里他已经写好了。过了些时候奥杰罗敲了敲门，走了进来。

“你找我？”

“稍微早点来办公室就这么难啊？”

“对不起，但事实上我一直到今天早上五点都在忙，然后我回到家，打了个盹，就这样。”

“忙着跟你喜欢的那些妓女中的某一个鬼混啊？就是那些吨位不低于一百二十公斤的？”

“卡塔雷拉什么都没跟你说吗？”

“他跟我说你会晚点到。”

“昨天夜里，大约两点的时候，有一起事故。我去了现场，鉴于事情对我们来说不是特别重要，我就没叫醒你。”

“如果有人死了，重要性还是有的。”

“有人死了，只有一个。他从卡特那方向开过来，下坡时速度飞快，显然刹车失灵了，随后撞进了一辆反方向正在爬坡的卡车下面。可怜的家伙，当场死亡。”

“你认识他？”

“我当然认识他。你也认识的。是米苏拉卡骑士。”

“蒙塔巴诺？巴勒莫那里刚给我打了电话。现在不仅要举办一场新闻发布会，还要弄出点声响来。这符合他们的战略计划。其他城市的记者会过来，国家级的电视台也会有报道。总之是件大事。”

“这次发布会将展现出我们新的政府并没有松懈与黑手党的斗争，相反，它将重拳出击，毫不妥协……”

“蒙塔巴诺，您怎么了？”

“没事，我在读后天新闻上的标题。”

“发布会定在明天上午十二点。我想要及时通知您一下。”

“谢谢，局长先生，但是关我什么事？”

“蒙塔巴诺，我知道我人好又亲切，但忍耐总是有限度的。关您的事，当然关您的事！不要像个孩子一样！”

“我该说些什么呢？”

“苍天啊！您把写在报告里的说出来就可以了！”

“哪份？”

“我没听清楚，你说什么？”

“没事。”

“尽量说话清楚点，不要含糊不清，不要总低着头。啊，对了，你的手。一次性决定好把它们放在哪里后，就一直维持那个姿势。不要像上次《晚邮报》的记者那样，大声提议你把手给砍了，这样才能舒服点。”

“要是他们盘问我问题呢？”

“当然他们会‘盘问’你了，用你的话说。他们是记者嘛，对吧。再见。”

蒙塔巴诺无法继续待在他的办公室里，一想到正在发生的一切以及第二天将会发生的事情，他就莫名的紧张。出了门，他经过惯常去的一家店，买了一小袋烤鹰嘴豆，朝着防波堤走去。当他走到灯塔脚下，转身要往回走时，发现在自己面前站着恩内斯特·伯费里奥，一家旅行社的老板，刚去世的米苏拉卡骑士的好朋友。

“难道我们就什么也做不了了吗？”伯费里奥气势汹汹地说道。

蒙塔巴诺正努力地把卡在两颗牙齿间的花生块给剔出来，迷惑地看着他。

“我在问是不是什么都做不了了。”伯费里奥干巴巴地重复了一遍，也直直地看着警长。

“关于什么？”

“关于我可怜的亡友。”

“来点？”警长说着把小袋子递了过去。

“好的，谢谢。”另一位抓了一把鹰嘴豆出来。

这段短暂的停顿让蒙塔巴诺得以更仔细地研究他的交谈对象：除了与骑士先生有着兄弟般的情谊以外，他还是一位经常蹦出极右思想的人，行为并不总是受头脑控制。

“您是指关于米苏拉卡先生吗？”

“不，我指的是我家爷爷。”

“那我该做什么呢？”

“抓住那些凶手。这是您的义务。”

“那么这些凶手‘可能’是哪些人呢？”

“不是‘可能’，肯定是他们。我指的是那些地方政府的领导人，他们根本不配与他相提并论。是他们杀了他。”

“不好意思，但这不是一起事故吗？”

“啊，那您以为事故都是碰巧发生的喽？”

“我觉得是吧。”

“那您就错了。若有人寻求一场事故，总有另一个人在旁为事故制造有利条件。我举个例子来说明一下。米米·克拉盘扎诺今年二月在游泳时溺水身亡。一场事故。但现在我来问您：米米去世的时候多大年纪了？五十五岁。为什么这把年纪了他还这么勇猛要在冰水里游泳，这种事只有他年轻的时候才干过？答案是这样的：因为他四个月前刚娶了个二十四岁的米兰小妞。那天他们在海边散步时，小妞问他：亲爱的，你以前真的二月份时还在这片海里游泳？当然啦，克拉盘扎诺回答道。这个小妞，明显已经厌倦了老头，叹了口气。怎么啦？克拉盘扎诺跟个傻子样地问道。人家好遗憾现在不能再看见你那么做了啦，那婊子这样说道。克拉盘扎诺二话不说，衣服一脱就跳下水去。我讲得可清楚啊？”

“一清二楚。”

“现在让我们回到蒙特鲁萨政府官员的话题上。在第一次不欢而散的会议之后，昨天晚上，他们又开了一场会。骑士先生，跟另外几个人，想让政府发个通告给报社，反对中央政府让那些小偷免于牢狱的法案。然而其他人有自己不同的观点。过了一会有个人跟米苏拉卡说他是个废人，第二个人接着说他让自己想起了木偶戏里的人，第三个人把他叫做老残废。这些都是我听一个当时在场的朋友说的。最后，会议秘书，他甚至都不是西西里人，名字叫什么毕拉京，跟他说请他站到门边上去，因为他根本没有资格参加会议。这倒是真的，但之前从没有人敢这么说过。我的朋友开着他的菲亚特500，行驶在回维加塔的路上。显然当时他肺都要气炸了，但这都是那些人故意这么做的，要让他气昏头。那么您还跟我说这是一场事故？”

警长鉴于之前的经验，知道跟伯费里奥讲道理的唯一方式就是把自己降低到与他一样的等级。

“您有没有特别讨厌的电视里面的角色？”

“成千上万个，但麦克·伯乔诺是里面最怂的。看到他我就倒胃口，想把电视给砸了。”

“好的。那要是您，看过了这个人的节目，再去开车，结果撞墙上挂了，您觉得我该怎么做？”

“把麦克·伯乔诺给抓起来。”另一位坚定地说道。

他回到办公室，觉得自己平静了许多，与恩内斯特·伯费里奥充满逻辑的对话让他非常尽兴，压力也得到了释放。

“有什么新鲜事吗？”进门时他问道。

“刚刚搜到了一分给零的丝人信件。”卡塔雷拉说道，特别强调是“丝人的”。

在他桌子上有一封他父亲给他的明信片和一些公务信函。

“卡塔，信你放在哪里啦？”

“跟零讲过了，素丝人信件嘛！”探员不满地说道。

“所以呢？”

“丝人信件就应该直接递到本人手上的嘛。”

“好吧，我人在这里，在你面前，信呢？”

“信奏在零要气的地方啊。在零本人亲自住的地方嘛。我跟邮递员说浪他把信寄到零家里气了，警臧先生，就在马里耐拉镇零的家里面。

在“圣卡洛杰罗”酒家门口，主厨兼老板正站在那里，出来透几口新鲜空气。

“警长，怎么啦，进来坐坐？”

“我回家吃饭。”

“随您的便。但是我这里可是有一些上好的烤虾，不是拿来吃的哦，是用来幻想的。”

蒙塔巴诺更多是怀着幻想，而不是怀着对于食物的渴望，走进了餐厅。随后，吃完饭，他推开餐盘，手臂交叉放在桌上，脑袋枕在上面睡了过去。他几乎每次都在这家餐厅的一个小间里吃饭，里面只有三张餐桌，因此服务员色拉费诺很轻松就把其他客人引到了大厅里，让警长安静地休息。接近四点时，餐厅已经关门了，店长看蒙塔巴诺仍没有要醒来的迹象，便为他准备了杯浓咖啡，轻轻地叫醒了他。

# 第六章

蒙塔巴诺完全忘记了卡塔雷拉提到的本人亲启的“丝人信件”，一直等到他走进家门，脚踩到信封上的时候才回想起来。邮递员将信从门缝下塞了进来，从收信人地址看来，像是一封匿名信：“城市–警局–蒙塔巴诺收”。另外，在左上角，标记着：私人。很遗憾正是这个词让卡塔雷拉空空如也的脑袋瓜开始了运转。

但这并不是封匿名信。甚至，蒙塔巴诺最先查看的发信人的签名，让他的大脑嗡的一声炸了开来。

尊敬的警长先生：

经仔细考量，很可能明日早晨我无法如约前来您处。写完这封信件后，我将参加蒙特鲁萨地方政府会议。如果碰巧，况且有很大的可能，会议的结果对我的主张来说并不理想，我相信我有义务前往巴勒莫，希望能够震撼那些同志们的灵魂和良心，他们在我党内有着决定性的地位。同样，我也做好了飞往罗马的准备，向国家总理请愿。此番举动，若能成行，将使我不得不推迟与您的会面。故此，请您原谅，我现以信件的形式转达本想当面向您陈述的事件。

显然您还记得，在发生那件离奇的超市盗窃案件后的第二天，我主动来到警局汇报我碰巧看见的场景。一组工人在安静地工作，灯光大亮，有一位在我看来像是夜间保安的人穿着制服，监督着他们。虽然工作时间很不寻常，但没有一个过路人会对这样的场景产生疑问。如果我本人注意到了任何不寻常的地方，我也会立即通知警方的。

在我作证过后的那天晚上，一想到与某些同志们的讨论情况我便非常郁闷，无法合眼，我决定再次在记忆中回想盗窃现场的情况。就在那个时候，我才想起一件可能是非常重要的事情。之前，从蒙特鲁萨回来的路上，当时我很激动，进错了回维加塔的入口，而这个入口由于新近设立的一系列不合理的单行道而变得更加难找。

因此，我没有从格拉莱特路上过来，而是驶进了旧林肯路的入口，随后发现自己在逆向行车。我在路上行驶了大约五十米后意识到了自己的错误，便决定把车倒回去，倒进特鲁皮亚路，再从那里转向之后就能在正确的方向上行驶了。但当时我无法退进特鲁皮亚路，因为小路入口被一辆巨大的“尤里斯”轿车堵住了。这款轿车最近做了很多宣传，但除了少数样品车外，仍未开始出售。车牌号是蒙特鲁萨328280。于是我无能为力，只好继续违规逆向行驶。又开了几米之后我来到了旧教堂广场，超市就在这里。

让我省去您的进一步调查吧：那辆车，也是这个镇上唯一的一辆，属于卡麦罗·英格拉夏先生。既然，英格拉夏先生住在蒙特杜卡莱，那他的车停在离超市不远处做什么呢？这是属于他自己的超市，而同时显然正在被小偷洗劫。答案只有您能够回答了。

您忠实的

杰兰多·米苏拉卡骑士

“骑士啊，你这次把我坑惨啦！”蒙塔巴诺看着他放在客厅餐桌上的信，说出了唯一的一句评论。说到餐桌，其他的就不去想了。他打开冰箱，只是为了向他保姆的厨艺致敬。他的敬意当之无愧，因为他立刻闻到了煮章鱼仔的香味。他关上了冰箱门，现在没什么食欲，胃部像拳头一样紧缩着。他脱下衣服，像个婴儿一样全身赤裸，走到海边散步，反正在这个时间周围一个人也没有。没有胃口，没有倦意。接近早上四点的时候他跳入冰冷的水中，游了好一会，之后返回家中。他注意到自己硬了，笑了起来。他决定跟它对话，用道理说服它。

“你抱有幻想是没有意义的。”

它建议他给莉维亚打个电话可能会好些，给赤裸而温暖地躺在床上的莉维亚。

“你个傻货不要给我出傻主意。这种事是那些小屁孩做的。”

受到侮辱后，它软了下去。蒙塔巴诺穿上一条裤子，一条干毛巾搭在肩上，他抓起一把凳子坐在面朝海滩的露台上。

他待在那里看着大海一点点变亮，随后显现出颜色，映衬着阳光的黄色线条。看上去这会是个好天。警长觉得舒服了许多，为新的一天做好了准备。看过骑士先生的信件之后得出的想法慢慢浮现，而冲个淋浴则让这些想法变得更有条理起来。

“您这个样子不能去参加新闻发布会啊。”法齐奥严肃地打量着他，随后声明道。

“怎么，这招你从反黑组学来的啊？”蒙塔巴诺打开手中鼓鼓囊囊的尼龙包。

“我这里有裤子、外套、衬衫和领带。我去蒙特鲁萨之前会换好衣服。正好，来，你把这些都拿出来，放在椅子上面，不然会有皱痕。”

“这些衣服已经有皱痕了。但我指的不是衣服，是您的脸。您必须去理发师那里了。”

法齐奥说了“必须”两个字，他非常了解蒙塔巴诺，知道说服他去理发师那里需要花多大力气。蒙塔巴诺把手伸到脑袋后面，确定了下自己的头发确实需要好好修剪修剪。他顿时阴沉了下来。

“今天他妈的什么都不得顺！”他不禁做出这样的预言。

出门前，他决定在理发修面时，得有个人去找卡麦罗·英格拉夏，把他请到警局来。

“要是他问我为什么，我该怎么回答？”法齐奥问道。

“你不回答。”

“那要是他继续问呢？”

“要是他继续问，你就跟他说我想知道他多久没去灌肠了。

这样可以不？”

“需要生这么大气么……”

理发师，他的伙计和一位顾客正在热烈地进行着讨论，一看到警长出现便闭上了嘴。这位顾客坐在一把转椅上——这个理发厅（实际上只是个小地下室）刚好放得下的两把转椅之中的一把。蒙塔巴诺走了进来，板着个自己都称之为“要去找理发师的脸”。换句话说，他的嘴抿成条缝，眼睛怀疑地半闭着，眉头皱起，表情同时显得轻蔑而严肃。

“早上好，需要等吗？”

就连声音都显得低沉而沙哑。

“不用，警长，请坐。”

蒙塔巴诺在空余的位置上就座的同时，理发师速度飞快，就像是卓别林电影里的人物，向另一位顾客展现了他的工作成果：他把镜子放在客人颈后，取走毛巾，扔进桶里，换了条干净的，绕在警长肩上。那位顾客，拒绝了伙计出于习惯的梳理，嘟囔了句“再见”便飞也似的逃走了。

理发修面的仪式在一片安静中完成，快速而死寂。中途有一位新的顾客拨开门帘走进来，嗅到了不祥的氛围后认出了警长：

“我晚点再来。”他说道，然后消失了。

回办公室的路上，蒙塔巴诺在他周围闻到一股难以形容但恶心十足的气味，味道位于松节油和三十年前的妓女用的一种香粉之间。那是他的头发散发出的味道。

“英格拉夏先生在您的办公室里。”托托雷拉压低声音说道，好像他们要密谋什么事情一样。

“法齐奥去哪里了？”

“回家换衣服了。警局来了电话，说法齐奥、加洛、加卢佐和杰玛纳都得参加发布会。”

“看得出我给那个傻瓜夏齐塔诺的电话还是奏效了。”蒙塔巴诺想道。

英格拉夏，这次全身都穿着淡绿色，作势要起身。

“没事，坐着，坐着吧。”警长说道，自己坐在写字台后。他心不在焉地把手放在头上，松节油和香粉的味道立刻强烈了许多。他警觉了起来，把手指放在鼻子前面，嗅了嗅，确认了自己的怀疑。但是他没法补救，办公室的洗手间里没有洗发水。顿时，“要去找理发师的脸”又回到了他的脸上。看见他表情如此迅速的变化，英格拉夏有点焦虑，不安地在椅子上扭动。

“有什么事吗？”他问道。

“对不起，哪一方面？”

“呃……所有的方面。”英格拉夏有点尴尬。

“这个嘛……”蒙塔巴诺含糊其辞地回答道。

他继续闻他的手指，对话陷入僵持。

“那可怜的骑士的事情您听说了吧。”警长问道，好像在客厅里与几个朋友在闲聊。

“哎！人生啊！”另一位痛心疾首道。

“您想啊，英格拉夏先生：我之前还问他能不能再提供一些其他的细节，就是他在盗窃案发生那晚看到的，我们已经说好要见面了，但是……”

英格拉夏张开双臂做出了个手势，让蒙塔巴诺接受命运的安排。他留下了一点思考的时间，随后道：

“对不起，”他说，“但是那位可怜的骑士还能再提供哪些其他的细节呢？所有他看到的事情他都说了啊。”

蒙塔巴诺用食指做出了个“不”的手势。

“您认为他并没有把他所看见的都说出来？”英格拉夏问道，兴趣被吸引了起来。

再一次，蒙塔巴诺用食指做出了个“不”的手势。

“蠢蛋，在你的锅里熬着吧！”同时他这样想着。

穿成绿色树枝一样的英格拉夏紧张地开始抖动，像微风拂过树叶。

“那么您想从他那里知道什么呢？”

“他以为自己没有看见的东西。”

微风变成了大风，小树枝抖动的更厉害了。

“我没搞懂。”

“我跟您解释。您肯定看过彼得·布吕赫尔[①]那幅叫做《儿童游戏》的画吧？”

“谁？我？没有。”英格拉夏小心地回答道。

“没事。那么您一定看过耶罗尼米斯·博斯[②]的一些作品喽？”

“没有啊。”英格拉夏回答道，同时开始冒汗。这次他真的害怕了，脸色变得和衣服的颜色十分般配：绿色。

“没有关系。我们不去管它。”蒙塔巴诺宽宏大量地说道。“我的意思是当一个人看到了一个场景后，通常会记住他看到那场景时的第一印象。同意吗？”

“我同意。”英格拉夏回答道，已经为最坏的情况做好了

---

① 彼得·布吕赫尔，荷兰画家，于1560年作《儿童游戏》，今藏于维也纳艺术史博物馆。

② 耶罗尼米斯·博斯，十五世纪荷兰画家，以宗教三联画《人间乐园》闻名，今藏于马德里普拉多博物馆。

准备。

“然后，慢慢的，一些他所看到的细节会回到他的脑中。这些细节印在他的脑中，但当时觉得并不重要。我举个例子，比如说一扇打开或关起的窗户，一点动静，还有什么，一声口哨，一首歌，一把被挪过的椅子，一辆本不应该在那里的汽车，一盏熄灭的灯……这类的事情，细节，最终会发现它们至关重要。”

英格拉夏从口袋里掏出一条镶着绿边的白色手帕，擦去汗水。

“您让我来就是要跟我说这个的吗？”

“不。那样我会无谓地给您添麻烦，我是不会允许自己这么做的。我想知道，那些，依您看来用偷窃来跟您开玩笑的人有没有什么消息。”

“没有人跟我联系过。”

“奇怪了。”

“为什么？”

“因为开玩笑的妙处就在于，之后与受害者一同分享乐趣。无论如何，如果碰巧他们联系您了，请您告诉我。再见。”

“再见。”英格拉夏站了起来，回答道。他这时已汗湿了全身，裤子粘在他的屁股上。

法齐奥人模人样地穿着一件崭新的制服出现了。

“我在这里。”他说。

“而教皇在罗马。”

“好吧，警长，我懂了。今天不是个好日子。”

他准备退出去，但在门槛那里停了下。

“奥杰罗长官打电话过来的，他说他牙齿非常疼。如果必须的话他才会过来。”

“哦，你知道米苏拉卡骑士那辆菲亚特500的残骸在哪里吗？”

“是的，还在这块，在我们的车库里。我跟您说哦，这是在嫉妒。”

“你到底在说什么啊？”

“奥杰罗长官的牙疼啊。那是嫉妒给他的打击。”

“他嫉妒谁啊？”

“您啊，因为您去参加发布会，而他不去。而且您不肯告诉他我们抓捕的人的名字，他气得不行。”

“哦，帮我个忙好不？”

“好吧，我懂了，我走我走。”

当法齐奥把门关紧了以后，蒙塔巴诺拨了一个号码。接电话的女人声音就像是译制片里模仿女黑人说话的拙劣发音。

“维？刺个啊？理是刺个啊？”

“嘉达莫内那里怎么找来的这些服务员啊？”蒙塔巴诺纳闷地想道。

“英格丽女士在吗？”

“在，理刺个？”

“我萨尔沃·蒙塔巴诺。”

“理等下。”

而英格丽的声音完全就是意大利女配音员给葛丽泰·嘉宝的配音，正好她也是瑞典人。

“你好啊！萨尔沃，最近怎样？我们好久没见了啊。”

“英格丽，我需要你的帮助。你今天晚上有空吗？”

“实际上我还有点事情。但如果对你很重要，我会把所有事情都推掉的。”

“很重要。”

“那么告诉我几点钟，在哪里。”

“今晚九点，在马里耐拉的酒吧。”

对于蒙塔巴诺来说，记者招待会，正如他之前所预料的那样，是一场漫长而痛苦的羞辱。从巴勒莫方面来了反黑组的副组长德·朵米齐斯，坐在局长的右手边。蒙塔巴诺本想随便混迹在人群中，但迫于台上颇具权威的手势，又被愤怒地瞪了几眼，他只得坐在他的长官的左手边。在他们身后，站着法齐奥、杰玛纳、加洛和加卢佐。局长开始发言，一开场便说出了被逮捕者的名字，二把手中的老大：贾塔努·贝尼其，人称塔努·格莱克，犯下多起命案并潜逃多年。那绝对是个丢出去的炸弹。那天有许多记者到场，甚至还有四台摄像机，记者们从他们的椅子上跳了起来，开始互相交谈，反正当时局长也很难维持场面的安静。他说抓捕的功劳归于蒙塔巴诺警长，在他队员们的协助下（他一一点名并介绍了他们），他很有魄力并且勇敢地抓住了有利的机会。随后德·朵米齐斯开始解释塔努·格莱克在组织里扮演的角色，就算不是最大头，也是一个非常重要的人物。他说完坐回位置上，蒙塔巴诺知道现在他被扔在一群恶狗面前了。

问题一阵扫射而来，比 AK47 的子弹还要猛烈。当时有没有交火？塔努·格莱克是独自一人吗？警力中有受伤的吗？当他们把塔努铐上的时候他说了什么？塔努在睡觉还是清醒的？他身边有女人吗？有狗吗？听说他吸毒，是真的吗？他手里有几宗命案？他穿着什么？他什么都没穿么？听说塔努是 AC 米兰的球迷，真的吗？他身上是不是有一张奥奈拉·穆蒂[1]的照片？您可不可以解释一下局长所谓的有利机会指的是什么？

蒙塔巴诺被问题弄得焦头烂额，越来越不知道自己在回答什么。

“还好有电视。”他想。“这样之后我可以再看看我自己到底说了什么胡话。”

另外，让一切变得更加艰难的是，督察官安娜·费拉拉充满崇拜的眼睛一直注视着他。

尼科洛·齐多，“自由网”的记者，一位真正的朋友，尝试着把警长从快要将他淹没的流沙中解救出来。

“警长，您好。您刚才说您应朋友的邀请去菲亚卡跟他一起吃塔比斯卡，在回来的路上发现了塔努。我说的对吗？”

“是的。”

“请问塔比斯卡是什么？”

他们俩在一起吃过无数次，所以齐多这次是在扔救生圈让他脱围。蒙塔巴诺抓住了救生圈。他忽然之间又充满了自信，吐字清晰，开始仔细地介绍起那款风味独特口感多样的披萨饼。

---

① 奥奈拉·穆蒂（1955— ），意大利著名女演员，模特。

# 第七章

一个时不时胡言乱语，结结巴巴，奇奇怪怪，言不在题，晕晕乎乎但眼中永远写满了惊恐的男人出现在“自由网”的电视镜头中，并且被无情地给了个特写。蒙塔巴诺艰难地认出了自己，被那些混蛋狗娘养的记者用问题狂轰乱炸。关于如何制做塔比斯卡披萨的那一段，他表现的最好的那一段，没有被播出，也许这个话题并不能很完美的贴合主题：塔努的抓捕行动。

阿姨为他准备好放在烤箱里的帕尔玛奶酪炖茄子尝起来淡而无味，但不应该是这样的，这道菜一直都很美味，一定是看电视里那个猪头看太久了，产生了一种心理上的反感。

忽然，他一阵想哭的冲动，想扑在床上用被子把自己裹成一个木乃伊的样子。

“蒙塔巴诺警长？我是《南方报》的鲁齐亚诺·阿夸桑塔。请问您是否愿意接受我的一次采访？”

“不。”

“我向您保证，不会占用您太多时间的。”

“不。”

“请问是蒙塔巴诺警长吗？我是斯宾加第，意大利国家电视台巴勒莫分部的阿提里奥·斯宾加第。我们正在组织一场圆桌会议，关于……”

“不。”

“您让我说完啊！”

“不。”

“亲爱的？是我，莉维亚。你觉得怎么样？”

“还行，怎么了？”

“我刚在电视上看见你。”

“哦，上帝啊！全意大利都看到我了？”

“我想是吧。但是你知道吗？报道时间并不长。”

“能听到我在说什么吗？”

“不能，只有主持人在说话。只能看到你的脸，但我就是因为这个才担心你的。你脸色蜡黄，好像个柠檬似的。”

“还是彩色的？”

“当然。你时不时把手搭在眼前，或者在额头上。”

“我头疼，光线也照得我不舒服。”

“现在好了？”

“是的。”

“蒙塔巴诺警长？我是《女性》杂志的斯黛法尼娅·夸德里尼。我们想通过电话采访您，可以吗？”

“不。”

“只有几秒钟的时间。”

“不。”

“我能荣幸地和出席记者招待会，享誉盛名的蒙塔巴诺警长说话吗？”

“别扯淡了。”

“不，你放心，你的蛋我们不想扯，但是屁股得开花。”

“你是谁？”

“你的死神，在跟你说话。我告诉你，你不会就这么混过去的，你这个作戏的呆逼。你以为就凭你跟你的好朋友塔努演的那出戏，能骗过哪个？跟我们捣鬼，你会为此付出代价的。”

“喂？喂？”

对话中断了。蒙塔巴诺没有时间去消化这些威胁性的话语，仔细地去思考他们的意义，因为他终于反应过来，在这些电话铃声狂轰滥炸的同时，另外一个响了有好一会儿的声音是他的门铃声。不知为何他坚信这是一位比其他同僚更为专业的记者，决定直接找上门来采访他。他怒气冲冲地跑到门口，没开门就吼道：

“他妈的谁啊？”

“是我，局长。”

他想干吗？这个时间到他家来，甚至也没有提前通知一声？他一把拉开门锁，打开了门。

“早上好，请进。”说着他站到了一旁。

局长一动不动。

“我们没时间了。您整理下着装，然后到我车上来。”

他转过身，走开了。蒙塔巴诺经过衣柜的穿衣镜时，才意识到局长说的“整理下着装”是什么意思。实际上他什么也没有穿。

汽车上并没有写着“警察”字样，而是带着“租车”的标记。司机的位置上，坐着一位他认识的蒙特鲁萨警局的探员，穿着便衣。当他一坐下，局长开口道。

“抱歉我没能提前通知您，但您的电话一直都占线着。”

“是啊。”

当然，他本可以插线进来的，但这并不是像局长这样一位礼貌而注重分寸的人的做事风格。蒙塔巴诺没有解释为什么电话扰得他不得安宁，这不是什么大事，他从未见过他的长官脸色如此阴沉，板着脸扭着嘴，面色几近狰狞。

他们行驶在从蒙特鲁萨开往巴勒莫的路上，过了大约三刻钟时间，司机开得飞快，警长开始看着窗外，西西里岛上这一片的风景最为让他着迷。

“你真的喜欢这儿？”几年前，当他带莉维亚来到这一带的时候，她震惊地这样问道。

荒芜的山丘，简直就像个巨大的坟包，上面只有干枯的黄色草茬。由于干旱、炎热、或者仅仅是厌倦了这场从一开始便注定失败的斗争，人们被突如其来的打击所击垮，放弃了在这里田野的劳作，留下这些草茬。在它们之间时不时矗立着几块灰色的巨石，很荒谬地从一无所有之中生长出来，或者可能是从天上掉下来的，活像深邃的岩洞中的钟乳石或石笋。这个叫做西西里的露天岩洞。极少的几所房屋，全都是一层的平房，西西里风格的屋顶，干硬的石头围成的四壁。房子盖得歪七扭八，仿佛它们脚下的大地不愿意承载它们，曾猛烈地想把它们甩开，而它们很不幸地坚持了下来。当然也有极少的几点绿色，但并不是树木或者农作物，而是些龙舌兰、黄芪、蜀黍、剑叶草，艰难而贫瘠地生长，同样徘徊在投降的边缘。

就像等到了合适的背景画面出现一般，局长开口说话了。然而警长意识到，局长不在跟他说话，而是在自言自语，一段痛苦和愤怒的独白。

“他们为什么那么做？谁来决定由谁下命令？要是有人事后深入地去调查，当然，这是不可能的事情了，要是有，他就会发现要么谁都没说过要这么去做，要么就是他们接受了上级命令要这么去行动。那么我们就来弄清楚这些发布命令的上级都是谁。反黑组领导肯定会否认，这样内务部也会否认，然后是国家元首共和国总理给予否认。这样剩下来的按次序排列就是：教皇、耶稣基督、圣母马利亚和永恒的天父。人们面对这个丑闻肯定会狂呼，怎么可能是他们下的命令呢！那么就剩下了魔鬼，众所周知它是一切罪恶的根源。原来是它的过错：恶魔啊！总之，长话短说，他们决定把他转移到另一所监狱里。”

“塔努？”蒙塔巴诺斗胆问道。局长甚至都没回答他：

“为什么？我们永远都不会知道，这点可以肯定。就在我们准备要召开新闻发布会的时候，他们把他放在了随便一辆轿车里，派了两位便衣警员护送，——上帝啊！他们可真狡猾哪！——这样不会引人注目。这样，开到了特拉比亚的时候从一条小路上冲出一辆经典的那种大排量摩托车，上面坐着两个人，戴着头盔所以根本认不出是谁。两位警员都死了，他躺在医院奄奄一息。就是这样了。”

蒙塔巴诺一声不吭地听着，稍带不恭地想着要是他们几个小时前把塔努给干了，他就可以躲过新闻发布会的那场折磨了。他琢磨着局长在经过那一番发泄以后心情稍微平复了一些，便问道：

“但他们怎么知道……”

局长猛地一敲前面的座椅，司机惊了一跳，车子微微偏了一下。

“您问我这什么问题哪，蒙塔巴诺？有内鬼，明显的嘛！这正是让我生气的地方。”

警长这次发问之前又等上了几分钟。

“那么这关我们什么事呢？”

“他想和您说话。他知道自己要死了，要跟您说件事情。”

“啊，那为什么要麻烦您呢？我可以自己去的。”

“我陪着您是要防止发生延误，或者其他的不幸。那些聪明绝顶的家伙们，也会想法阻止这次会面的。”

在医院的大门前停着一辆装甲车，十来个警卫散布在小花园里，手上的冲锋枪时刻准备着。

“蠢货。”警长说道。

他们经过了至少五道关口，紧张气氛不断升级，最后终于来到了通向塔努病房的走廊。所有的病房都被清空了，病人们在一片骂声和诅咒声中搬到了其他的地方。在走廊的尽头，站着四个全副武装的警察，另外两个站在很明显就是塔努的病房门前。局长出示了他们的通行证。

“你可辛苦了啊。”他跟军士说道。

“什么，局长先生？”

“为了你们的服务。”

“谢谢！”那位军士脸色发亮，屁都没听出局长口中的讽刺意味。

“您进去吧，我在外面等着。”

直到此时局长才发现蒙塔巴诺脸色发青，额头上满是汗水。

“上帝啊，蒙塔巴诺您怎么了？不舒服吗？”

“我好极了。”蒙塔巴诺咬着牙说道。

实际上他是在胡说八道，他感觉一塌糊涂。死人他完全可以容忍，他可以睡在他们旁边，假装分面包给他们吃，或者跟他们打扑克牌，这些他都无所谓。但看到那些行将就木的人会让他一身冷汗，手不自觉地颤抖，全身冰冷，胃里一阵恶心难受。

在被子下面，塔努的身体与蒙塔巴诺记忆中相比显得缩小了许多。他的双臂伸展开来，搭在身体的两侧，右臂裹着厚厚的石膏。他的鼻子现在已几近透明，上面插着通氧气的小管子。他的脸看起来很假，就像是当地的蜡制小人偶。蒙塔巴诺压抑着自己想要逃跑的冲动，拿起一把铁制的椅子，坐在这位将死者身边，后者紧闭着双眼，像是睡着了一样。

“塔努？塔努？我是蒙塔巴诺警长。”

另一位的反应十分迅速，立即睁开了双眼，作势要从床上起来，猛然地一动就好像一只长期被猎人追捕的动物做出的本能反应。随后他的眼睛聚焦在警长身上，他紧张的身体明显地放松了下来。

“您想要跟我说话？”

塔努点头示意，微露出一丝笑意。他极慢地开始说话，显得十分费力。

“他们还是把我从路上给摔出去啦。”

他指的是上次他们在他的小房子里进行的对话。蒙塔巴诺不知道说什么好。

“您靠近点。”

蒙塔巴诺从椅子上起来，向他凑了过去。

“再近点。”

警长弯着腰，耳朵快要凑到了塔努的嘴巴上，另一位口中呼出的灼热气息让他一阵反胃。塔努把他要跟警长说的话都说了出来，清清楚楚明明白白。说出这番话让他费了不少力气，他重新闭上了眼睛，蒙塔巴诺不知道该做什么好，是就此离开还是再停留一会。他决定重新坐下来，塔努又说了一句什么，声音微弱无法听清。警长又站起来，再次凑近这位濒危之人。

“您说什么？”

“我害怕。”

他在害怕，到了现在这一刻他无法克制便说了出来。这就是怜悯吗，这突如其来的一阵热流，心中颤动，这样痛苦的感受？蒙塔巴诺把一只手放在塔努额前，这次情不自禁地用“你”来跟他说话。

“你不要觉得羞愧，说害怕并不可耻。也因为这样你才是一个男人。我们所有人到了这一步都会害怕的。永别了，塔努。”

他快步走出房间，在身后关上房门。现在走廊中，除了局长和警员外，还有德·朵米齐斯和夏齐塔诺。他们急忙迎上他。

“他说了什么？”德·朵米齐斯焦急地问道。

“什么都没有，他什么都没能告诉我。显然，他是想说什么的，但没能成功。他快死了。”

“哈！”夏齐塔诺怀疑地叫道。

蒙塔巴诺平静地把手掌搭在他的胸前，狠狠地推开他。另一位倒退了三步，一脸震惊。

“你就待在那，别过来。”警长咬着牙说道。

“够了，蒙塔巴诺。”局长插了进来。

德·朵米齐斯看起来毫不在意两人间的矛盾。

“谁知道他要跟您说什么呢。”他坚持道，眼睛审视般盯着蒙塔巴诺，表情仿佛在说：你没跟我说实话。

“要是您乐意的话，我可以试着猜一猜。”蒙塔巴诺毫不礼貌地回了过去。

离开医院之前，蒙塔巴诺在吧台里灌下了双份的纯 J&B

威士忌。他们再次出发开往蒙特鲁萨，警长计算着晚上七点半他可以再次到达维加塔，因此他可以如约与英格丽见面。

“他说了，对吧。”局长安静地问道。

“是的。”

“重要吗？”

“我觉得是的。”

“为什么他偏偏选了您？”

“他承诺要给我一个私人礼物，以感谢我在整个事件中对他表现出的忠诚。”

“我听着呢。”

蒙塔巴诺把一切都告诉了他，最后局长陷入了沉思。随后他叹了口气。

“这全部由您来解决，带着您的人手。最好谁都不知道，就连警局里的人也不能知道：您也看到了，哪里都会有内鬼。”

很明显地局长陷入了来时路上的那种恶劣情绪之中。

“我们竟然沦落到这种地步！”他愤怒地说道。

半路，手机响了起来。

“喂？”局长说道。

另外一头简短地说了些什么。

“谢谢。”局长回答道，随后转向蒙塔巴诺。

“是德·朵米齐斯。他很礼貌地通知我们，就在我们走出医院的时候，塔努死了。”

“他们需要当心啊。”蒙塔巴诺说。

“当心什么？”

“当心尸体被别人偷走。”警长郁郁地讽刺道。

接下来是一段沉默。

“为什么德·朵米齐斯要特地告诉我们塔努已经死了的消息呢？”

“这个啊，实际上这通电话是针对您打的。很显然，德·朵米齐并不是个蠢蛋，他当然觉得塔努已经成功地跟您说了些什么。他要么想要跟您分吞这块蛋糕，要么想自己把它给独占了。”

蒙塔巴诺在办公室里找到了卡塔雷拉和法齐奥。这样更好，他跟法齐奥说话的时候最好没有其他人在旁边。更多是出于义务所在，而不是纯粹好奇，他问道：

“其他人都到哪里去了？”

“他们追四个小伙子去了。他们骑着两辆摩托在飙车。”

“神啊！一整个警局都去追捕飙车的人去了？”

“那是个比较奇怪的飙车比赛。”法齐奥解释道。“一辆摩托车是绿的，另一辆黄色。黄色的先走，开完一整条街，沿路把所有能顺的东西都顺带抢走。一两个小时之后，所有的人都平静下来老，绿色的再出发，把所有能搞的再搞一遍。然后他们转移到其他街区去，只不过这次绿颜色的先出发。这比赛比的是看谁抢到的东西多。”

“我懂了。法齐奥，听好了。今天晚上你到文提的店里去，以我的名义，跟会计借个十来把铲子、十字镐、锄头和铁锹。明天早上六点所有人在这里集合。办公室里奥杰罗警官和卡塔雷拉留守。我要两辆，哦不，一辆车，再让文提的店里给你一辆吉普。顺便问下，谁拿着我们车库的钥匙？”

“一般都是谁值班谁拿钥匙。现在是卡塔雷拉值班。”

“你去跟他要，把钥匙给我。”

“好的。但不好意思哦，警长，为什么要用到铲子跟锄头啊？”

“因为我们要换职业了。从明天开始我们从事农业生产，享受健康的乡间生活。啊满意啊？”

“警长啊，有的时候跟您真是无法沟通。能知道您怎么啦？您现在耿直就是又烦嫌又夹生。”

# 第八章

自从蒙塔巴诺初认识英格丽起，警长与这位绝妙的女子之间便产生出了奇妙的友谊。那次是在一场案件调查之中，他沿着虚假线索发现了她，而无辜的她其实被当成了别人的替罪羊。时不时英格丽会打一通电话过来，到警长这里聊一个晚上的天。这位年轻的女子向蒙塔巴诺倾吐自己的心事、最近遇到的问题，而他则像兄长和智者一样给予一些建议。他就像是精神上的父亲，这是他逼迫自己扮演的角色，英格丽激起了他一些不是那么精神上的念头，而他的那些建议总是被她巧妙地忽略掉。在他们所有的会面之中，六七次吧，蒙塔巴诺从来没有比英格丽早到过。英格丽对于守时观念有一种近乎病态的执著。

这次也是一样，他把车停在马里耐拉酒吧的停车处时，看见了她的轿车，停在一辆敞篷的保时捷旁。后者像是辆跑车，涂成恼人的黄色，既没品位又不中看。

当他走进酒吧时，英格丽站在吧台前正喝着威士忌，旁边一位和她亲密对话的男子，四十来岁，穿着淡黄色的衣服，西装笔挺，手戴劳力士手表，头发梳成马尾束在脑后。

“他要换衣服的时候，难道把车也换了？”蒙塔巴诺琢磨着。

英格丽一看到他便冲他跑了过来，抱住他，轻轻地在嘴唇上亲了一下，显然很高兴与他见面。蒙塔巴诺也很高兴：英格丽确是天生丽质，牛仔裤贴在修长的腿上，穿着凉鞋，天蓝色半透明的衬衫，可以隐约看见里面胸部的形状，一头金色的直发披在肩膀上。

“对不起，”她和跟她在一起的穿淡黄色衣服的男人说，“我们一会见。”

他们坐在一张桌前，蒙塔巴诺什么也不想喝，劳力士束发的男子走到了朝海的露台上喝他的威士忌去了。他们微笑着对视了一眼。

“你看起来不错啊。”英格丽说，“今天在电视里显得很痛苦嘛。”

“咳，”警长说道，并转移了话题。“你看起来也不错。”

“你想见我是为了跟我互相恭维的吗？”

“我想请你帮个忙。”

“我在这儿呢。”

从露台上，那个束发的男子不停地盯着他们看。

“那是谁？”

“我认识的一个人。我在来这里的路上碰到他了，他便跟着我一起过来，请我喝了杯。”

“你说你认识他，指的是？”

英格丽变得严肃起来，眉头皱了起来。

“你吃醋了？”

“不，你很了解我，另外我也没有理由吃醋啊。只是一看见他我就浑身不舒服。他叫什么？”

“好了嘛，萨尔沃，你管他呢。”

“告诉我他叫什么。”

“佩佩……佩佩·德·维托”。

“他做什么赚来的劳力士、保时捷和所有这些？”

“他是卖皮货的。”

“你跟他上过床了？”

“是的，去年吧，我想。他在跟我提议再来一次，但我对那唯一的一次会面没有什么好的回忆。”

“他是个无赖？”

英格丽看了他一会，突然爆发出一阵大笑，把吧台服务生吓了一跳。

“有什么好笑的？”

“是你的脸，一副义愤填膺的好警察样。不，萨尔沃，正相反。他完全缺乏想象力。我对他的印象就是一个没用的孬货。”

蒙塔巴诺向束发男子示意，让他到他们的桌子这里。当男子微笑着走近的时候，英格丽紧张地看着警长。

“晚上好。我认识您，您知道吗？您是蒙塔巴诺警长。”

“很遗憾，恐怕您之后还会更好地了解我。”

另一位十分尴尬，威士忌在杯子里晃了一下，冰块发出叮叮的声音。

“为什么您说很遗憾？”

“您叫朱塞佩·德·维托，从事皮货贸易？”

“是的……但是我没明白。”

“到时候您就明白了。这几天之内您会被传唤到蒙特鲁萨警局，到时我也会在。我们可以慢慢交流。”

束发男子的脸瞬间变成了黄色，他把杯子放在桌子上，因为已经无法在手中拿稳了。

“您能不能提前透露一下……稍微说明一下……”

蒙塔巴诺作出了一副刚被慈悲精神所感化的表情，

“您瞧，纯粹看在您是这位女士的朋友的分上。您认不认识一个德国人，叫做库特·苏克特的？”

“我向您发誓：从来没听说过。”另一位说道，同时从口袋里拿出一条淡黄色的手帕擦了擦额头上的汗。

“如果您这样回答我的话，我没有什么需要补充的了。”警长冰冷地说。他盯着他看了一会，示意让他靠近些。

“我给您个建议；别玩花样。再见。”

“再见。”德·维托机械地重复道，看都没看英格丽一眼，急匆匆出去了。

“你是个傻瓜。”英格丽冷静地说“还是个烂货。”

“对的，每次我心情不好都这样搞。”

“这个苏克特真有其人？”

“曾经有过。但是他化名为马拉帕特，是个作家。”

他们听见了保时捷的轰隆声，轮胎磨地的尖啸。

“你现在发泄过了？”英格丽问道。

“还不错。”

“你知道吗，你一进来我就看出来了，你心情不好。怎么了，你能告诉我吗？”

“我可以告诉你，但没什么意思。工作上的那堆烂事。”

蒙塔巴诺建议英格丽把车留在酒吧停车处，之后再回来取车。英格丽既没问他们去向何方，也没问他们要去做什么。过了一会蒙塔巴诺问道：

“你跟你公公相处如何？”

英格丽的声音十分欢快。

“很好！不好意思，我应该之前就告诉你的。我跟我公公处得很好。他已经有整整两个月没有来烦我了。”

“发生了什么？”

“我不知道，他也没告诉我。最后一次是从费拉回来的路上，我们去参加了一个婚礼。我丈夫没能来，我婆婆身体不舒服。总之，当时只有我们两个人。他忽然开上了一条支路，继续开了几公里之后，把车停在了树丛之间。他让我下车，把我脱光推倒在地上，用一贯的粗暴手段强奸了我。第二天我和我丈夫出发去了巴勒莫，一周以后，当我回来的时候，我公公就像迅速变老了一样，颤颤悠悠的。从那时起他几乎都是在躲着我。所以现在我敢在家中走廊里与他面对面，不用害怕被他推在墙上，两手抓在胸上，另外那话儿在下面。”

“这样很好，不是吗？”

英格丽刚刚叙述的故事，蒙塔巴诺比她了解的还要清楚。

蒙塔巴诺在第一次与英格丽见面的时候便得知了她和她公公的事情。随后一天夜里，当他们在倾心交谈的时候，英格丽忽然陷入一阵抽泣，她再也无法忍受她丈夫的父亲了：她作为一位绝对自由的女性，也觉得自己因被迫陷入乱伦事件中而受到了玷污。她打算着抛弃她的丈夫回到瑞典，她是个出色的机械工，在那里总能谋生。

这个时候蒙塔巴诺下定了决心要帮助她，把她从这摊烂泥中解救出来。第二天，他邀请了警署督察官安娜·费拉拉，她爱着蒙塔巴诺并坚信英格丽是他的情人。

“我绝望了。”他换上了著名悲剧演员的表情，开始表演。

“哦，上帝啊，发生了什么事？”安娜说道，两手握紧他的一只手。

“英格丽背叛了我。”

他把头垂在胸前，奇迹般地让眼睛湿润了起来。

安娜压抑住了一声胜利的欢呼。她一直都是对的！同时蒙塔巴诺把头深埋在两手之间，她看到这样绝望的姿态深感不安。

“你知道吗，我从来都没有告诉你，怕让你难过。我对英格丽做过一些调查，你并不是她唯一的男人。”

“这个我知道啊！”警长说道，仍旧把脸藏在两手之间。

“所以呢？”

“这次不一样！这不是普普通通的一次艳遇，这样兴许我还能原谅！她恋爱了，她变了！”

“你知道她爱上谁了吗？”

“是的，她的公公！”

“我的神啊！”安娜惊得跳了起来。“是她告诉你的？”

“不。是我自己发现的。而她呢，对此否认。她什么都不承认。但我需要一个确凿的证据，可以扔在她的面前的那种。你懂我的意思吗？”

安娜提议由她来提供这些确凿的证据。这样她凭着一台照相机成功获得了那些在树丛中的场景的图片。她让科技组一位可靠的朋友把这些照片放大，交给了警长。英格丽的公公，除了在蒙特鲁萨医院担任主治医师以外，还是一等一的重要政客。蒙塔巴诺向他所在党的当地分部，医院和家中都寄去了第一张颇具说服力的照片。三张照片的每张背后都写道：“我们把你握在手心里呢。”这一下子把他给吓得半死，他一瞬间看见了自己事业和家庭的完结。为了应对今后的情况，警长手中还有二十多张照片。他什么都没有告诉英格丽：她那瑞典人的隐私若是受到了侵犯，她可是会发飙的。

蒙塔巴诺一踩油门加速行驶着，想到他所施的伎俩达到了预期的目的，感到心满意足。

“你来把车开进去。”蒙塔巴诺说道，下了车，把警察局的车库大门打开。小汽车开进去之后，他打开灯，又重新关上了卷帘门。

“要我做什么呢？”英格丽问道。

“你看见那堆菲亚特500轿车的残骸了吗？我想知道它的刹车是不是被人为破坏过。”

“我不确定我能不能搞定。”

“试试吧。”

“唉，永别啦，我的衬衫。”

“啊，等等。我给你带了些东西。”

他从车后座上拿起一个塑料袋，从里面抓出他的一件衬衫和一条牛仔裤。

“你穿上这些。”

英格丽换衣服的时候，他走到旁边去找一个便携式照明灯，车间里用的那种。他在柜台上找到了灯，把它接上了电。英格丽一句话都没说，接过灯，拿起一把活动扳手、螺丝起，蹭进已经变形的菲亚特500底座下面。她只用了十多分钟的时间，便从汽车下面钻了出来，满身灰尘和油渍。

“这次很走运。刹车线被切断了一部分，我很肯定。”

“一部分是什么意思？”

“意思就是它并没有完全被切断，他们留下了刚够用的一小段，让它不至于马上报废。但只要用力拉一下，刹车线肯定就会断掉。”

“你确定它不是自己坏掉的吗？这是一辆老车了。”

“切口太平整了。并没有磨损的痕迹，或者仅仅有非常微小的磨损。”

“现在你听好了。”蒙塔巴诺说。“开这辆车的人从维加塔出发开往蒙特鲁萨，在那里停留了一会，然后又返回维加塔。事故发生在返回小镇的那个大下坡上，卡特那下坡路。它撞上了一辆大卡车，留在了那里。清楚吗？”

“清楚。”

“那么我问你：依你看来，这么个细作活儿，他们是在维加塔做的还是在蒙特鲁萨？”

“在蒙特鲁萨。”英格丽说。“如果他们在维加塔动手的话，车子肯定很早之前就出事故了。你还想知道什么吗？”

“不了。谢谢。”

英格丽没换衣服，甚至手也没洗。

"我在你家换。"

英格丽在酒吧前的停车处下了车，换上了自己的车，跟在警长的那辆后面。当时还没有到半夜，晚上气候温和。

"你想要冲个凉吗？"

"不用，我想在海里游个泳。可能之后吧。"

她脱下了蒙塔巴诺的脏衣服，脱下内裤，与此同时警长需要花上好大的力气，不情愿地披上精神导师的外衣。

"哎呀，脱了衣服，你也过来吧。"

"不用。我喜欢从露台上看你。"

一轮满月也洒下了太多的月光。蒙塔巴诺躺在那里享受着英格丽的身形，她走到海边，在冰凉的海水中张开双臂，开始了她轻盈的舞蹈。他看着她潜入海中，远看去她的头就像是个小小的黑点。他盯着那小黑点看了会儿，一下子，睡着了。

他醒来的时候已经出现了第一缕阳光。他起身，感觉有点冷，给自己准备了咖啡，一连喝了三杯。英格丽在走之前帮他把家里清洁了一下，没有留下她来过的痕迹。英格丽简直价值连城：她做了他要求她做的事情，没有要他作出任何解释。从好奇心的角度来看，她绝对不是个女人，但这仅仅限于那一个方面。蒙塔巴诺忽然感到肚中空虚，打开冰箱门：昨天中午没吃的茄子配帕尔玛奶酪已经没有了，英格丽把它们清理掉了。他只能就着一块面包吃一小块奶酪，这样总比什么都没有强。他冲了个凉，穿上之前借给英格丽穿的衣服，上面还带着她淡淡的香味。

作为习惯，他晚十几分钟到达警局：他的人都准备好了，加上一辆警车和一辆从文提家借来的吉普车，上面满载着铲子、锄头、镐和铁锹。看起来就像是一群雇农准备好了要去干活，下地劳作赚钱糊口。

克拉斯托山，从山的角度来说它可从未梦想过自己是一座山，实质上它只是一个光秃秃的小丘，位于维加塔西边，距海边只有五百米。小丘中间被小心地打通了一条隧道，现在被木板封了起来。这条隧道本是一条路的一部分，这条路从什么地方也不是通往什么地方也不是，对于刮脂敛财来说真是有用极了。这条路叫做城郊高速。根据传说，在这座山的深处，藏着一只"克拉斯托"，即"白羊"的意思，全身都由黄金做成。隧道的挖掘工没有找到它，那些中标承建公路的人却找到了。挨着这座山，不朝海的那一面，有一处好像是座石头的小堡垒，名叫"小克拉斯托"，铲土机和卡车都未曾到达这里，这个地区还有种原始的美。两辆车便是在朝着小克拉斯托前进，为了不引人注意，他们开在最难走的路上。他们并没有沿着乡间小径行驶，因此开得十分艰难，但警长要求车辆一直开到石头山脚下。到达后，蒙塔巴诺命令所有人都下车。

空气清新，清晨一片晴朗。

“我们做什么呢？”法齐奥问道。

“所有人都在小克拉斯托这块，仔细找。周围四处转转，找点儿事做。在某个地方应该有个洞穴的入口。他们肯定把它给藏了起来，用石头跟树枝什么的把它伪装起来了。你们要去把它揪出来。我向你们保证入口就在这块儿。”

他们四散开来。

两个小时后，所有人灰心丧气地重新在汽车旁集合。太阳暴晒，大家都汗流浃背，颇有先见之明的法齐奥用保温瓶带来了咖啡和茶。

“我们再试试吧。”蒙塔巴诺说。“大家不要只往石头上看，也看看地下，可能会有些可疑的东西。”

他们重新开始搜索，过了大概半个小时，蒙塔巴诺听见加卢佐远远的呼唤声。

“警长！警长！到这儿来！”

警长走到警员那儿，他负责的搜索地带是山脚下最靠近通往费拉的省际公路那一片。

“您看。”

那些人想要把痕迹给隐藏起来，而过了某个地方之后，一辆大卡车的印痕变得非常明显。

“一直通到那里。”加卢佐指着一块岩石道。

他一边说着这些话，一边停了下来，嘴张的老大。

“上帝啊！”蒙塔巴诺说。

他们之前怎么没的注意到呢？有一大块石头奇怪地躺着，从那后面钻出些干枯的草杆。就在加卢佐呼唤他的同事时，警长跑向巨石，抓住了一截剑草，用力往外拔。他差点儿朝后栽倒：这丛草没有长根，而是跟旁边的高粱秆一样都是被塞进去的，目的是为了掩盖住洞穴的入口。

# 第九章

巨石近乎长方形，看起来跟它周围的石头浑然一体，落在像台阶一样的石头上面。蒙塔巴诺目测了下，巨石大约有两米高，一点五米宽，用手去搬动它就不要想了，但总归应该有个法子的。在右侧的中心部位，有一个看起来绝对浑然天成的小洞。

“假设这是一扇木头门，”警长琢磨着，“那个洞就正好是在门把手的高度。”

他从外套的口袋里取出一支圆珠笔，捣到了洞里。整支笔都能插进去。但当蒙塔巴诺正要把笔收回口袋的时候，他注意到笔上什么东西把他手给弄脏了。他仔细看了看，嗅了嗅。

“这是油。”他跟法齐奥说道。现在就剩他还跟在警长身边。

其他的警员都躲在树荫下面。加洛找到了一片浆草灌木，并把它推荐给了同事们。

“吮它的茎干，味道好极了，人也不觉得渴了。”

蒙塔巴诺想，只有一个可能的解决方法了。

“我们可有钢索啊？”

“当然有喽，吉普车上的。”

“那你把它拉到这里来，越近越好。”

法齐奥走开的时候，蒙塔巴诺相信自己已经找到了挪开巨石的妙法，并开始用全新的视角来环视起四周的景色。如果这就是塔努·格莱克临终前所透露的地点，那么周围应该有个什么地方可以监视这里。整个区域看起来荒无人烟，让人根本无法想象，只要翻过山头，再隔几百米处便是交通繁忙的省际公路。不远处，一块干枯、乱石丛生的高地上，有一间小房子，一丁点小，就一间房间。他让人拿来了望远镜。木制的门关着，看起来是好的，在门边上，一个人高的位置，有一扇窗户，没有窗栓，由两根铁条交叉着封了起来。乍看来貌似没人在里居住，但这是唯一一个能够观察到周遭环境的地点，其他的住房都太远了。无论如何，他把加卢佐叫了过来。

“你去看看那个房子，想办法把门弄开，但当心不要把门撞坏，之后还有用。你看看那里有没有什么痕迹，最近几天是不是有人住过。但把所有东西都保留原位，就像你从来没去过那里一样。”

同时，吉普车几乎开到了巨石的底座之前。警长让人拿来了钢索的头，轻松地插进了那个洞里，并继续往里面塞。这一点都不困难，钢索在巨石里就好像沿着一条润滑充分的轨道滑行，没有遇到任何障碍。过了一会，钢索像条蛇一样，从巨石后面探出头来。

“你拿着这一头。”蒙塔巴诺跟法齐奥说道，“把它系在吉普车上，把车子发动起来，慢慢慢慢地往外头拉。”

汽车缓缓地开动，而巨石的右半边，仿佛沿着个隐形的门栓，渐渐与墙面分离开来。

“芝麻开门……”杰玛纳惊讶地看着，嘴中嘟囔着孩提时期童话中的开门的咒语。

“我向您保证，局长先生，那块巨石完全看不出是一扇大门，真是绝妙之作。您想，铁门栓隐藏在里面，从外面根本看不出来。要关上那扇门跟开门时一样轻松。我们是打着手电筒进去的。在洞里，光秃秃的地面上铺着十几块木头板子，一个钉在另一个上面。”

“这些木板是什么样子的？”局长问道。

“我实在想不出什么词来形容。这么说吧，那是一些很厚的木板，铺在地上是为了防止装武器的箱子长时间接触地面受潮。墙上的木板更薄一些。总之，那洞里就像是装了个没有盖子的大木头盒子。显然他们花了好大的工夫来弄这些东西。”

“武器呢？”

“简直就是一个军火库。冲锋枪和微冲加起来三十多把，一百多把手枪和左轮，两个火箭筒，几千发子弹，从TNT到塞姆汀什么种类的炸药都有。还有各式各样的制服，军装、警察制服、防弹衣等等，还有些其他乱七八糟的东西。所有东西都摆放得整整齐齐，每件上都裹着玻璃纸防潮。”

“我们这下打了他们个措手不及啊。”

“是的。塔努狠狠地报复了他们，也没有到彻底背叛组织的程度。我要向您汇报下，我并没有收缴这些武器，我把它们留在洞穴里了。我安排了我的人在旁边几百米的一间无人居住的小房子里，每天两班守卫。”

“您希望会碰见有人来补充军火？”

“但愿如此。”

“好的，我同意您的观点。我们再等一个星期，把一切都监控好，如果什么都没有发生，我们就开始收缴。啊，对了，蒙塔巴诺，您记得我后天邀请您共进晚餐的事吗？”

“我怎么会忘记呢。”

“我很抱歉，恐怕得往后再推迟几天了，我夫人伤风感冒了。”

其实并不需要等上一个星期。发现武器后的第三天，卡塔雷拉，在结束了从半夜到正午的值勤之后，满脸困倦地向警长汇报：蒙塔巴诺要求每一个值勤的警员结束后都向他汇报情况。

“有新情况吗？”

“米有，警臧。一切增藏。”

“很好。不对，应该说糟透了。你去睡觉吧。”

“啊，对了，我将将好想起来一件四情，屁大点儿四，我完全是出于谨慎，而非出于责任才向零汇报滴。总而言之小四一桩。”

“那这一桩小事到底是什么呢？”

“有辣个游客曾经经过这里。”

“卡塔，你再详细地说明一下。”

“我的叟表显示当时素早上二十一点。”

“卡塔雷，要是早上的话，应该是九点。”

“随零怎么缩。我就素在辣个时候听见了一辆摩托策的巨大轰鸣森。我喇起跨在身侧的望远镜，谨慎地探出头，确认了前来的策辆。那素一辆红色的摩托策。”

“车子什么颜色并不重要，然后呢？”

“从前述策辆上下来了一位游客，男性。”

“为什么你觉得他是一个游客呢？”

“从他脖子上挂着的照相机我得粗了以上判断。相机很大，像个炮筒一样。”

“那应该是个长焦镜头。”

“哎对对！就是辣个。然后他就开始拍照了。”

“他拍什么呢？”

“什么都拍，警臧，他什么都拍。奏围环境，小克拉斯托，还有我藏身于此的小屋子。”

“他靠近了小克拉斯托吗？”

“没有哦，警臧。他从新跨上摩托策准备离开的时候，还朝我招了招手。”

“他看见你了？”

“没有哦。我一直都猫在屋子里的。但素，就像我之前讲的，他一骑上摩托，就朝小屋子的方向做了拜拜的手势。”

“局长先生？我有个不太好的消息要告诉您。依我看来，他们察觉到了我们的行动，并且派了一个人过来确认情况。”

“那么您是怎么知道这件事的呢？”

“今天早上有一位在小屋值勤的警员发现了一个人。他骑着摩托车过来，用长焦照相机对整个地区进行了拍摄。显然在隐藏入口的巨石附近他们做了什么特殊的记号，比如说，一根指向特定方向的树枝，一块放在特定位置的石头……没办法，我们无法把所有东西都重新摆放成和之前一模一样。”

“抱歉打断您，您给值勤的警员下达过明确的指示的吧？”

“当然。根据命令，值勤警员本应该拦下那辆摩托，盘问此人，收缴照相机，把摩托车手带回警察局。”

“那为什么他并没有那么做呢？”

“由于一个再简单不过的原因：值勤的是卡塔雷拉警员，您和我都非常了解他。”

“啊……”局长的回答简洁明了。

“现在我们怎么办？”

“我们今天就开始武器的收缴工作。我收到巴勒莫方面的指示，要求我对此事予以最高程度的重视。”

蒙塔巴诺感到他腋下被汗水浸了个透。

“又要开新闻发布会了？”

“恐怕是的。我很遗憾。”

在准备跟随两辆汽车和一辆小卡车出发前往小克拉斯托的时候，蒙塔巴诺意识到，加卢佐像只被棒子打过的狗，正用可怜巴巴的眼神盯着他看。

“怎么啦？”

“您允许我把这项行动告诉我的妹夫，就是那个记者吗？”

“不行。”蒙塔巴诺立刻回复道，他又在一瞬间再思索了一下，脑子里有了个自己都觉得绝妙的点子。

“听着，算我私下里帮你个忙，让他来吧，给他打电话吧。”

他的点子是这样的，如果加卢佐的妹夫到了现场，并且大幅报道了此次发现，那么就不需要开什么倒头烂新闻发布会了。

蒙塔巴诺不仅给了加卢佐的妹夫以及“维加塔卫视”的摄影师极大的行动自由，甚至还临时自任导演，帮助他们来拍摄这则独家新闻。他组装起了一个火箭筒，法齐奥把它扛在肩上作发射状；他还把整个洞穴彻底照亮，这样每一个弹药筒和每一个弹夹都能被拍摄得清清楚楚。

两个小时的认真劳作之后，洞穴的清空工作告一段落。记者和摄影师奔回蒙特鲁萨做最后的剪辑工作，蒙塔巴诺用手机给局长打了个电话。

“收缴完成了。”

“好的。您送到我这里来，蒙特鲁萨这里。啊，对了。您留下一个人看守那里。过会贾科穆齐和科技组的人要过来。恭喜您。”

贾科穆齐进一步彻底地埋葬了开设新闻发布会的计划。当然，贾科穆齐很遗憾此次发布会不能召开，因为他在新闻发布会和访谈类节目里表现向来十分优秀。这位科技组的组长，在出发来洞穴取样之前，不辞辛劳地通知了二十来位记者，既有报社也有电视台的记者。如果说加卢佐的妹夫的报道在地区电视新闻里引起了巨大反响的话，采访贾科穆齐和他的科技组同僚的报道则在全国范围内引起了轰动。正如蒙塔巴诺预料的，局长考虑到如今所有人都已对此事件有了充分的了解，决定不再召开新闻发布会，而只是发布了一份详细的媒体新闻稿。

蒙塔巴诺穿着内裤，手上拿着一大瓶啤酒，惬意地坐在他家里的电视机前看着贾科穆齐的脸，从头到尾都是特写镜头。他在电视里解释他的队员是如何一块一块地将洞穴内部的木板拆下，寻找着各种蛛丝马迹，一丁点指纹或是脚印的痕迹。当洞穴彻底被掏空，回复到它本来的面目时，“自由网”的摄影师慢慢地给出了一个洞穴内部的全景长镜头。就在这个全景展示镜头中，警长瞥见了一个可疑的东西，留下了些许的印象，随后就闪过了。但警长决定去验证一下。他给“自由网”打了个电话，让人转给尼科洛·齐多，他的共产党朋友。

“没问题，我让他们把带子寄给你。”

“但我家里没有那个东西，那个倒头玩意，叫什么的。”

“那么就你过来在我们这里看吧。”

“明天早上大概十一点的样子可以吗？”

“好的。我到时候不在，我会跟其他人交代好的。”

第二天早上九点，蒙塔巴诺来到了蒙特鲁萨，米苏拉卡骑士所属党派的分部前。大楼门前的牌子上面写着党派办公室在六楼，可惜，牌子上并没有指出，由于大楼没有电梯，来访者只能自己爬上楼去。警长至少爬了十段楼梯，气喘吁吁地冲着一扇门敲了又敲，而那扇门一直死命地紧关着。他重新下楼，走出大门。就在旁边有一家果蔬店，一位老人正在招待一名顾客。警长在旁等着老板忙活完。

“您认识米苏拉卡骑士吗？”

“我认识什么人，不认识什么人，干您屁事？”

“干我的事。我是警察。”

“好吧。我是列宁。”

“您跟我搞笑啊？”

“一点也没有。我真的叫列宁。名字是我父亲给我起的，我也非常自豪。难道说您跟旁边那扇大门里的那群人是一类[①]？”

“不。总而言之我在这里纯粹是为了公务。我再问您一下：您认识米苏拉卡骑士吗？”

“我当然认识他了。他这辈子都在那扇门前进进出出，用他那辆废铁菲亚特500吵得我蛋疼。”

“那辆车给您造成了什么困扰？”

“困扰？他老是把它停在我店门口！就连那天他也是停在这里的，就是后来他撞上卡车的那天。”

“他那天就停在这里吗？”

“不然我说的是什么？土耳其语啊？就在这里。我请他把车子挪开，他跟我吵了起来，扯个嗓门说他没时间浪费在我身上。然后我就真的生气了，也没给他好果子吃。总而言之，长话短说，当时，我们互相对骂。幸运的是来了一个小崽子，跟骑士说他可以把车子移走，就跟骑士要了钥匙。”

“您知道他停到哪里了吗？”

“没得概念。”

“您还能认出这个小伙子吗？您之前曾经见过他吗？”

① 米苏拉卡骑士属法西斯党，战后应转为反共的右翼政党。

“我时不时看到他从旁边的这扇门里进出。应该就是那群货中的一个。”

“政党秘书长叫做毕拉金，对吧？”

“估计是吧。他在公共房屋管理办公室工作。他是威尼斯那儿人，现在应该还在办公室里。照这里的习惯，中饭之后大概六点钟才开门，现在还太早了。”

“毕拉金先生？我是维加塔的蒙塔巴诺警长，很抱歉在您办公时间打扰您。”

“瞧您说的，请讲。”

“我想请您帮忙回忆一件事情。可怜的米苏拉卡骑士参加的最后一场党内会议，请问是关于什么内容的？”

“我没弄明白您的问题。”

“请您别生气，只是个例行调查，为了弄清楚骑士先生去世的相关情况。”

“怎么了，有什么不清楚的吗？”

真他妈个混球，斐迪南多·毕拉金先生。

“一切都很清楚，我向您保证。”

“所以呢？”

“我这里需要结案，您理解吗？我还有最后几个手续要走。”

一听到“走手续”几个字，作为公共房屋管理办公室的国家公务员，毕拉金的态度一下子就改变了。

“哎呀，这些手续啊，我太理解了。那是一次党务会议，本来骑士先生是没有资格参加的，我们为他开了个特例。”

“所以那是一次内部会议？”

“有十来个人左右参加吧。”

“有没有人来找过骑士先生？”

“没有，我们把门锁了起来。如果有我应该能记起来的。有人打电话来找过他，这倒是。”

“哦，那么显然您并不知晓那通电话的腔调喽。”

“我不仅知道电话的腔调，我还知道什么是中音、低音和女高音！”

他说着，大笑了起来。可真幽默啊，斐迪南多·毕拉金先生！

“您知道骑士先生是怎么说话的，好像其他人都是聋子一样。当他开口时，想不去听他说话很难。您瞧有一次……”

“对不起，先生，我的时间有限。您当时听出了那通电话的……”

他停了下来，放弃了“腔调”这个词，避开了毕拉金作孽的幽默感。

“……那通电话的意思？”

“当然了。那个人帮骑士把汽车给停好了。而骑士先生，作为感谢，骂了那个家伙，因为他把他的车停得太远了。”

“您知道是谁打的电话吗？”

“不知道，怎么了？”

“因为所以。”蒙塔巴诺说着，挂上了电话。

所以，那个小伙子，除了在某个同谋的停车场的帮助下，为骑士先生提供了致命的小小服务外，还一时兴起让骑士先生走上了好一段路。

蒙塔巴诺向“自由网”的一位职员解释了他自己在所有跟电子有关的产品面前是多么的不在行。他能够打开电视机，嗯嗯，调个频道，再把机器关上。除此之外，游戏结束。那位女职员，满怀着耐心，举止优雅地把卡带放进了机器，倒带，并在每次蒙塔巴诺要求的时候把画面暂停住。当他从“自由网”办公室里出来的时候，警长确信自己已经看到了他所感兴趣的东西，但他所感兴趣的东西好像并没有什么意义。

# 第十章

在“圣卡洛杰罗”酒吧门口他停了下来，举棋不定：已经到吃饭的时间了，没错，他也感受到了来自身体内的需求；而另外一方面，在他看完录像带后，脑中的那个想法挥之不去，催促着他一路向前到小克拉斯托那里去证实一下。从餐馆里飘来的炸鳐鱼的香味最终获得了胜利。他吃了一道特色海鲜前餐，之后又点了两条鲜鲈鱼，新鲜得好像还在水里游着一样。

“您吃饭的时候没有全身心地投入嘛。”

“确实，我脑子里有件心事。”

“在我主授予我们的恩赐——这样的一盘鲈鱼面前，应该抛掉所有的杂念才对啊。”老板卡洛杰罗庄严地说着，慢慢踱着步子走到了一旁。

他顺路经过了办公室，看看有没有什么新的消息。

“贾科穆齐先生打了好几次电话。”杰玛纳跟他说道。

“他要是再打过来，你就跟他说我晚点会再找他。我们有一个强力手电筒吗？”

当他从省际公路来到小克拉斯托附近的时候，他下了车，决定接着步行到洞口。这天的天气很好，一缕清爽的微风吹拂着蒙塔巴诺的心情。山脊附近的地面上满是好奇者的汽车经过的痕迹，被用作大门的巨石现在被挪到了几米外的地方，洞穴的入口现在是开放的。正在他要进去的时候，他停了下来，竖起了耳朵。从里面传出了低沉的细语，时不时被微弱的呻吟声所打断。他紧张了起来：难道有人在里面用刑？他没有时间跑回汽车那里拿他的手枪。他跳了进去，同时打开了强力手电筒。

“全都不许动！警察！”

在洞穴内的两个人一动都不敢动，凝固在那里，而蒙塔巴诺更是连血液都要凝固了。那是两个非常年轻的情侣，浑身赤裸，正在那里做爱：她的手搭在墙上，手臂伸展，而他贴在她的身后。在手电筒的光线下他们看起来像是两尊雕像，美丽极了。蒙塔巴诺感到自己羞愧得满脸通红，硬生生地，他关掉了电筒，一边往洞穴外退，一边嘟囔道：

“不好意思……我弄错了……你们请自便。”

一分钟不到，他们便走了出来，毕竟穿上牛仔裤和背心并不需要太长的时间。蒙塔巴诺真心地为打扰了他们而感到抱歉，那对年轻人在以自己的方式向洞穴献祭，那里现在已经不是死亡的储藏所了。男孩在他面前低着头走过，手插在口袋里，而她则看了他一眼，微微一笑，带着一丝被逗乐的表情。

警长只需要简单地检查一下表面，便可以确认他在录像带中注意到的可疑之处与现实的洞中情况相符：洞中侧面的墙壁相对来说显得较为光滑紧凑，而在洞穴深处，正对着入口处的墙壁，却显得较为粗糙，凹凸不平，乍看上去好像在开凿的时候工作没有做好。但这并不是开凿的问题，而是石头堆放的问题。有的石头一块叠在另一块之上，而有的一块紧挨着另一块，随后，随着时间的流逝，石头渐渐混在了一起，披上了一层伪装。灰尘、泥土、滴水留下的痕迹，以及硝石覆盖在表面上，使得粗糙的石墙变成了近乎天然的墙壁。他继续仔细观察，一厘米一厘米地在上面搜索，最终，他终于得出了答案。在这个洞穴的深处，还可以挖出另一个至少一米乘一米的开口，而这个开口显然不是在最近几年内才被掩埋起来的。

“贾科穆齐？我蒙塔巴诺哎。我急需你……”

“你能告诉我你跑到哪边潇洒去啦？我一整个上午都在找你！”

“哎，我不在这里了嘛。”

“我找到了一片硬纸板，做纸箱的那种，更具体点，就是大包裹箱上的那种硬纸板。”

“那我也跟你说个我的秘密：有一次，我还找到了个红纽扣呢。”

“你个傻货别乱打岔！我不说了。”

“好啦，小宝贝乖，不要生气嘛。”

“这块硬纸板上印着字母。我是在洞穴的结构板那里找到的，应该是插在结构板的隙缝处了。”

“你在哪儿发现的来着？”

“结构板？”

“不是，那旁边的。”

“隙缝处？”

“对！天哪你多有文采哦，说的真好！在你说的这个什么东西下面你们还发现什么了吗？”

“嗯，还有些锈钉子，哎对了还真有个纽扣，但这次是黑色的，一支铅笔头，几张碎纸。但是下面的湿气把这些东西都弄烂了。那块硬纸板的保存状况很好，显然是这几天才刚掉下去的。”

“你之后把它给我看看。听着，你们有没有那个声波探测器跟会用这玩意儿的人？”

“有的，我们一个星期前在密西米西用过，用它去找三具尸体，后来成功找到了。”

“你可以把设备送到维加塔这里吗，大概五点的样子？”

“你疯啦？现在已经四点半了！两个小时后吧。到时候我也过来，把硬纸板给你。但是你要那设备干吗呢？”

“去照你的屁股。”

“薄尔乔校长在那里。他说如果您可以见他的话，他想跟你说件事，大概五分钟就行了。”

“请他进来吧。”

薄尔乔校长退休已经十多年了，但全镇的人仍然叫他校长，毕竟他当了三十多年维加塔中等商业技术学校的校长。他和蒙塔巴诺的关系很好。校长是一个兴趣广泛的人，虽然年事已高，但仍然热爱生活，警长有好几次和校长一起在防波堤上休闲地散步。他来到蒙塔巴诺面前。

“真荣幸啊！快请坐！”

“我正好路过这里，就想着要来找您了。要是您不在办公室，我也会打电话给您的。”“您请说。”

“我想要告诉您些跟你们发现的那个储藏武器的洞穴有关的事情。我不知道您是否感兴趣，但是……”

“您在开玩笑吗？请您快把您知道的都告诉我吧。”

“好的。首先声明我说的这些，都是建立在我从地方电视台上看到，从报纸上读到的那些信息的基础上的。有可能事实真相并不像媒体描述的那样。无论如何，有人说那块遮住入口的巨石是黑手党和那些从事军火贸易的人竖在那里的。这不是真的。那块巨石改建成的大门，是我的一个最亲密的朋友——李洛·瑞奇塔诺的爷爷做成的。”

“您知道那是什么时期的事情吗？”

“当然。大概是在1941年，那时由于战争，橄榄油、面粉和小麦都变得稀缺起来。在那个时候，所有克拉斯托和小克拉斯托周边的土地都属于贾科莫·瑞齐塔诺，他是李洛的爷爷。他在美国通过不那么合法的手段赚了笔钱，至少镇里的人是这么说的。”贾科莫·瑞齐塔诺想出了这个主意，用那块巨石做成大门遮住洞穴的入口。他在那个洞穴里把所有东西都藏了起来，然后跟他的儿子彼得，李洛的爸爸一起从事黑市生意。他们可不是什么谨小慎微的人，还从事一些其他的活动，可以说是一些与流血有关的事情，而在那时候人们是不会谈论那些事情的。但李洛却与他们都不同。他是爱好文学的孩子，写得一手好诗，读过很多书。是他让我认识了帕维塞的《你的家乡》，维多里尼的《西西里对话集》。我经常去找他，基本上都是他父母不在的时候，他就住在克拉斯托山脚下的小别墅里，面朝大海的那边。

“后来要建隧道就把别墅给拆了？”

“是的，说得更具体些，建隧道的铲土车把它的残骸和地基给铲了，而小别墅本身在盟军 1943 年登陆之前的那些轰炸中便被炸毁了。”

“我还能找到您的那位朋友李洛吗？”

“我连他是死是活都不知道，更别说他住在哪里了。我这样说是因为，您也得考虑到他那时比我还要年长四岁，当然现在也是一样。”

“校长先生，请问，您有没有去过那个洞穴里？”

“没有。有一次我向李洛提出这个要求，他一口回绝了我。他的爷爷和父亲严令禁止他提及此事。他非常害怕他们，他跟我提到洞穴的秘密已经冒了很大的风险了。”

巴拉松内探员，虽然从姓氏上看来像是皮埃蒙特人，但说着一口米兰口音，长着一副清明节的脸。

“死亡的日子近了，作乐吧！”蒙塔巴诺看着他，脑中浮现出德里奥·泰萨的这首诗的标题。

巴拉松内在洞穴深处摆弄了半个小时他的设备之后，摘下耳机，用一副更哭丧的脸看着警长。

“我搞错了。”警长想着。“现在我在贾科穆齐面前这脸可丢大了。”

贾科穆齐在这洞穴里待了十分钟之后，便宣称自己受不了这幽闭的空间，跑到外面去了。

“可能因为现在这里面没有摄像机在对着你吧！”蒙塔巴诺这样恶狠狠地想着。

“所以呢？”警长决定开头询问情况，确认一下他的失败。

“墙的那坎儿，有。”巴拉松内含糊不清地说道，他不禁一脸忧郁，而且惜字如金。

“如果不是很麻烦你的话，能不能请你说得清楚一些，墙那边有什么呢？”蒙塔巴诺带着一丝令人颇为警觉的礼貌询问道。

“剌一个块子。”

“请问你可以说普通话吗？”

从蒙塔巴诺的外表和语气声调上看来，他很像是一位十八世纪宫廷里的一位绅士，彬彬有礼。但巴拉松内并不知道，如果他再这样胡闹下去，这位绅士很快就会一拳抡得他鼻子出血。很幸运的是，他听从了蒙塔巴诺的话。

“那里面有一片空间，”他说道，“跟这边洞穴的大小差不多”。

警长放下心来，他之前的推测是正确的。就在这时贾科穆齐走了进来。

“发现了什么吗？”

在他的上司面前，巴拉松内立刻变得健谈起来。蒙塔巴诺则愤怒地看着他。

“是的，长官。在这面墙之后应该还有另一个洞穴。就像我在电视中看到的那种，爱斯基摩人的房子，叫什么来着的，啊对了，圆顶雪屋，在旁边还连着另一个雪屋。两个屋子之间通过一种低矮狭小的通道相连接。这里的情况就是这样的。”

“这样看来，”贾科穆齐说道，“两个洞穴之间的小通道被堵上是不少年前的事情了吧。”

“是的长官。”巴拉松内的表情越来越忧郁。“如果另一个洞穴里也碰巧藏有军火的话，那也是第二次世界大战时期的装备了。”

硬纸板被科技组精心地保存在一个透明的小袋子里。蒙塔巴诺第一眼看到这块硬纸板，便发现它的形状和西西里岛一样。在中间，印着几个黑色的字母：“Ato-Cat”。

“法齐奥！”

“到！”

“你到文提的店去，再把吉普跟铲子、铁锹给借来。明天我、你、杰玛纳、加卢佐，我们再到小克拉斯托那里去！”

“您这是弄上瘾来了嘛！”法齐奥忍不住说道。

他感到非常的疲倦。他在冰箱里找到了煮鱿鱼仔和一块陈年卡齐卡瓦洛奶酪。他在露台上安顿了下来。进食完毕后，他在冰箱冷冻层里搜索起来。有一份阿姨给他按一、二、四比例调制成的柠檬刨冰：一杯柠檬汁，两杯糖，四杯水。着实让人意犹未尽。他决定接下来躺在床上，把蒙塔班的小说给看完。他甚至一章都没能看完：尽管他带着浓厚的兴趣读着小说，但深深的困意最终还是占了上风。约摸两个小时之后，他忽然醒了过来。他看了看手表，刚到晚上十一点。他把手表放回床头柜上时，视线落在摆放在旁的那片硬纸板上。他拿起那块纸板，走进洗手间。他把它放在漱口杯上，就着荧光灯冷冷的光线，他继续打量着硬纸板。忽然一个念头在他脑中闪过。好像有那么一瞬，浴室中的光线逐渐变强，直到随着一阵闪光炸将开来。他一阵冲动想要笑出声来。

"难道我只有待在厕所里才会有灵感吗？"

他对着那块纸板看了又看。

"我明天早上清醒点的时候再想吧。"

但事情并不是这样的。他在床上辗转反侧了一刻钟之后，坐起身来，在电话簿中找到了他的朋友，财政警察队长阿利奥塔的号码。

"抱歉这个时间打扰你。我急需一些重要的信息。你们有没有检查过维加塔一个叫做英格拉夏的人的超市？"

"这个名字我没印象。换句话说如果我不记得这个名字，意味着很可能我们进行过这样的税务检查，并且没有发现什么不规范的地方。"

"谢谢。"

"等等。负责这些检查的是拉甘那上士。如果你需要的话，我让他打电话到你家里。你是在家里的吧？"

"对的。"

"给我十分钟时间。"

他抓紧时间走进厨房，喝了杯冰水。电话响了起来。

"我是拉甘那，队长把情况跟我说了。对那家超市进行的最近一次检查是在两个月前，一切正常。”

“这次检查是由你们亲自进行的吗？”

“是次例行检查。我们发现一切都很正常。我向您保证，我们在检查中很少会碰见材料如此完备的商人。就算有什么人想要整他的话，也连个把柄都抓不到。”

“你们把所有东西都检查过了？账本、发票、收据？”

“对不起，警长先生。不然您觉得我们是怎么进行税务检查的呢？”上士反问道，语气中带着一丝冰冷。

“哦，我绝不是要怀疑什么……我问这个问题有别的目的。我不是很了解某些流程，因此需要您的帮助。这些超市是如何进行供货的呢？”

“通过一些批发商。五家，或者十家，取决于他们的需求。”

“啊。您能够告诉我英格拉夏的超市有哪些供货商吗？”

“我想可以的。我应该把相关记录记在什么地方了。”

“非常感谢您。我明天早上打电话到军营里来。”

“我现在就在军营里。请您在电话前等一下。”

蒙塔巴诺听见他用口哨吹着小调。

“喂，警长先生？这儿，英格拉夏的供货商分别是米兰的三家，贝加莫的一家，塔兰托的一家，卡塔尼亚的一家。请您记一下。在米兰的叫……”

“抱歉打断您。请您从卡塔尼亚的那家开始。”

“卡塔尼亚这家的公司名称叫做“潘(PAN)”,就像面包(Pane)去掉最后的字母e。公司法人是萨尔瓦多·尼克西亚，住在……”

这些对不上去。

“谢谢，这样就可以了。”蒙塔巴诺失望地说道。

“请等一下，我漏了一条。在卡塔尼亚，超市还有另一个供货商,只负责家庭用品的进货,叫作‘布兰卡多(Brancato)’。”

“Ato–Cat”。在那片纸板上是这样写的。布兰卡多Brancato–卡塔尼亚Catania：线索对上了！蒙塔巴诺喜悦的呼喊震住了上士的耳朵，把他吓了一跳。

“警长？警长？上帝啊，发生了什么事？您身体不舒服吗警长？”

# 第十一章

一身轻松，带着微笑，穿着西装打着领带，身上带着古龙水的香味，蒙塔巴诺早上七点出现在英格拉夏的经理弗朗西斯科·拉科马莱家门前。后者为他开了门，带着合乎情理的惊愕神情，穿着内裤，手中拿着一杯牛奶。

“怎么了？”经理认出了警长，脸色发白。

“我只问两个简简单单的问题，之后就不会再打扰您了。但这之前我要把一件很严肃的事情跟您说清楚。这次见面只有您跟我才知道。如果您跟别的人提起，包括您的上司，那么我会找个这样或者那样的借口，把您给扔进牢房里去。”

拉科马莱挣扎着想要吸几口新鲜空气的时候，从屋子里传出了一个女人尖锐的喊声。

“宝贝啊，这个点钟是哪个啊？”

"没得没得，卡米莉娜，你睡哈。"拉科马莱回答道，掩上了身后的房门。

"抱歉，警长，我们就在这里门口的楼梯上讲话吧？楼上是顶楼，没人住，所以这儿没人会来打扰我们。"

"你们在卡塔尼亚的供货商是谁？"

"'潘'和'布兰卡多'。"

"有约定好的进货时间吗？"

"'潘'是每周一次，'布兰卡多'是每月一次。我们和其他的超市协调好的时间，他们也从同样的批发商进货。"

"非常好。那么，我的理解是，'布兰卡多'给一辆卡车装满货物，然后兜一圈，分别在几家超市卸货。你们在这一圈里是处于什么位置呢？我的意思是……"

"我懂您的意思，警长。卡车从卡塔尼亚出发，先到卡尔塔尼塞塔，然后是特拉帕尼，接着蒙特鲁萨。我们在维加塔是卡车的最后一站，接着卸空货物的卡车返回卡塔尼亚。"

"最后一个问题。被小偷们偷走，后来又让人给找到的那些货物……"

"您非常聪明，警长先生。"

"您也是啊，您在我问出问题之前就可以回答我的问题了。"

"事实上我就是想着这整件事情，晚上才睡不着觉的。总之，‘布兰卡多’的货物提前送达我们这里了。我们本来等着第二天一大早收货的，但前一天晚上，我们正要关门的时候货就到了。司机说特拉帕尼有一家超市因为办丧事所以关门了，所以他就提前到了我们这儿。于是英格拉夏先生为了把卡车给清空出来，便让我们卸货，检查了清单，数了数箱子的数量。但他没让我们打开箱子，说已经太晚了，他可不想付加班费，第二天再去处理那些货物。几个小时后盗窃案就发生了。现在我一直在思索，是谁通知的那些小偷，告诉他们货物已经提前送到了呢？”

拉科马莱沉浸在自己的推理之中。蒙塔巴诺决定担任搅局的角色：经理不可以离真相太近，他会把事情给弄糟的。无论如何，他显然并不了解英格拉夏的那些交易。

“这两件事情并不是肯定有关联的。小偷可能是过来偷窃那些已经在仓库里的东西的，然而他们发现了那些刚刚运达的货物。”

“是的，但他们为什么又让人重获这些货物呢？”

这就是难点所在了。蒙塔巴诺犹豫着不想给出一个能满足拉科马莱好奇心的答案。

“是哪个家伙在那块儿啊？”那个女子的声音再次问道，这次带着十足的愤怒。

她应该是一位嗅觉非常敏锐的女人，拉科马莱夫人。蒙塔巴诺抓住这个机会告辞，他想要了解的信息也都知道了。

“向尊夫人致意。”他说着，冲下楼梯。

刚刚走到大门口处，他像个溜溜球一样又折回身来，再次按响了门铃。

“又是您？”拉科马莱这次把牛奶给喝了，但仍然只穿着内裤。

“请原谅，我忘记了一件事情。您确认那辆卡车在卸货之后是完全空载着离开的吗？”

“哎，这我可没说。卡车上还有大概十五个大箱子，据司机说，是属于特拉帕尼那家关门了的超市的。”

“今天早上到底是他妈的哪个在那边烦个不歇啊？”卡米莉娜女士在屋里喊道，蒙塔巴诺招呼也没打就匆忙离开了。

“我相信我已经基本弄清楚了枪械的运送路线，一直到它们抵达洞穴为止。请您听我解释，局长先生。总而言之，枪械从世界上的某个角落通过某种方式——这我们还要去弄弄清楚——到达了卡塔尼亚的‘布兰卡多’公司。这家公司把它们入库，存放在大箱子里，上面印上字母，就好像这些是存放普通家用电器的箱子一样。当交货命令到达时，‘布兰卡多’的那些人就把藏有枪械的箱子和其他箱子一起装上卡车。出于谨慎考虑，从卡塔尼亚到卡塔尼塞塔的一段路之间，他们用之前偷来的卡车换掉公司的卡车。如果有人发现了车上的枪械，‘布兰卡多’公司可以坚称他们与这毫不相关，也不清楚这些军火交易，运货的卡车不是他们的，甚至，他们公司本身也是这次偷窃的受害者。被偷来的卡车开始它的运送路程，在他们要供货的那些超市里卸下这些箱子，就是那些‘干净’的箱子，然后前往维加塔。在到达维加塔之前，他们先去了小克拉斯托，把军火箱子卸在了洞穴里。然后一大早，就像经理拉科马莱跟我说的那样，他们把最后的箱子交给英格拉夏，然后返回公司。在返回卡塔尼亚的路上，他们再把被偷掉的车子换成公司真正的卡车，重新返回公司，就像是由这辆车完成了整个运货流程。有可能他们还会每次修改卡车的里程表。这个小玩笑他们已经重复了不止三年了，因为据贾科穆齐说洞穴的布置已经有三年的历史了。”

“您向我解释的，”局长说道，“关于他们的标准运货流程真是太精妙了。但我仍然无法理解为什么他们要上演那出假的盗窃案。”

“他们是出于必要才这样做的。您还记得在圣鲁齐亚乡村里一支宪兵巡逻队和三个亡命之徒的交火吗？有一个宪兵受了伤。”

“是的，我记得。但这有什么关联呢？”

“本地电台在接近二十一点的时候报道了这则消息，正是卡车开往小克拉斯托的路上的时候。圣鲁齐亚离这些走私者的目的地只有两三公里远，他们应该正是从电台里听到这则消息的。在交火地点应该聚集了很多巡逻队，他们可不想在一个荒无人烟的地方被一队巡逻队逮个正着。他们于是决定继续开往维加塔。他们可能在什么地方遇见路障被拦下来，但相比之下这没什么太大的风险，因为他们有很大的机会蒙混过关。实际上也确实如此。因此他们提早了很久到达，便编了个特拉帕尼超市关门的故事。与此同时英格拉夏也收到了通知，让卡车卸货，假装之后要返回卡塔尼亚。卡车上还装有军火，像拉科马莱经理说的那样，在要被送到特拉帕尼的超市的那些箱子里。卡车之后藏在维加塔附近英格拉夏或者其他的某个同谋那里。”

“还是要再问您，为什么要伪装这场盗窃案呢？从他们藏车的地方，卡车完全可以不必经过维加塔便到达小克拉斯托那里。”

“但这一切都是必要的。如果卡车被宪兵、财政警察或者随便什么人拦下来，车上有十五个箱子而他们又没有运货单，他们会引起人们的怀疑的。如果他们被迫打开一个箱子，接下来将是一场灾难。因此他们必须重新装上在英格拉夏那里卸下的箱子，而也正因为这一点，英格拉夏没有让人把箱子封装拆开。”

“现在我有点懂了。”

“在夜里的某个钟点，卡车回到了超市。守卫既没有认出卡车也没有认出上面的人，因为之前他还没有到达他的夜间岗位上。他们装上仍未打开的箱子，这次开往小克拉斯托，把装有军火的箱子卸下，将卡车开回去，抛弃在加油站旁边的空地上，接下来就大功告成了。”

“对不起，但为什么他们不丢掉偷来的那些货物，再开回卡塔尼亚呢？”

“这也是他们高明的地方。把偷来的货物原封归还，可以终止警方的调查。我们肯定会推测这是一次他们的失误，因为某次保护费没缴而进行的威胁。总而言之这使得我们去进行最低层次、最普通的调查，很遗憾我们每天的工作也都是在这个层面上进行的。而英格拉夏把他的那出戏也演得很好，像他所说的这都是一个荒谬的玩笑。”

“这招确实高明。”局长评论道。

“是的，但如果仔细看来，这是他们的错误，一次迟早会发生的失误。他们不知道，在我们这边，发现了一块夹在洞穴地面上木板缝里的硬纸板。”

“是啊，是啊。”局长若有所思地说道。接着，好像自言自语一样，他问道。

“谁知道那些空箱子去了哪里呢。”

有的时候局长会去关注一些屁大关系都没有的小细节。

“他们会把空箱子放到什么车子上，然后带到农田里去烧掉吧。因为在小克拉斯托至少有两辆同谋的车子，卡车被抛弃在空地上后，另一辆还得把卡车司机给带走。”

“所以，如果我们没有找到那块硬纸板，我们就什么也发现不了了。”局长总结道。

“这个嘛，事情也不完全如此。”蒙塔巴诺说道。“我之前追的另外一条线索也会指向同样的结论的。您瞧，他们不得不杀死了一位可怜的老人。”

“杀人案？为什么我并不知情？”

“因为他们把这弄得像是一场事故。仅仅在前天晚上我才可以确定他们在汽车的刹车上做了手脚。”

“是贾科穆齐告诉您的？”

“谢天谢地不是！贾科穆齐人非常随和，也很有能力，但把他牵扯进来就相当于开了场新闻发布会。”

“迟早有天我会狠狠凶他一顿，给贾科穆齐拔拔毛。”局长叹了一口气，“请您把所有的事情都告诉我，但是请按顺序来，慢慢说。”

蒙塔巴诺把米拉苏卡骑士的故事和他给警长写的信告诉了局长。

“他的死毫无意义。”他总结道。“他的杀手们不知道他已经把所有的事情都写信告诉我了。”

“如果像米苏拉卡说的那样，那请您再解释一下为什么在这起偷窃案正在上演的时候，英格拉夏要在他的超市附近呢？”

“因为如果发生什么别的问题，一次不合时机的拜访，他会随时准备好跳出来解释说一切正常，他要把货物都退回去，因为那些‘布兰卡多’的人把他的订单给弄错了。”

“那么那个被放在冰柜里的夜间守卫呢？”

“那位现在便不是什么问题了。他们会让他消失的。”

“我们接下来怎么办？”局长在短暂的停顿以后开口问道。

“塔努·格莱克给我们的这个礼物，尽管没有告诉我们什么名字，可是份大礼。”蒙塔巴诺说道，“我们不能就这样浪费了。如果我们谨慎行事，我们可能摸到个我们自己都不知道有多大的网络。我们需要小心行事。如果我们立刻把英格拉夏或者‘布兰卡多’公司里的什么人给抓起来的话，就什么也得不到了。需要等大鱼上钩。”

“我同意。”局长说。“我通知卡塔尼亚那里严密监……”

他停了下来，神情扭曲了一下，痛苦地回想起巴勒莫的那个内鬼，促成了塔努的死。很有可能在卡塔尼亚也有个同样的内鬼。

“我们慢慢来。”他决定道。“我们这次只盯着英格拉夏。”

“那么我到法官那里去要那些授权令。”警长说道。

正当他要出去的时候，局长叫住了他。

“啊，对了，我的妻子现在好多了。您周六晚上可以吗？我们有很多事情要谈呢。”

他发现洛·比安科法官出乎寻常地心情很好，眼睛闪着光芒。

“看来您最近不错啊。”警长忍不住说道。

“是啊是啊，还真不赖。”

他环视四周，带着一副鬼鬼祟祟的神情，凑近蒙塔巴诺，低声说道。

“您知不知道李纳尔多在他的右手上有六只手指吗？”

蒙塔巴诺惊讶得差一点控制不住他的表情。随后他想起，多年来，法官先生一直致力于他的鸿篇巨制《小马尔蒂诺国王时期（1402—1409）吉尔珍第大学法学教授，李纳尔多和安东尼奥·洛·比安科的生平事迹》。他坚信这两位是他的祖先。

“真的吗？”蒙塔巴诺带着欢愉的惊讶说道。最好还是顺着毛抹。

“是的！右手上六只手指。”

“那他自摸起来一定很爽。”蒙塔巴诺差点亵渎地说道，但终于控制住了自己。

他向法官说明了所有关于军火交易和米拉苏卡被谋害的情况。他还向他解释了下一步他们准备采取的策略，并申请法官的许可书，监听英格拉夏所有的电话。

“我很快就给您。”洛·比安科说道。

若是别的时候法官会提出一些疑问，稍加刁难，找些瑕疵。而这次，法官沉浸在发现李纳尔多右手上六只手指的快乐之中，便给蒙塔巴诺开具了酷刑折磨、钉上木桩、施以火刑的授权书。

他回到家，换上游泳衣，在海里游了好一会，再回到家里，擦干身子，没再穿上衣服。冰箱里什么都没有，在烤箱里端坐着一大盘红烩意面，分成了四份，堪比奥林匹斯山上的神灵的美食。他吃了两份，把烤盘放回烤箱中，调好闹钟，沉沉地睡了一个小时，起身，冲了个澡，重新穿上牛仔裤和脏衬衫，来到办公室。

法齐奥、杰玛纳和加卢佐已经穿着工作服在等他了。他们一看到警长，便抓起铲子、十字镐和锄头，唱着古老的佃农之歌，在空中挥舞着工具。

“时候到了！时候到了！下地干活啦！”

“你们真是一群二货！”蒙塔巴诺这样评价道。

在小克拉斯托洞穴入口处，加卢佐的妹夫、记者布莱斯蒂亚已经等在那里了，旁边站着一位摄影师，带着两个巨大的照明灯和电池。

蒙塔巴诺恶狠狠地看着加卢佐。

“这个，”他脸红着说道，“您既然上次也同意的……”

“好吧，好吧。”警长打断道。

他们走进了藏着武器的洞穴，根据蒙塔巴诺的指示，法齐奥、杰玛纳和加卢佐开始干活，把那些仿佛全都粘在一起的石头挪开来。他们整整干了三个小时，警长，布莱斯蒂亚和摄影师也上阵劳作，替换之前的三人。终于，那面墙被挖平了。就像巴拉松内说的那样，他们清楚地看见了一个通道，剩下的隐蔽在黑暗之中。

“你上。”蒙塔巴诺对法齐奥说道。

法齐奥拿起电筒，身体贴地爬了进去，消失了。几秒后，他们听到了他惊奇的声音。

“哦上帝啊！警长，您过来看看！”

“我喊你们的时候你们再进来。”蒙塔巴诺跟所有人说道，尤其是朝着记者说道，后者一听到法齐奥的呼喊便身体忽然一跳，想要扑在地上爬过去。

通道的长度正好是一个人身体的高度。一下子他便发现自己到了另外一边，随后打开了他的手电。第二个洞穴要比第一个小得多，让人第一印象便是这里要干燥得多。在正中间有一个保存良好的地毯。地毯上左手边，放着一只碗，而右边相应的地方，摆放着一个坛子。在地毯的下方，一只陶制的真实大小的牧羊犬，与前两者构成了一个倒三角的形状。地毯上方，是两具已经萎缩的尸体，就像恐怖片里那样，相互拥抱着。

蒙塔巴诺觉得透不上气来，无法张开嘴巴。不知为何他想起了在另外那个洞穴里撞见的那对正在做爱的年轻人。在一片沉寂中，其他人也按捺不住，一个接着一个地爬了进来。摄影师打开灯，拼命地拍摄起来。没有人说话。第一个开口的是蒙塔巴诺。

“你去通知科技组，法官和帕斯卡诺大夫。”他说道。

下这些指令时他甚至没有朝法齐奥转过身去。警长站在那里，着了魔似的，看着这个场景，害怕哪怕最微小的动作都会把自己从这一场梦中惊醒。

# 第十二章

从动弹不得的着魔中回过神来之后，蒙塔巴诺又重新张开了口，让所有人都背靠着墙站着，不要移动，不要踏到散在洞穴地面上纤细而微微泛红的沙子上。不知道这些沙子是从何处渗进来的，甚至在墙上也有。在另外一个洞穴中并没有这种沙子的痕迹，可能正是它们以某种方式阻止了尸体的腐坏解体。那是一个男人和一个女人，乍眼看上去无法判断他们的年龄。就连他们的性别，警长也仅仅是从尸体的形状大小上推测出来，而并非从性征上判断的。他们的性征已经随着一个自然的过程，消失殆尽了。男子侧躺着，他的手臂穿过了仰卧着的女子的胸部。他们曾经相互拥抱着，这个拥抱的姿势也将永久保留，事实上男子手臂上的肌肉，就像被粘在上面一样，与女子的胸脯上的血肉融合在了一起。哦不，他们之后不久将被分开，那是帕斯卡诺大夫的工作。白色的骨头凸显在起皱、萎缩的皮肤下面。尸体已被风干，只保留了身体的轮廓。两个人仿佛在笑着，嘴唇萎缩，拉在嘴巴周围，露出了里面的牙齿。在死去男子的头部旁边，放着一个碗，里面有些圆形的物体，而在女子旁边有一个陶土制的坛子，以前的农民曾经把它们带在身边，里面盛放新鲜的水。这一对的脚边，是那只陶狗。大约有一米长，它的颜色——灰色和白色——被完好地保存下来。制作这个陶狗的工匠让它呈现出鲜活的姿势，前爪伸开，后爪蜷曲，嘴巴半开着，从中伸出了舌头，眼睛警惕地看着。总言之，它的身体畏缩着，但保持着守卫的姿势。地毯上有一些破洞，从中可以看到土地上的细沙，但兴许这些破洞是旧的，地毯被放在洞穴里之前就已经是这样的状态了。

“你们全都出去！”他命令道，并转向布莱斯蒂亚和摄影师：“尤其是把灯给灭了。”

他突然意识到摄影用灯的热量，以及他们几个人的存在都给这儿造成了巨大的破坏。他一个人留在了洞里。就着电筒的光线，他仔细地看着碗中的物体。那些圆形的物件是些金属的钱币，已经氧化并带着铜锈了。警长小心地用两只手指，夹起了一个看起来保存状况最好的钱币。那是枚价值两角的钱币，1941 年铸造，一面画着维多利奥·艾玛努埃莱三世国王，另一面是一位女子，手持法西斯束棒[①]。当他把光线移向男子的头部时，发现他的太阳穴处有一个洞眼。这明显是被枪击中的结果，男子要么是自杀，要么便是被人杀害。但如果他是自杀，那么武器在哪里呢？而在女子的身体上，并没有任何暴力致死的痕迹。他若有所思地站在那里，两个人都是裸体，在洞穴里也看不到衣服的痕迹。这意味着什么呢？手电在之前丝毫没有变黄或是变弱，而是直接毫无预警地熄灭了。电池用完了。蒙塔巴诺一时间什么也看不见，失去了方向感。为了避免造成破坏，他蹲下身，踩在细沙上，等待着自己的眼睛适应这黑暗的环境。过了一会，他发现自己能够勉强地看见通道入口处的微弱光线了。但就这短短几秒钟在纯粹的黑暗中度过的时间，让他得以察觉到空气中一种异常的气味。他确信，自己在其他的地方也闻到过这种味道。他努力地回想是哪里，可能这种味道并不是很重要。当他还是小娃儿的时候，便能很自然地为每一种他为之着迷的气味附上一种对应的颜色。这次的味道是深绿色。通过这样的关联，他忆起他是在哪里第一次闻到了这种气味：那是在开罗，胡夫金字

① 女子象征意大利，法西斯束棒为当时政党的标记。

塔中，在一条禁止游客入内的通道里。一位埃及朋友帮了忙，只让他一个人进入那里。一刹那，他觉得自己就像是颗尘埃，微不足道，渺小卑微。早晨，他打扰了那对正在做爱的年轻人，亵渎了生命；现在，在这对本应永远在这里相拥而不被打扰的尸体面前，他亵渎了死亡。

兴许是出于这种罪恶感，他无意加入到贾科穆齐，他的科技组成员，以及法医帕斯卡诺博士所开展的现场勘查之中。他坐在被用来当作洞穴大门的巨石上，抽了五根烟之后，听见帕斯卡诺带着激动和紧张声音叫他。

“法官在干吗啊？”

“您在问我？”

“要是他不快点来，这里就全废了。我需要把尸体带到蒙特鲁萨去，放在冰柜里。他们简直就在眼皮底下腐坏着。这让我怎么办啊？”

“过来跟我一起抽跟烟吧。”蒙塔巴诺努力安抚着法医。

洛·比安科法官一刻钟后终于到达，这时蒙塔巴诺已经把另外两支烟给抽完了。

洛·比安科心不在焉地看了一眼，确定尸体并不属于小马尔蒂诺国王时期，便迅速地跟法医说：

“您想做什么就做什么吧，反正这也是历史了。”

“维加塔卫视”很快就研究出应该以怎样的角度报道此次事件了。在晚间八点半的新闻中，第一个出现的是布莱斯蒂亚的脸，他满脸激动地宣布了这条独家消息。这次发现，据他说，要归功于维加塔的萨尔沃·蒙塔巴诺警长天才般的推理。警长可能是岛上，甚至——为什么不呢——是整个意大利侦探界中独一无二的一位人物。他继续提醒大家，警长之前还曾戏剧般地捕获了逃犯塔努·格莱克，这个黑手党里满手血腥的首领级人物，并且还发现了用来窝藏枪械的小克拉斯托的洞穴。电视中出现了一系列捕获塔努时召开的新闻发布会上的画面，一个人直睁着双眼，结结巴巴，正无比痛苦地尝试着说出一句完整的话。这位就是蒙塔巴诺警长。布莱斯蒂亚接着回到镜头中，继续叙述这位卓越的警长是如何确信在这个藏有枪械的洞穴之后，还存在着另一个与之相连的洞穴。

“至于我，”布莱斯蒂亚说道，“我对警长的推测充满信心。我跟随着警长，而与我同行并提供帮助的还有我的摄影师，斯基里诺·杰兰多。”

说到这儿，布莱斯蒂亚带着神秘的口吻抛出了他的疑问：警长究竟有哪些神秘的超能力呢？是什么让他预料到在那熏黑的石墙背后，一直以来还隐藏着一个古老的悲剧呢？是否警长也拥有像超人那样的X光氪金眼?

蒙塔巴诺正在他的家中看着电视节目，半个多小时了他一直在找一条干净的内裤，它应该就放在什么地方的。听到这最后的一个问题时，他用脏话问候了电视里的发言人。

布莱斯蒂亚展示着在洞穴里拍摄到的那些令人印象深刻的尸体的画面，同时用确凿无疑的语气阐述着他的理解。他完全忽视了男子太阳穴上的枪眼，因而声称这是一次为了爱情的殉情。据他阐述，这两位恋人的爱情受到了家庭的阻碍，他们因此把自己封闭在洞穴之中，砌死通道，静待着饿死洞中。他们用一张老旧的地毯和装满水的罐子装饰了自己最后的庇护所，拥抱着，等待死亡的来临。他丝毫没有提及那个装满钱币的小碗，这和他正在描绘的场景不相符合。这两个人，布莱斯蒂亚接着说道，他们的身份仍不得而知，这个故事至少是五十年前的往事了。接着另一个记者开始报道当天的其他事件：一个六岁的女童被他的叔叔侵犯后被其用石头砸死；在一口井里发现了一具尸体；在梅尔菲发生一起枪战，三人死亡，四人受伤；一位工人在工地丧命；一位商人因无力偿还高利贷而自杀；一位蒙特维吉内的镇议会议员因贪污腐败被捕；一位省长因受控窝藏赃物而自杀；在海中打捞到一具尸体……

蒙塔巴诺，在电视机前陷入了沉沉的睡眠。

"喂，阿萨？是我啊，杰杰。听我讲，别随便打断我。我必须要见你，跟你讲个事。"

"好唉，杰杰，你要想的话今天晚上都可以。"

"我不在维加塔，我在特拉帕尼。"

"那多档子啊？"

"今天星期几啊？"

"周四。"

"周六半夜老地方，你啊行啊？"

"听到，杰杰，我跟你讲，我周六晚上要去跟个人吃饭，但之后我是可以过来地。难保要晚一刻，你等我。"

杰杰在电话里的声音听起来非常紧张，不像是在开玩笑，这让蒙塔巴诺一下清醒了过来。已经十点了，他调到了"自由网"频道。尼科洛·齐多，满脸精明相，脸色和思想都是红色的，开始了他的新闻报道。他首先提到那位在工作中丧命的工人，被瓦斯爆炸活活烧死。他举了一系列的例子，说明至少百分之九十的企业家都爽快地无视施工安全条例。他接着谈论到那些贪污腐败的行政管理人员，并提醒听众历届执政政府都尝试过出台法令杜绝此种现象，但均以失败告终。第三个谈论的话题是那位因高利贷者逼债而自杀的商人。他接着评论到政府出台的反高利贷政策，但打击力度还远远不够。他问道，为什么那些研究这个社会恶瘤的人们仔细地将高利贷和黑手党区分开来呢？脏钱的回收再利用还有多少种方式呢？终于，他谈论起在洞穴里发现的那两具尸体，但谈论的角度却很特别，间接地质疑了布莱斯蒂亚和“维加塔卫视”所播出的新闻报道。曾经，他说道，有人说过宗教是人民的鸦片，而在当下的时代应该说，电视才是真正的鸦片。举个例子：某个人究竟出于什么样的目的，要把洞穴中的发现与两个爱人的爱情受到阻挠而殉情自杀联系在一起呢？究竟是什么因素让他做出这样的推断？这两个人被发现时全身赤裸：他们的衣服到哪里去了呢？在洞穴中没有任何武器的痕迹。他们是怎么自杀的？因饥饿而死？算了吧！为什么男子要在旁边放上一个里面装着零钱的小碗？今天可能不再流行，但放在当时还是说得通的：这些钱是用来付给卡隆[①]作为冥河渡船的费用？他坚称道，真相，是人们想要将一场可能发生过的罪案，美化成为一场确凿无疑的殉情。而在今天，他总结道，

① 希腊及罗马神话中，冥河的摆渡人。传说在死者双眼或嘴中需放置一枚或两枚钱币，作为向卡隆支付冥河摆渡的费用。维吉尔的《埃涅阿斯纪》（卷六，第 295—336 行），但丁的《神曲》（《地狱篇》，第三歌，第 82—111 行）中均有提到此神话形象。

地平线上的乌云已是如此幽暗沉重，有人还编造出一个这样的故事来麻痹大众，把他们的注意力从真正严重的问题上引到这样一个罗密欧与朱丽叶的故事上，而且，还是由蹩脚的电视剧编剧写就的。

“亲爱的，是我，莉维亚。跟你说，我已经订好机票了。飞机从罗马出发，因此你要去买从巴勒莫到罗马机场的票，我也会从热那亚去罗马。我们在机场见面，然后一起登机。”

“嗯嗯。”

“我旅馆也订好了。我一个朋友去过那里，跟我说那家旅馆很不错，也不是特别奢侈。我相信你会喜欢的。”

“嗯嗯。”

“我们过十五天就出发了。我好开心啊。我都在扳手指数日子了。”

“嗯嗯。”

“萨尔沃，怎么了？”

“没什么。不然呢？”

“你看起来不是很感兴趣嘛。”

“不会啊，你说什么呢。”

“听着，萨尔沃。要是你最后一刻放弃不去，我还是会出发的。我一个人去。”

"哎呀，好啦。"

"能知道你在想什么吗？"

"没什么。我刚才在睡觉。"

"蒙塔巴诺警长？晚上好。我是薄尔乔校长。"

"晚上好。请讲。"

"这么晚还打扰您休息，我实在心存愧意。我刚刚在电视里，看见了发现两具尸体的消息。"

"您能够辨识出他们吗？"

"不行。我打电话给您是因为看到了电视上一闪而过的一件细节，可能您会感兴趣。是跟那只陶狗有关。如果可以的话，我想明天早上和布鲁阿诺会计一起来您办公室。您认识他吗？"

"点头之交而已。十点钟您可以吗？"

"这儿。"莉维亚说。"我想在这里，不要浪费时间。"

他们在一个类似公园的地方里，树木十分密集。在他们脚下爬着数以百计的蜗牛，各个种类都有，葡萄蜗牛、安土帕蜗牛、法国蜗牛、蛞蝓和滨螺。

"为什么要在这里？我们回车上吧，五分钟就到家了，这里会有人经过的。"

“别跟我争，傻瓜。”莉维亚说道，抓住他裤子的皮带，笨拙地尝试着解开他。

“我来。”他说道。

一下子莉维亚浑身赤裸着，而他仍在努力脱着他的裤子和内裤。

“她还真习惯一下子脱得这么干净利落啊。”他那西西里人的嫉妒心猛地泛了上来。

莉维亚一下躺在潮湿的草地上，叉开双腿，双手抚摸着胸部，而他听见她的身体压碎了十几只蜗牛的声音，一阵恶心。

“好啦，快点来。”

蒙塔巴诺终于脱光了衣服，在冰冷的空气中打了个哆嗦。同时，两三只法国蜗牛爬上了莉维亚的身体。

“你这玩意怎么办？”她盯着他的小鸟，带着批评的语调问道。带着宽恕的神情，她起身跪着，用手抓住它，爱抚着，放入嘴中。当她感觉它已经就绪时，她重新回复到之前的姿势。

“来狠狠地干我吧。”她说道。

*她怎么变得这么粗俗？*他困惑地琢磨着。

正当他要进入她，在几步之外他看见了那只狗。一只白色的狗，红润的舌头从嘴中伸出，露出牙齿，威胁地低吠着，一丝唾液挂在嘴旁。它是什么时候过来的？

“你在干吗？又软了？”

“有只狗。”

“狗关你屁事？干我。”

就在那一刻，那只狗一跃而起，而他浑身僵硬，吓了一跳。那只狗在离他头几厘米的地方落地，像石头般纹丝不动，身上的颜色渐渐褪去，身体蜷曲，前爪伸开，后爪收拢，变成了一只假的，陶狗。那是洞穴里的狗，守卫着死者的狗。

天空，树木，草地，一切都消失了。墙壁和石质屋顶集聚在他们周围，他惊恐地意识到，洞穴里的两具死尸并不是两个陌生人，而是他和莉维亚。

他大口喘着气从梦中惊醒，全身汗湿。他迅速在心中请求莉维亚的原谅，把她在梦里想象成了如此下流的女人。那只狗意味着什么呢？那些爬得到处都是的恶心的蜗牛呢？

那只狗在那里肯定有它的意义。

去到办公室之前，他从报亭经过，要了两份在岛上发行流通的报纸。两份报纸都大篇幅地报道了洞穴里发现的尸体，而关于在洞穴中缴获的武器他们均忽略未提。在巴勒莫出版的报纸确信那是起殉情自杀，而在卡塔尼亚出版的那份报纸在持自杀观点的同时也提及了谋杀的可能性，就像他们的标题所述："双份自杀还是双重谋杀？"，为"双份"及"双重"的异同做出了神秘而模糊的诠释。换个角度看，无论何种情况，这份报刊从不死守在特定的一边，无论所发生的事件是一起战争还是一次地震，他都是左边敲敲右边打打，两头不得罪。也因此这份报刊获得了报道独立、自由的美誉。两份报纸都没有提到那个坛子，那个碗或是那只陶狗。

蒙塔巴诺一跨进门，卡塔雷拉颇显为难地询问警长，他应该怎么回答那些数以百计的电话，都是那些想要采访警长的记者打来的。

"你跟他们说我出任务去了。"

"怎么，您去当传教士了？[①]"探员想出了如此精妙的双关语，自己一个人大笑起来。

蒙塔巴诺想着自己头一天晚上在睡觉之前把电话线拔掉，真是一个明智的举动。

---

① 您去当传教士了？：意大利文与英文一样，Mission 既有任务、使命，也有传教、布道之意。

# 第十三章

“帕斯卡诺大夫？我是蒙塔巴诺。我想知道您有没有新的消息。”

“是的。我妻子感冒了，我侄子掉了颗牙。”

“您这是在发火？”

“当然了！”

“冲谁发呢？”

“就是您问我有没有新消息之后发的火！我在琢磨着您怎么有脸在早上九点钟来问我有没有新消息！怎么，您觉得我就跟个乌鸦或者秃鹫那样，整夜都在掏着那两具尸体的肚子？我晚上是要睡觉的！现在我在检验那个在托雷·斯帕卡塔淹死的尸体。他也不是给淹死的，把他摔到海里之前他们在他胸口上来了三刀。”

“大夫，咱打个赌好么？”

“赌什么？”

“赌您昨晚整夜都是跟那两具尸体过的。”

“好吧，算您猜中了。”

“您发现了什么？”

“现在还只能告诉您一点点信息，我还得看看其他的东西。他们肯定是被开枪杀死的。他被一枪打中太阳穴，而她一枪击中心脏。女子的伤口看不出来，因为男子的手搭在上面。一次正常的枪击事件，在他们睡觉时进行的。”

“在洞穴里吗？”

“我认为不是。我觉得他们是死后被放在那里的，像之前一样全身赤裸，重新被摆成这个姿势。”

“您成功辨识出他们的年龄了吗？”

“我不想乱说，但他们应该是年轻人，非常的年轻。”

“您认为这是什么时期的事件？”

“根据现场物品的状况，我可以做出一个假设。多多少少，那是五十年前的事情了。”

“接下来一刻钟时间，我谁也不见，电话也别转给我。”蒙塔巴诺跟卡塔雷拉说道。接着他锁好了办公室的门，回到写字台前，坐了下来。米米·奥杰罗也在屋内，挺直了腰杆端正地坐着。

“谁先来？”蒙塔巴诺问道。

“我先。”奥杰罗说道，“既然是我提出要和你谈话的。我觉得是时候跟你好好谈谈了。”

“我就在这里，洗耳恭听。”

“可以知道我哪里触犯你了吗？”

“你？什么也没有啊。你为什么这样问我？”

“因为我，在我内心里，觉得自己变成了个局外人。关于你在做的那些事情，你什么都不告诉我，还把我晾在一边，这让我很生气。打比方讲，依你看来，关于塔努·格莱克的事情你对我只字不提，你觉得对吗？我又不是贾科穆齐，张大嘴巴到处乱说，我晓得怎么样把自己嘴给扎紧。在自己的警区里发生的事情我是从新闻发布会上听到的。直到现在，除非有其他变动，我一直都是你的副手，你觉得这样对我啊合适啊？”

“但你还晓得当时事情非常微妙啊？”

“对头！就是因为我晓得，所以我才这么生气。因为这意味着对你来讲，我不适合处理这些微妙的事情。”

“我从来没得这样子想。”

“你从来没这样子想，但你一直都是这样子做的。就像发现藏军火的洞穴那次一样，我也是碰巧才知道的。”

“米米啊，跟你说，当时我压力很大，焦躁不安，也没想到要通知你。”

“少来了，萨尔沃。事情另有原因。”

“那是什么原因呢？”

“我就跟你说了吧。你按照自己的偏好组成了一个警局。从法齐奥到杰玛纳到加卢佐，你想选谁就选谁，全都听令服从于一个人的大脑，你的。因此他们从不跟你唱反调，不会提出质疑，他们执行命令，就这样。警局里只有两个人不一样。卡塔雷拉和我。卡塔雷拉因为他是个蠢货，而我……”

“……因为你太聪明了。”

“你看？我可没要这么说。你硬把我说的那么高傲，还恶意曲解我。”

蒙塔巴诺看着他，站起身，把手蹴在口袋里，围着奥杰罗的座位踱着步子，随后停了下来。

“米米，我并没有恶意。你确实非常的聪明。”

“如果你真的这么觉得，为什么还把我撇在外边？我至少可以跟其他人一样来帮助你吧。”

“米米，就是这个问题。不是跟其他人一样，而是更胜过其他人。我是把一颗真心捧在手上跟你讲这些话的，因为你正在评论我对你的态度。可能就是这点让我十分为难。”

“那么讲，要让你满意，我需要稍微再变得蠢一点喽？”

“你要想咱们好好吵一架，尽管吵就是了。我不是那个意思。事实上，随着时间的推移，我慢慢意识到，我是那种孤胆猎人的类型。请你原谅我傻气的用词，可能用错了，因为我也喜欢和其他人一起捕猎，但我要由自己来组织这场狩猎。只有在这样的必要条件下，我的头脑才能正常运作。旁人的一个敏锐的观察，会让我受到打击，可能让我一整天都灰心丧气，我也无法顺着自己的思路继续思考下去。”

“我懂了。”奥杰罗说道。“甚至说，我之前就想明白了，只是想听你亲口说出来，再确定一下。那么我想通知你，这里面不带任何恶意或者积怨，我今天就会给局长写信，请他把我调离这里。”

蒙塔巴诺想了想，凑近他，弯下身子，把手放在他的肩膀上。

“如果我说，要是你这么做会让我很难过的，你相信吗？”

“什么屌东西！”奥杰罗怒道。“你要求所有人都迁就你啊？你什么人啊？之前你把我当成坨屎一样，现在又来用感情戏打动我？你晓得你是个极度自私的人吗？”

“是的，我知道。”蒙塔巴诺说道。

“请允许我向您介绍，布鲁阿诺会计。很感激他同意陪我一起，到您这里来。”薄尔乔校长西装笔挺，一本正经地说道。

“请坐。”蒙塔巴诺指着房间角落里的两个旧沙发，通常它们是为尊贵的客人准备的。他给自己拎了把椅子，就是放在写字台前的两把中的一把，通常它们是为没那么尊贵的人准备的。

“这几天我一直抱着这样的想法，要对电视中提到的那些事情进行更正或予以更详细地说明。”校长开始说道。

“敬请您更正并予以说明。”蒙塔巴诺微笑着说道。

“我和会计先生几乎同龄，他比我大四岁，我们记得同样的一些事情。”

蒙塔巴诺从校长的语气中听出了几分骄傲。那也是有原因的：布鲁阿诺，颤颤悠悠，眼睛有点迷糊，看起来比他的朋友至少老了十岁。

“您瞧，一看到维加塔卫视的转播，里面拍出了洞穴内部的情景，还发现了……”

“抱歉打断您。您上次跟我提到了藏武器的洞穴，但关于这第二个洞穴却只字未提，请问为什么呢？”

“原因很简单，因为我并不知道它的存在。李洛从来没有跟我提到它。总而言之，一看到‘维加塔卫视’的转播，我便给布鲁阿诺会计打了电话，我想要跟他确认一件事情：我在其他的地方也见过那只狗的雕塑。”

那只狗！这就是为何他在噩梦中也看见了狗，因为之前校长在电话中提到它的。一种近乎幼稚的感恩之心油然升起。

“请问想要喝杯咖啡吗？这里附近的酒吧做的咖啡很不错。”

两位的动作一致，同时摇了摇头。

“一杯橙汁？一杯可乐？一杯啤酒？”

要是他们不再制止他，看起来再接下去他要送给他们每人一万里拉了。

“不用了，谢谢。我们什么都不能喝。上年纪了。”校长说道。

“那么请继续说吧。”

“最好还是由会计先生来说。”

“从 1941 年 2 月到 1943 年 7 月，”另一位说道，“我担任维加塔的市长职务。那时我还非常的年轻。一方面法西斯宣称他们喜欢年轻人，反正他们一会把我们烤了吃，一会冷藏起来之后吃；另一方面乡镇里只剩下了老人，女子和小孩子，其他人都上前线了。我当时不能上阵是因为我有肺炎，情况也确实如此。”

“而我当时年龄太小不能上前线。”为了避免误会，校长补充道。

“那是非常可怕的年代。英国人和美国人每天都要轰炸我们。有一次，在三十六个小时之内我数了有十次轰炸。留在乡镇里的人非常少，大部分人都疏散走了。我们住在从泥灰石的山丘中挖出来的避难所里，位于镇子上方。事实上那是有着两个出口的隧道，十分安全。我们甚至把床也搬了进去。现在维加塔扩大了不少，不像那个时候，只有几户人家围绕着港口，从山丘脚下到海边排成一排。在山丘上，兰特那平原现在房屋耸立繁华得像纽约一样，曾几何时只有四栋建筑物，坐落在唯一的一条公路周围，那条公路通往墓地，随后便消失在乡野里了。敌人飞机轰炸的对象有三种：发电站、停靠着军舰和商船的港口、沿着山丘边缘布置的高射炮和反舰炮台。当英国人来的时候，比美国人来的时候好多了。”

蒙塔巴诺有点不耐烦。他希望另一位尽快切入正题，说说关于狗的事情，但他不想打断另一位的闲扯。

“会计先生，英国人‘好多了’是什么意思呢？炸弹总是炸弹吧。”

布鲁阿诺沉默不语，陷入了他的回忆之中，校长接过话题。

“英国人更加，怎么说呢，更真诚一点。他们投弹的时候尽量集中在军事目标之上，而美国人炸弹就是乱投，炸到哪里是哪里。”

“将近1942年末的时候，”布鲁阿诺继续说道，“情况变得更加糟糕了。什么都短缺，从面包到药品，以及水和衣服。于是我决定在圣诞节的时候举行一个小小的马厩仪式[①]，让所有人都可以在这里祈祷。没有其他的办法了。但我那时想要一个特别的马厩仪式，于是就这样，我尽量让所有维加塔人把心思从眼前的担忧跟对炸弹的恐惧中转移开来，至少几天的时间里面分分心。当时所有的家庭里都有至少一位的男性在外战斗，要么是苏联的冰天雪地，要么是北非的人间地狱。我们所有人都变得紧张、生分起来，关系冷漠，好吵个架，为了随便个什么四就跟人争吵，所有人的弦都绷紧。晚上我们在高射炮声、炸弹爆炸声、低空飞行的飞机轰鸣声以及战舰的炮声中无法合眼。然后所有人都要么跑到我这块，要么到牧师那里去问个这个那个的，我也不知道该怎么办才好。我当时不觉得自己是个年轻人，而是觉得，在那个时候，已经跟我现在一样老了。”

他停下话头，喘了口气。蒙塔巴诺和校长都无意打断他

① 根据天主教传统，为庆祝耶稣基督在马厩中诞生，信众在圣诞节期间会重建模拟的马厩并加以朝拜，里面放上蜡制动物、孩童耶稣、圣母、来朝拜的三王、天上显现的吉星等。

的叙述。

“总而言之，长话短说，我跟巴拉萨洛·齐亚伦查讲了这事，他是一位真正的陶土艺术家。他是出于兴趣做这个的，他实际的职业是个车夫。把雕像做成真人大小也是他的主意。婴儿耶稣、圣母马利亚、圣约瑟、公牛、小驴犊子、肩上扛着羊羔的牧羊人、一只绵羊、一只狗，还有那位牧人，像往常一样，惊奇地伸出手臂举在空中。他做好了以后，效果好极了。于是我们决定不把它放在教堂里，而是放在一间被炸毁的房子的屋梁下，好像耶稣基督正是在我们的人民的苦难之中出生的。”

他的手伸进口袋，掏出来一张照片，递给警长。会计先生说的很对，那个马厩美极了。给人一种即将逃脱，稍纵即逝的感觉，但同时又有着慰藉人心的温暖，超乎寻常的宁静。

“太美了。”蒙塔巴诺感动地说道。但那只是一瞬的事情，接下来警察的嗅觉占了上风，他开始仔细端详起那只狗来。毫无疑问，就是那只在洞穴中的狗。会计先生重新把照片放回口袋中。

“您知道吗？马厩仪式创造了个奇迹。好几天来，我们之间变得相互宽容起来。”

“那些雕塑最后到哪儿去了？”

这点让蒙塔巴诺特别感兴趣。老人露出了微笑。

“我把它们都给拍卖掉了。我收回了很多钱，用来支付齐亚伦查的工作费。他只拿了成本的费用，这样剩下的可以用来施舍给那些更有需要的人。也确实有很多这样的人。”

“雕像给哪个买去了呢？”

“这还真是个问题。我不记得了。我当时还有发票什么的，但美国人登陆时市政府着火，都被烧掉了。”

“在您讲述的那个时期，您听说了有关一对青年人失踪的事情吗？”

会计微笑起来，而校长则是爆出一阵大笑。

“我讲了什么傻话吗？”

“对不起，警长先生。您还真是说了傻话了。”校长说道。

“您看，1939 年时我们在维加塔的人口是一万四千人。我还记得准确的数字呢。”布鲁阿诺说道。“而到了 1942 年我们降到了八千人。人们能走的都走了，在内地的小镇里找到了临时安顿下来的法子，那些一点儿小的镇子，美国人根本不在乎它们。而 1943 年的 5 月到 7 月间，多多少少，差不多就剩下四千人了，没算那些意大利和德国的军人及海员。其他人都分散在乡村里，住在山洞、草棚、随便什么犄角旮旯里面。您说我们怎么去获知某起失踪案呢？所有人都失踪了！”

他们又笑了起来。蒙塔巴诺为他们所提供的信息表示感谢。

好吧，至少他弄清楚了一些事情。校长和会计前脚刚走，警长心中对两人的感激便转化成了一股慷慨之情，而他自己也知道，或早或迟，他会因自己这样的慷慨而后悔的。他把米米·奥杰罗叫到办公室里，为自己那样对待这位朋友和合作者而向他赔罪，把一只手臂搭在他的肩膀上，绕着房间走来走去，向他表示了自己对他“毫无保留”的信心。他仔细地向他说明了自己正在进行的军火交易的调查，透露了关于米苏拉卡骑士被杀的情况，告诉他自己已经向法官处提交了监听英格拉夏电话的申请。

“那你要我做什么呢？”奥杰罗满腔热情地问道。

“什么都不用。你就听我说就行了。”蒙塔巴诺一下子变回了自己，说道，“因为要是你自作主张跑去做什么事情，我向你保证，我就把你屁股给敲开花。”

电话响起，蒙塔巴诺拿起听筒，听见了总机接线员卡塔雷拉的声音。

“喂，警臧啊。有一位，辣个，贾科穆齐找零。”

“转过来。”

“零在跟警臧、警臧先生讲话。讲电话。”他听见卡塔雷拉这样说道。

“蒙塔巴诺？我从小克拉斯托那里回来，顺便路过这里……”

“你到底在哪儿？”

“什么我在哪儿？就在你的房间旁边啊。”

蒙塔巴诺不由骂了一句。还能有比卡塔雷拉更蠢的人了吗？

“你到我这儿来吧。”

门开了，贾科穆齐走了进来，浑身搞得都是红沙和灰尘，一头乱发，乱七八糟。

“为什么你的探员只让我跟你在电话里讲话？”

“阿贾啊，谁更傻，狂欢节本身还是那些庆祝它的人？你不知道卡塔雷拉什么人吗？往他屁股上来一脚再直接走进来就是了。”

“洞穴我检查完了。我让人把沙子都筛了一遍，就连美国电影里的那些淘金者也没这样子搞过。我们什么都没有发现，而帕斯卡诺告诉我伤口分入口和出口两处，那么这只能说明一件事情。”

“这两个人是在其他地方被开枪杀死的。”

“正确。如果他们是在洞穴中被杀害的话，我们应该能找到弹头的。啊对了，还有件事情比较奇怪。洞穴内的沙子里还掺着些非常小的被压碎的蜗牛壳。之前这里面应该有几千只。”

“神啊！”蒙塔巴诺嘟噜道。那个梦，那场噩梦，法国蜗牛在莉维亚赤裸的身体上爬行。那意味着什么呢？他把一只手放到额头前，浑身汗湿。

“你不舒服？”贾科穆齐担心地问道。

“没有，一下子头晕。我大概是太累了吧。”

“你叫卡塔雷拉给你从吧台弄点提神的饮料吧。”

“卡塔雷拉？你搞笑啊？那家伙上次我让他给我带杯浓缩咖啡，他给我搞来张邮票。”

贾科穆齐把三枚硬币放在桌上。

“这是碗里的那些硬币，其他的我送到实验室里去了。对你也没什么用处，留作纪念吧。”

# 第十四章

阿黛琳娜跟他可能一整个季度都见不上一面。蒙塔巴诺每个星期都会把买菜的钱放在厨房桌上，薪水每个月一次。但他们之间自发地建立起了某种交流沟通的方式，要是阿黛琳娜需要更多的钱买菜，他会在茶几上看到那个陶土做的存钱罐，那是他在集市上买的，觉得好看就保留下来了。如果需要补充袜子和内裤了，她就留一双放在床上。自然这套沟通体系不是单向的，蒙塔巴诺也会以自己最奇特的方式与她沟通，而她还都能理解。过了好一阵子，警长注意到，当他感觉紧张、烦躁、压力大的时候，她或多或少能从他早上离开家门的方式中推断出来，便会给他做些特色菜，为他打打气。那天阿黛琳娜就是这样行动的，他在冰箱中发现了墨鱼汁，又浓又黑，正合他的口味。里面能不能找到牛至草佐味的痕迹呢？他在把它拿去加热之前，仔细嗅了好一会，但这次调查没有结果。吃完饭以后，他换上泳装，想要到海边去简单散个步。刚走了一小会，他就觉得累了，小腿肚子疼。

“站着干跟沙上走，搞到最后都玩完。”

只有一次他是站着干的，之后也没得像这句俗语讲得那样子歇菜，而在沙子上面行走的确不好受，哪怕是在靠海的那种细沙上，也生生让人受罪。他看了看手表，惊讶道：已经好一会儿咯！他散了两个小时的步！他一屁股坐了下来。

“警长！警长！”

声音远远地传了过来。他费力地站起身，看着海上，以为有人正在从船上或橡皮艇上喊他。大海直到天边都一片空荡。

“警长！我在这儿！警长！”

他转过身。托托雷拉正在省级公路上挥手。这条公路有相当长的一段，紧贴着这片海滩向前延伸。

蒙塔巴诺迅速地冲洗了一下，换上衣服，与此同时托托雷拉告诉他，他们在警局里接到了一通匿名电话。

“是谁接的？”蒙塔巴诺问道。

要是卡塔雷拉接的电话天知道他听到了些什么又转述了些什么。

“不是他。”托托雷拉微笑着说道，已经猜出了他的上司在想着什么。“他那时去厕所了，是我替他接的电话。那人声音带巴勒莫口音，颤音r的地方他发成i，但也可能是他故意装出来的。他说在‘小牧场’那儿能发现一具蠢货的尸体，在一辆绿色轿车里。”

“谁过去了？”

“法齐奥和加卢佐。我急忙过来找您的。我不知道我做的对不对，可能那通电话只是个玩笑。”

“我们西西里人还真喜欢开玩笑啊！”

他五点钟时到了“小牧场”那里，现在正是杰杰所谓的“换岗时间”。换岗的意思是指，不牵涉到金钱交易的男男女女，即情人、私通者、小年轻情侣都从他们的位置上退下来（“从各种意义上”，蒙塔巴诺想着），把位置让给杰杰的那些娘们：东欧的金发婊子、保加利亚的异装癖者、肤色像黑檀一样的尼日利亚人、巴西的男妓、摩洛哥的同性恋，等等等等，简直就是个藏污纳垢淫乱苟且的联合国。绿色的轿车在那里，行李厢打开着，四周守着三辆宪兵的车。法齐奥的车离得稍远些。他下了车，加卢佐朝他走来。

“我们来得晚啦。”

跟那群军队的人[①]有个不成文的规定。哪个最先到达犯罪现场，就会大喊一声“到家了！”然后接下这个案子。这可以有效杜绝相互干涉、争议、推搡和摆臭脸。法齐奥也一脸苦相：

“他们是先到的。”

“所以哪？你管他呢，我们又不是按照死尸数量计件来付工资的咯。”

很蹊跷的是，这辆绿车停放的位置，正处在一年前发现一具“杰出”尸体的灌木丛边上。蒙塔巴诺在那个案件上费了很多工夫。他和宪兵中尉、贝加莫人多尼泽蒂握了握手。

“我们接到了一则匿名电话通知。”中尉道。

所以他们想要确保这具尸体能及时被人发现。蒙塔巴诺观察着被塞在行李厢里的尸体，看起来只中了一枪致死。子弹从嘴部进入，震飞了嘴唇和牙齿，从后颈飞出，留下个拳头大小的洞。这个人的脸他不认识。

“他们跟我说您认识这家露天妓院的老板。”中尉带着一丝鄙夷的口气说道。

① 宪兵属军队管辖，见第 25 页注释。

“是的，是我的朋友。”蒙塔巴诺用已经准备好吵架的语气回答道。

“您知道我在哪儿能找到他吗？”

“在他家里吧，我想。”

“他不在。”

“抱歉，为什么您想从我这儿了解他在何处？”

“因为就像您自己说的，您是他的朋友。”

“哦，是吗？意思就是您此时此刻知道您在贝加莫的那些朋友都在哪儿干什么事儿？”

从省道上不停有汽车过来，驶进通往“断头刀”的小路，发现气氛不对，看到了宪兵的车子，立马往回倒车，开上他们来的路溜走了。东欧的婊子，巴西的男妓，尼日利亚人和那群娘们到了工作岗位，察觉情况不妙立刻脚底抹油。今天晚上对于杰杰的生意来说，将会非常的凄惨。

中尉回到了绿色轿车那里，蒙塔巴诺转过人背对着他，也没打招呼就上了车。他跟法齐奥说：

“你和加卢佐待在这儿，看看他们在干什么，发现了什么。我回办公室。”

他在萨尔库多文具书店门口停了下来，这是维加塔唯一一家名副其实的书店。另两家不卖书籍，只卖小背包，笔记本和钢笔。他想起自己已经读完了蒙塔班的小说，没有别的书可以看了。

“有一本关于法尔科内和波塞利诺的新书！”萨尔库多夫人一看到他进门，就冲他说道。

她还没弄明白蒙塔巴诺痛恨那些谈及黑手党、黑手党的杀手以及受害者的书籍。他不明白为什么她还没弄明白这一点，他从来都没有要过那些书，甚至连封面内页都不曾看上一眼。他买了本康索勒的书，这人不久前赢得了一项重要的文学奖项。刚走出店门几步，胳膊夹着的那本书滑了下来，掉在地上。蒙塔巴诺弯下身捡起书，上了车。

到了办公室，卡塔雷拉告诉他没有什么新闻。蒙塔巴诺有这么个癖好，要在他买的每一本书上签上自己的名字。当他正伸手去取一杆放在桌上的圆珠笔时，他的目光落在了贾科穆齐留给他的硬币上。第一个是铜制的，1943 年出产，一面有着国王的侧像，上面写着“意大利国王维多里奥 · 埃马努埃莱三世”，另一面是一束麦穗，写着“C.5”，五分钱；第二个硬币也是铜制的，稍微大一些，一面是一样的国王和题字，另一面有只落在花上的蜜蜂，写着字母“C”和数字“10”，1936 年的一毛钱。第三个是金属的，但由比较轻的合金制成，一面是必不可少的国王和题字，另一面是只双翅展开的雄鹰，背景里嵌着一只束棒。在这面上写着四行字："L.1"表示一里拉，"Italia"意味着意大利，"1942"是铸币年份，"XX"意味着法西斯纪元第二十年。正是看着最后一枚钱币时蒙塔巴诺忽然想起，当他在文具书店外弯腰捡书时看到了什么。那是旁边一家商店的橱窗，里面陈列着各类古董硬币。

他站起身，通知卡塔雷拉他要出去一下，最多半个小时内回来，接着步行向商店走去。那家店名叫"东西"，所陈列的东西包括：沙漠中的玫瑰、邮票、烛台、戒指、胸针、钱币、玉石。他进了门，一位整洁可爱的小姑娘微笑着接待了他。很遗憾让她失望了，警长向她解释他来这儿什么也不要买，只是在橱窗里看见了陈列的古董硬币，想知道在店里，或是在维加塔，有没有人对这类古币比较懂行。

"当然有了，"小姑娘继续微笑着，真是个可人儿。"我的爷爷啊。"

"我可以在哪儿打扰他呢？"

"您不会打扰他的，甚至说，他会很高兴的。他在里屋里，请稍等，我跟他说一下。"

他甚至没来得及好好看看那把没有击锤、出自十九世纪末的手枪，小姑娘都已经回来了。

“请进。”

商店里屋内满是各式各样的神奇物品，从带喇叭的留声机到貌似史前时代的缝纫机、办公室用压纸机、绘画、铜版画、夜壶和烟斗。房间里挤满了书架，上面杂乱地摆放着古本印刷书籍、羊皮纸订装书、灯罩、伞和高礼帽。屋子中间有个写字台，一位老人坐在桌后，一盏花叶饰风格台灯为他照明。他正用一个小镊子夹起一张邮票，用放大镜检查着。

“什么事？”他头也不抬，没礼貌地问道。

蒙塔巴诺把三枚硬币放在他面前。老人将目光从邮票上挪开片刻，不经意地看了一眼。

“一分钱不值。”

在他调查小克拉斯托死亡事件的过程中所渐渐结识到的老人里，这位是脾气最差的了。

“应该把他们都集中在一所养老院里。”蒙塔巴诺想着，“这样问起话来方便多了。”

“我知道它们一钱不值。”

“那您还想知道什么啊？”

“它们是什么时候停止流通的。”

“您猜猜。”

“在共和国宣布成立的时候？[①]”蒙塔巴诺犹豫地猜测道。

他感觉自己像是一名学生，还没准备好就过来考试了。老人笑了，他的笑声像是两个空奶瓶凑在一起摩擦时发出的声音。

“我说错了？”

“错了，错狠了。美国人在这里是1943年7月9日与10日的夜间登陆的。同年十月这些硬币就停止流通了。取而代之的是军用里拉，占领区盟军政府印刷发行的纸币。由于这些纸币面额都是一元、五元和十元里拉的，这些分币都停止了流通。”

法齐奥和加卢佐天黑后才回来，警长责备他们道。

“终于回来啦！你们两个倒不紧不慢的嘛！”

“还讲我们？”法齐奥反驳道。“您不知道中尉是个什么家伙？他一直等到法官和帕斯卡诺大夫都来了以后才开始检查尸体。他们俩还真是不紧不慢！”

---

① 第二次世界大战结束后，1946年6月2日，意大利进行全民公投，决议废除意大利王国制度，成立意大利共和国。由此，6月2日成为意大利的国庆日。

“然后呢？”

“是具当天死亡的尸体，非常新鲜。帕斯卡诺说杀人和打电话之间相隔一个小时都不到。他口袋里有身份证，死者名叫彼得罗·古洛，四十二岁，蓝眼睛，金头发，染成玫瑰色，生于梅尔菲市，住在费拉市马泰奥蒂街32号，已婚，无特殊征记。”

“你为什么不在人口登记局里工作？”

法齐奥很有自尊地没有理会他的挑衅，继续道。

“我去了蒙特鲁萨，查了档案。这个古洛在青年时期没什么特别的，两次偷窃，一次打群架。接着他走上了正轨，至少看起来是这样的。他做谷物买卖生意。”

“非常感谢您在如此短的时间内接待我。”蒙塔巴诺向校长说道，后者正在为他打开房门。

“您说什么呢！这是我的荣幸。”

他请他进门，陪着他走进客厅，请他入座，接着喊道。

“安吉丽娜！”

出现了一位矮个子的老妇人，干净整洁，对于这位意外的客人十分好奇，厚厚的眼镜片后面的眼睛炯炯有神。

“养老院！”蒙塔巴诺暗自想着。

“请允许我向您介绍安吉丽娜，我的妻子。”

蒙塔巴诺带着欣赏鞠了一个躬，他真心喜欢那些在家里头还注重外貌整洁的年长女士们。

“请原谅我在进餐时间打扰你们。”

“算什么打扰啊！警长，您有其他公务吗？”

“没有。”

“为什么您不留下来和我们一起吃饭呢？我们吃的东西都很清淡，老人家吃的嘛：西葫芦叶，橄榄油和柠檬配鲻鱼。”

“这简直就是结婚酒宴了。”

女士开心地出去了。

“请说吧。”校长薄尔乔说道。

“我成功地确定了洞穴内的双重谋杀事件发生的时间。”

“啊。那这是什么时候发生的呢？”

“肯定是在1943年初至同年十月之间。”

“您是怎么得出的结论呢？”

“很简单。就像布鲁阿诺会计说的，陶狗是1942年圣诞的时候被卖出去的，所以可以推测这是1943年主显节[①]之后的事情了，而碗中的钱币在那年的十月就停止流通了。”

---

① 天主教节日，每年的1月6日，即圣诞节后第12天，庆祝孩童耶稣第一次向外人（东方三王）显现的日子。也有国家称三王节，根据习俗当天父母会向孩童赠送礼品，因此也是西方的“儿童节”。

他停顿了一下。

“这只意味着一件事情。”他补充道。

但那件事，他没有说出口。他耐心地等着薄尔乔整理自己的思绪，站起身，在房间里头踱了几步，开口道：

“我懂了，警长。您的意思是在那段时期，小克拉斯托的洞穴是属于瑞齐塔诺的。”

“正是如此。正如您说的，从那时起，洞穴就被巨石掩上了，因为在那里放着瑞齐塔诺要在黑市上出售的物品。瑞齐塔诺家的人肯定知道那里面的另一个小洞穴，就是尸体被搬进去的那个洞穴。”

校长惊讶地盯着他。

“为什么您说是被搬进去的？”

“因为他们是在另一个地方被杀害的，这一点可以确认。”

“但这有什么意义呢？为什么要把他们放在那里，摆好姿势，就像他们在睡觉一样，旁边还放上水罐，装着钱的碗，还有狗？”

“我也一直在想着这个问题。唯一一位可以为我们解答这个问题的人可能正是您的朋友，李洛·瑞齐塔诺。”

安吉丽娜走了进来。

“饭菜好了。”

西葫芦是西西里种，又长又细的那种，白色中微有些绿色。西葫芦的叶子和花烹饪得恰到好处，那样的鲜嫩、柔软，给蒙塔巴诺带去了某种淡淡的哀愁。每一口下去他都觉得在涤荡着他的肚子，纯净得好像是电视里看到的那些托钵僧那样。

“您觉得怎样？”安吉丽娜夫人问道。

“很雅致。”蒙塔巴诺道。看到两位老人惊讶的样子，他脸红了，赶忙解释道：“请原谅，有的时候我会找不到合适的形容词。”

鲻鱼，清炖并且用橄榄油、柠檬和欧芹调味，跟西葫芦叶一样鲜嫩。直到上了水果的时候，校长才接过蒙塔巴诺的问题，但之前又抱怨了一番学校的问题，以及新任教育部长决心要进行的改革，包括废除高中义务教育制度的计划。

“在俄罗斯，”校长道，“沙皇时期高中还是存在的，只是可能他们用俄语来命名罢了。在我们这儿杰提莱部长把这些学校命名为高中，并且在他理想主义的改革里给高中加入了人文学科。好吧，列宁时期的共产党，就连那样的共产党都没敢把高中给废除掉。只有那个肚大腰圆的暴发户、半文盲又没能力的现任教育部长才能想出这样的事情。他叫什么来着，瓜斯泰拉？”

“不，瓦斯泰拉。”安杰丽娜夫人道。

实际上他叫另一个名字，但警长忍住了没去纠正。

“我跟李洛一直都是同伴，不是因为学校同学的关系，他比我更大一些。当我读高三的时候，他刚刚毕业。在盟军登陆的那天晚上李洛在克拉斯托山脚下的房子被炸成了平地。据我所知，动乱刚过去的那天晚上，李洛一个人在别墅里，受了很严重的伤。一个农民看见一些意大利士兵把他抬上了一辆卡车，他流了很多血。这是我关于李洛最后的消息。从那之后尽管我努力寻觅了很久，但再也没有听到关于他的消息了。”

“有可能那个家族里还有幸存者吗？”

“我不知道。”

校长发现他的妻子深陷在自己的沉思之中，双眼微闭着出了神。

“安吉丽娜！”校长道。

老妇人惊动了一下，朝蒙塔巴诺微笑道。

“请原谅我。我的丈夫总说我是一个爱幻想的女人，他可不是想要夸奖我，而意思是有的时候我会完全沉浸在自己的幻想之中。”

# 第十五章

与薄尔乔校长一起吃过晚饭之后，他不到十点就到了家。现在就睡觉还太早了些。电视里的节目包括不同的辩论，一场关于黑手党，另一场关于意大利的外交政策，第三场关于国家经济状况。一场关于蒙特鲁萨精神病院状况的圆桌会议，一场关于信息自由化的研讨，一部关于莫斯科少年犯罪情况的纪录片，一部关于海豹的纪录片，以及一部种植烟草的纪录片。除外，一部讲述芝加哥三十年代黑帮的电影，一部稀松平常的专题片，讲述一位前艺术评论家、现任众议院议员及意见评论者，与法官、左派政治家及对手高唱反调，以为自己是圣茹斯特，实际上却属于地毯贩子、足病医生、魔术师及脱衣舞女之流。后面这些人渐渐占据了小小屏幕的主要画面。他关掉电视，走到露台，打开外面的灯，手拿着他订阅的一份杂志坐在长凳上。杂志的质量不错，文章也挺有趣，杂志是由一群年轻的地方环保主义者主办的。他翻阅了一下目录，没有发现什么有趣的，便开始翻看起专栏照片来。这些照片在用一种夸张、象征性的方式展示着时下的新闻。

门铃的声音让他吃了一惊。他没有在等任何人，他琢磨着，接着又忽然想起，午饭后安娜给他来过电话。她提出要到他这儿来，他没有办法拒绝她。为了将英格丽从她公公的迫害中解救出来，他编造了个故事，必须承认，可耻地利用了她。他觉得有愧于她。

安娜吻了他的脸颊，递给他一个包裹。

“我给你带了佩特拉费努拉。”

这种甜品现在已经很难找到了，蒙塔巴诺非常喜欢，但天知道那些蛋糕店为什么都不再制作了。

“我出差去了米提卡，在橱窗里看到了这个，就为你买下来了。注意牙齿啊。”

越是硬的甜点就越发美味。

“你在干什么呢？”

“没什么，我在看杂志。你也出来吧。”

他们一起坐在长凳上，蒙塔巴诺重新看起那些照片来，而安娜把头搭在手间，开始注视着大海。

“你这里真漂亮啊。”

“嗯。”

“只能听见海浪的声音。”

“嗯。”

“我说话会打扰你吗？”

“不会。”

安娜闭上了嘴。过了一会她又开口了。

“我进房间里面看电视去了。我觉得有点儿冷。”

“嗯啊。”

警长不想去纵容她。安娜显然只想把自己放纵在一个人的幻想之中，想象自己是他的伴侣，跟他一起度过这个夜晚及其他这样的夜晚。正在杂志的最后一页，他看见了一张照片，上面展示着一个洞穴的内部。“弗拉格帕内洞穴”，实际上是一个墓地，从古老的蓄水池中挖出来的一组基督教墓室。这些照片被用来评论一位叫做阿尔契德·马拉文塔诺的所著的新书，书名叫做“蒙特鲁萨地区的丧葬仪式”。据评论称，马拉文塔诺的这本史料极其翔实的书籍，填补了一个巨大的空白，因其详尽的调查而具有高度的科学价值，研究的主题时间跨度极广，从史前时期一直到基督教—拜占庭文明时期。

关于他刚刚读完的文章，他在那里思索了很久。那个坛子，装着钱的碗以及那只狗是作为丧葬仪式使用的——他丝毫没有想到这种可能性。这也可能是个错误，但应该从这里开展调查。他突然感到一阵无法抑制的紧张。他走进房间，拔下电话线，把电话机抓在手上。

“你干什么呢？”安娜看着那部黑帮电影，问道。

“我到卧室里去打电话，在这里我会打扰到你的。”

他拨出“自由网”的号码，找他的朋友尼科洛·齐多。

“快点啊，蒙塔巴，过几秒我要去直播了。”

“你认识个叫做马拉文塔诺的人吗？他写了……”

“阿尔契德？是的，我认识。你找他干嘛？”

“跟他聊聊。你有他的电话吗？”

“他没有电话。你在家吗？我帮你找他，之后告诉你。”

“明天之内我得跟他说上话。”

“最多一个小时之后我再打给你，告诉你怎么说。”

他关上床头柜的灯，在黑暗中他可以更仔细地琢磨刚才的想法。他回想着他们刚进入小克拉斯托的洞穴时，当时那里面的情景。如果把两具尸体从画面中拿开，还有一块毯子，一个碗，一个水坛以及一只陶狗。用一根线把这三样物体连起来的话，是个完美的三角形，倒过来朝着洞口的位置。三角形的中间是那两具尸体。这有意义吗？是不是还要研究下三角形的方向？

思考着、发散着、奇想着，最后他睡着了。不知道过了多久，电话铃声将他吵醒。他用迷迷糊糊的声音接起了电话。

“你睡着啦？”

“哎对，小睡一下。”

“而我还在这块带你忙东忙西呢。反正讲，阿尔契德明天午饭后五点半时候在家里等你。他住在加洛塔。”

加洛塔是个离蒙特鲁萨几公里远的小镇，就几所村民的房子，曾经因为冬天雨大的时候完全无法通行而闻名。

“把地址告诉我。”

“要什么地址萨！从蒙特鲁萨过去，左手边第一所房子。一所摇摇欲坠的大别墅，恐怖电影导演肯定喜欢这块。你不会搞错的。”

一把话筒搁下他便陷入了沉睡之中。他忽然间惊醒过来，感觉到什么东西在他胸上挪动着。那是安娜，他完全把她给忘记了，而她正躺在他的身边，正在解他衬衫的扣子。在每一块露出的皮肤上，她长长地吻下去。当到了腹部时，女孩仰起了头，一只手插入衬衫里摸着他的胸部，把她的嘴唇覆在蒙塔巴诺的唇上。由于男人对她热情的吻毫无表示，安娜决定把放在他胸口的手往下移动。她抚摸了那里。

蒙塔巴诺决定说话了。

“你看，安娜？这算什么呢，什么也不会发生的。”

安娜一下跳下了床，把自己关在卫生间里。蒙塔巴诺听到里面传来的哽咽声时动都没动，那是小孩子的哭声，小女孩索要甜品或是玩具被拒绝后的哭声。通过卫生间半开着的门内传出的影子，他看着她全身上下穿好了衣服。

“一只畜生还比你更有感情呢。”她临走的时候说道。

蒙塔巴诺没了睡意，夜里四点时他还醒着，玩着单人纸牌，仍努力地结束着第一局游戏。

他纠结郁闷地到了办公室，跟安娜的事情还在闹心着，他有些后悔那样对待她。另外，早上时他有了一丝疑虑：要是把安娜换成英格丽，他还能确保自己会做出同样的事情吗？

“我有急事要跟你说。”米米·奥杰罗站在门口，看起来有些激动。

“你想怎么样？”

“把调查的进展跟你汇报一下。”

“什么调查？”

“好吧，我懂了，我过会再来。”

“不不，你就待在那儿，告诉我到底是关于哪个屌调查。”

“怎么？武器交易的那个啊！”

“那依你看，是我授权你进行调查的喽？”

“依我看？你跟我说过的，你记得吗？这不就默许了吗？”

“米米啊，默许的事情只有一件，那就是你是一个婊子养的，我的意思是，你母亲除外。”

“我们这样吧，我跟你说我干的事情，然后你决定我是不是应该继续下去。”

“你说吧，你都干了什么。”

“首先，我想着不能马上就放过英格拉夏，就派了我们两位探员日夜监视他，他就算去撒尿我都会知道。”

“我们的人？你派了我们的探员？你不知道那家伙我们人他全认识，屁股上有几根毛他都知道？”

“我又不傻了。我的意思是，不是我们维加塔自己的人。是拉格纳的探员，我找了局长，是他派遣的。”

蒙塔巴诺带着欣赏地看着他。

“你找了局长啊？不错啊，米米，你还挺会扩展工作的嘛。”

奥杰罗没有理会他的腔调，继续汇报道。

“我们截听到一通电话，可能意味着什么。在我房间里我有录音，我去拿来。”

“你能记得吗？”

“是的，但是你，听着声音，可能会发现……”

“米米，到现在为止你已经发掘出所有能够被发现的事情了，那就不要再让我浪费时间了，跟我说吧。”

“总而言之，英格拉夏从他的超市里给卡塔尼亚的布兰卡多公司打电话。他要求布兰卡多亲自来接电话。英格拉夏接着抱怨着最近一次运货时的失误，说道不能让卡车提前太早到达，这给他造成了很多的麻烦。他要求进行一次会面，探讨另一种运货方式，更安全的方式。而这时布兰卡多的回答可谓是不同凡响。他抬高了嗓门，暴怒着，质问英格拉夏还有什么脸来打电话给他。英格拉夏结结巴巴地问他什么意思。布兰卡多告诉了他，说英格拉夏已经破产了，银行建议不要继续与他来往了。”

“那么英格拉夏反应如何？”

“什么也没有。他一声都没敢吱，招呼也没打就把电话给挂了。”

“你明白这通电话的意思了吗？”

“当然了。英格拉夏在寻求帮助，而那些人把他给甩了。”

“你盯紧英格拉夏。”

“我已经这么做了，跟你说过的。”

他们停顿了一下。

“现在我怎么办？继续把调查进行下去？”

蒙塔巴诺没有回话。

“你怎么这么隐晦的啊！”奥杰罗评论道。

“萨尔沃？你一个人在办公室吗？我可以放心地说话吗？”

“可以。你从哪里打电话过来的？”

“从我家里，我躺在床上，有一点发烧。”

“我很遗憾。”

“那倒不用，你不需要感到遗憾。这是成长的发热。”

“我没弄明白，什么意思？”

“这是一点小的小孩儿会发的那种烧。持续个两三天时间，三十九、四十来度，但不需要太担心，这很正常，是成长的发热。烧退了以后，小孩子就长了几厘米。我也确信，当我的烧退去后，就会成长起来的。成长的是头脑，不是说身体。我想告诉你，作为一个女人，我从来没有像你对我那样被冒犯过。”

“安娜……”

“听我说完。是的，被冒犯了。你的心是黑的，你个烂人。我不应该遭到那样的待遇。”

“安娜，你想想吧。昨天晚上发生的事情是为了你好……”

安娜把电话给挂了。尽管蒙塔巴诺可以用一百种方式让她明白道理，但此刻他知道她正在承受巨大的痛苦，为此他觉得自己连一头猪都不如。最起码，猪肉还是可以吃的。

他立刻就找到了在加洛塔镇入口处的别墅，但在他看来，不可能有人能住在那样的废墟里的。可以清楚地看见半个屋顶已经塌了，四楼的话肯定会漏雨进去的。一点微风就让百叶窗晃个不停，让人搞不通它是如何还撑在那儿的。正面外墙的上半部分，呈现出拳头大小的裂纹。三楼、二楼和底楼看起来稍微整洁一些。墙上的灰泥多年前就已经消失了，百叶窗都朽坏了，东歪西倒，但至少还能关上。有一扇冲外半开着的栅栏铁门，长久以来一直都处于这个位置，隐没在荒草丛中。花园里是一堆扭曲的树木和浓密的灌木，全部纠结在一起。他继续在裂开的石板路上走着，直到一扇褪了色的门前。天已经黑了下来，从夏令时到冬令时的转换让一天变得更短了些。有一个门铃，他按了下去。

或者说，他试图操作了一下，因为他一点儿声音都没听见，哪怕是远远的微弱铃声。他又按了一下，随后发现这个门铃，自从人类发明电力之后就已经坏了。他用马头形状的门把手敲了敲门，终于在敲第三次的时候，听到了在地上拖动的脚步声。门开了，没听见转锁或是门闩的声音，只有炼狱里灵魂一声长长的叹息。

“本来就是开着的，只要推一下进来再叫我就可以了。”

那是一具骷髅在讲话。蒙塔巴诺在他一辈子里从来没有见过这么干瘪的人。或者说，他只在死人的床上见过，因为病魔而变得干枯萎缩。而这位是站着的，虽然弯成了两截，但看起来还是活的。他穿着一件教区牧师的衣服，原本黑色的衣服现在已经更接近绿色了，而曾经的白色硬领子现在变成了深灰色。脚上那一双有平头钉的农民穿的那种靴子好像现在已经买不到了。他头发已经落光，脸部就像是一个骷髅头，在上面像恶作剧一样搭上了一双金边眼镜，镜片极厚，让人的目光迷失在那里面。蒙塔巴诺不禁想到在洞穴中的那二位，死去了五十年时间，身上的肉比牧师还要多一些。不用说，他已经非常老了。

老人像举行仪式一样邀请他进门，领他走入一间巨大的客厅，里面的空间完全被书籍占满。不仅几排书架上全部塞满，书本在地上还摞成了堆，一直通到天花板，维持着不可思议的平衡。窗外没有光透进来，窗台上堆着的书完全挡住了玻璃。家具的话，有一张写字台，一把椅子一张单人沙发。在蒙塔巴诺看来，写字台上的台灯是一盏真正的煤油灯。老牧师把单人沙发上的书本清理干净，请蒙塔巴诺坐下。

“尽管我不知道我究竟能怎样帮助到您，还是请您说吧。”

“可能他们已经跟您说了，我是一位警局的警官……”

“不，他们什么也没告诉我，我也没问。昨天很晚的时候有个当地人到我这来，告诉我维加塔有个人想来见我，我回答说可以让他五点半时候过来。如果您是警官，那就找错人了，找我纯粹是浪费时间。”

“为什么是浪费时间呢？”

“因为我至少三十年没出过这个家门了。我出去干吗呢？老面孔都消失了，新的面孔我看不顺眼。他们每天把吃的送上门来，反正我只喝牛奶，一周喝一次炖母鸡汤。”

“您可能在电视上看到了……”

他刚开始说话就顿了下来，电视这个词在这里有点不太协调。

“在这间房子里没有电力。”

“好吧，您可能从报纸上看到……”

“我不订报纸。”

为什么蒙塔巴诺总是要迈错脚步呢？他吸了口气作为助跑，接着一口气把所有事情都告诉了他，从武器交易直到小克拉斯托那里发现的尸体。

“请等一下，我把灯点亮，这样说话方便一些。”

他在桌上的乱纸堆中翻找起来，找到一盒厨房用的火柴，用颤抖着的手擦着了一根。蒙塔巴诺感觉浑身一凉。

“要是火柴掉地了，”他想着，“我们三秒钟就会被烤熟的。”

然而行动成功了，一切变得更加糟糕，煤油灯散发的微弱的光线照着半张桌子，老人所在的那一边陷入了更浓密的黑暗之中。蒙塔巴诺带着惊奇地看见牧师伸出一只手，握住一个有着奇怪瓶盖的小瓶子。桌上还有另外三个瓶子，两个已经空了，一个里面充满了白色的液体。那不是瓶子，而是奶瓶，每个上面都有个奶嘴。他突然莫名地开始烦躁起来，老人开始了他的吮吸。

“抱歉，我已经没有牙齿了。”

“为什么您不从瓶子、茶杯，或是一个杯子什么的里面喝奶呢？”

“因为这样我觉得更有味道。就像是在抽烟斗一样。”

蒙塔巴诺下定决心尽快离开这里，他站起身，从口袋里掏出两张让贾科穆齐拍的照片，递给牧师。

“这可能是一个墓葬仪式吗？”

老人看着照片，来了兴致，嘴里哼哼着。

“碗里放着什么？”

“四十年代的钱币。”

“坛子里呢？”

“什么也没有……没有踪迹……应该只放了水在里面。”

老人咻了好一会儿奶嘴，思考着。蒙塔巴诺又坐了回去。

“这没有意义。”牧师把照片放回到桌上。

# 第十六章

蒙塔巴诺快接近崩溃的边缘了。在牧师的那些问题连番轰炸之下他感到头昏脑涨，更何况，每当他不知道该如何回答的时候，阿尔契德·马拉文塔诺便会发出一声奇怪的叹息，并且抗议般狠狠咻上一口奶。他已经换上第二个奶瓶了。

尸体的头部是朝着什么方向的?

盛水的坛子是用普通的陶土还是用其他材料制成的?

碗里有几枚钱币?

与两具尸体相对应，水坛、碗与陶狗之间准确的距离是多少?

拷问终于结束了。

“这完全没有意义啊。”

一系列的盘问过后，牧师得出的结论与他最开始时的声明一模一样。警长显然松了口气，已经准备好起身、告别、开路走人了。

“等一等，您着什么急呢。”

蒙塔巴诺重新坐了下来，彻底放弃了。

“这并不是一个丧葬仪式，但可能有着别的什么意义。”

突然之间，警长一扫全身的疲惫和倦怠，头脑再次清醒地转动起来：这个马拉文塔诺是个会动脑子的人。

“请告诉我您的想法，我将会十分感激您。”

“您读过翁贝托·埃科著的书吗？”

蒙塔巴诺开始出汗。

*上帝啊，现在他开始考我文学了。*他这样想着，总算说道：“我看过他的第一本小说和两篇日记，大概是……”

“至于我，他的小说我压根没看过。我指的是《符号学理论》，我们稍微引用一下那里面的话会比较容易解释一些。”

“实在惭愧，那本书我没有念过。”

“那您也没有读过克里斯蒂娃的《符号学》喽？”

“没有，我也没有丝毫要去读它的意思。”蒙塔巴诺说道。他有点生气，开始怀疑老人是不是正在拿他开涮。

“那么好吧。”马拉文塔诺放弃了。“那么我给您举一个浅显的例子。”

“也就是为了配合我的层次。”蒙塔巴诺暗自想着。

“如果您作为一位警长，发现了一具被开枪杀死的尸体，尸体的嘴里被塞上了一块石头，您会怎么想？”

“要知道，”蒙塔巴诺决心一雪前耻，自信地回答道：“这些都是以前的事情了。现在他们杀人都不会做出解释的。”

“啊……所以对您来说那个放在嘴里的石子确实意味着什么。”

“当然了。”

“那意味着什么呢？”

“意味着被杀的那位话太多，说了不该说的话，告了密。”

“正确。您理解了其中蕴含的意义，正因为您了解这套语言符号的编码，而在这里是隐喻的编码。但如果您并不了解这些，您会怎么想呢？什么都没有。对于您来说那就是一个可怜的被害者，嘴里塞着一块石头，令人匪—夷—所—思。”

“我开始有点明白了。”蒙塔巴诺道。

“那么，回到我们现在的话题上：有一个人因为我们所不知道的什么原因，杀死了两个年轻人。他可以用很多种方式让尸体消失，扔进海里，埋进土里或是沙里。但他没有这么做，而是把它们放在了一个洞穴里，不仅如此，还在旁放上了一只碗、一个水坛和一只陶狗。这意味着什么？”

“他发出了一个信号，一则讯息。”蒙塔巴诺轻声地说道。

“这是一条讯息，没错，但是您无法解读，因为您并不掌握相关的符号编码。”牧师结论道。

“请让我想一想。”蒙塔巴诺说道。“但讯息应该是给某一个人，肯定不是针对我们的。事件发生后已经过去五十年了。”

“为什么不呢？”

蒙塔巴诺稍微想了会，随后站起身来。

“我得告辞了，我不想再占用您的时间了。您跟我说的这些对我来说非常的宝贵。”

“那我还想再给您点帮助。”

“您的意思是？”

“不久前您跟我说现在他们杀人而不加解释。解释一直都是有的，也一直有人在做出解读，不然您就不会从事现在这个职业了。只是相关的符号编码变得多样繁复起来。”

“谢谢您。”蒙塔巴诺道。

他们吃的是醋熘凤尾鱼，那是局长太太——艾丽莎夫人精心制作的。她深谙厨艺，成功的秘诀正在于精确到微秒地掌控烤盘应该放在烤箱内的时间。晚餐后，夫人退到客厅去看电视，走之前在丈夫书房的写字台上准备了一瓶芝华士，一瓶苦味酒和两个杯子。

之前他们在吃饭的时候，蒙塔巴诺便充满热情地介绍了阿尔契德·马拉文塔诺，他孤僻的生活方式，他的文化修养，他的学识。而局长只是表现出了干巴巴的好奇，更多是出于对客人的礼貌而非出于真正的兴趣。

“蒙塔巴诺啊，您听我说，”一旦只剩下他们两人时，局长便开口道，“我完全理解在洞穴里找到的那两具被害者尸体会给您带来怎样的影响。这样说吧，我认识您已经太久了，完全能够预料到您会因为这类神秘无解的事件而痴迷，另外，归根到底，就算您最终找到了答案，也是完全没有用处的。正是这样的毫无用处，对您来说恰恰充满了吸引力，甚至说，跟您意气相投。”

“为什么没有用处呢？”

“没用，没用啊。算了，我就迁就您一下吧：既然五十多年已经过去了，杀人凶手，或者凶手们，要么已经入土，最多也是一些七十出头的老头了。您同意吗？”

“同意。”蒙塔巴诺不情愿地说道。

“那么，要是接下来的话不符合我的说话方式，还请原谅：您现在不是在做调查，而是在心理上自慰。”

蒙塔巴诺闷声不响，既没有精力，也没有论点来进行反驳。

“现在，要不是担心您最终把全部的头脑才智都运用在这上面，而忽视了其他更为紧迫重要的案件，我本是可以允许您从事这项调查练习的。”

“不会啊，我可没这么做！”蒙塔巴诺立马抗议道。

“然而您这样做了。您瞧，我不是想要谴责您，现在是在我的家里，朋友之间的对话。为什么您要把军火交易这样异常棘手的案件委托给您的副手？他是位十分称职的官员，但显然并不及您的能力。”

“我什么也没有委托给他！是他……”

“蒙塔巴诺，您就别假装天真了。您正在把调查中的一大部分重担都卸在他身上，因为您知道您是无法全力以赴进行那场调查的，特别是您现在头脑中四分之三的心思都花在了其他案件上。请您诚实地告诉我，我是否说错了。”

“没错。”蒙塔巴诺顿了一下，诚实地说道。

“那么我们就不谈这个话题了。我们来谈另一件事。您这家伙究竟为什么不想我推荐您晋升？”

“您这还是要继续整我啊。”

他很高兴地从局长家里出来。既因为品尝了醋熘凤尾鱼，也因为他成功地推迟了关于升迁的提议。他说的借口既不虚无缥缈，亦不脚踏实地，而局长很礼貌地假装相信了他。或者他应该跟局长说，哪怕是一想到要调动，改变自己的习惯，他就会感到头昏发热？

时候还早，距离跟杰杰的会面还有两个小时的时间。他顺道去了“维加塔卫视”，想要更多地了解一下关于这位阿尔契德·马拉文塔诺的信息。

“这家伙不一般啊，是吗？”尼科洛·齐多说道。“他见面的时候还从奶瓶里咻奶的？”

“可不是嘛。”

“我跟你讲这都是假的，他就好个演戏。”

“你说什么哪，他连牙都没了！”

“你知不知道有个东西叫假牙啊？他就有一副，还很好用，据说有的时候，如果没人看见的话，他会大口啃上半斤烤牛肉或是小山羊肉。”

“那他为什么要这么干呢？”

“因为他是个天生的悲剧演员，或者说喜剧演员，随便你。”

“我们还能确定他是个牧师哦？”

“他还俗了。”

“他说的那些，是他编的还是怎样？”

“这你倒可以放心。他学识非常渊博，他确认过的东西比圣经福音书还要可信。你可晓得十几年前他曾经朝个人开过枪？”

“真的假的？”

“哦是的哦！一个小贼夜里溜进了家里，在一楼。他撞倒了一堆书，书砸下来的时候震天响。马拉文塔诺正在楼上睡觉，被吵醒后下了楼，用前装弹式猎枪，就是那种家用式的大炮朝他轰了一枪。那声音把半个镇子都给震醒了。结果就是：小偷一条腿受伤，十几本书损毁，而他自己因为后坐力太强肩膀脱臼了。但是小偷坚称他进那所房子不是为了行窃，而是受到了牧师邀请进来的，后来无缘无故地，后者突然朝他开了枪。我相信他的话。”

“谁的话？”

“所谓的小偷的话。”

“那他为什么要开枪呢？”

“你晓得阿尔契德·马拉文塔诺脑子里装的都是什么念头？可能是想试试猎枪还能不能用。或是在演戏，这更有可能性。”

“对了，现在我想起来了，你有翁贝托·埃科的《符号学理论》吗？”

“我？你脑子进水啦？”

为了取他停在“自由网”停车场上的车，他给淋成了个落汤鸡。突然开始下起雨来，雨水轻盈，但是十分密集。他回到家中，离见面还有一段时间。他换了衣服，坐在电视前的沙发上，但又立刻起身，走到写字台前，取出今天早上收到的一张明信片。

那是莉维亚寄过来的，之前电话里也跟他说过，她去了一位米兰的表姐那儿待上十来天。在光亮的那一面，不容错过的米兰主教堂照片上，有一条反光的粘液痕迹，拖曳过半张照片的距离。蒙塔巴诺用食指擦了擦，那是新鲜的，略微有些黏稠的液体。他更仔细地检查着写字台表面。一只深棕色的大蜗牛，正在康索勒的书上爬行着。蒙塔巴诺毫不犹豫采取了行动——那场梦中恶心的感觉仍然十分强烈，直到现在都没有消退。他抓起一本已经读完的蒙塔班小说，重重地敲在康索勒的小说上。夹在中间的蜗牛被拍碎时发出的声音让蒙塔巴诺一阵恶心。接着他把两本小说都扔进了垃圾筒里，第二天他会重新去买这两本书的。

杰杰还没到，但警长知道他不用等上太长时间，他这位朋友从不让人久等。雨已经停止了，但海上显然刮过一场强烈的风暴：沙滩上遍布大大小小的水坑，沙子散发着浓重的湿木头的味道。他点起一支香烟。猛然间，在忽然出现的微弱月光下，他看见一辆轿车深色的轮廓，关着车灯，从警长抵达的反方向，也就是杰杰要过来的那个方向，朝着这里极慢地驶近。他顿时警觉起来，打开仪表盘抽屉，取出手枪，上了膛，微开着车门，随时准备跳出去。当另一辆轿车进入射程后，警长突然打开了车灯。那是杰杰的车，这毫无疑问，但很有可能开车的人并不是他。

“把灯关了！”他听见另一辆车内传来的喊声。

那显然是杰杰的声音，警长照做了。他们透过摇下的车窗，并排着说话，各自都待在自己的车里。

“你干什么鸟事啊？我差点儿就开枪了。”蒙塔巴诺愤怒地说道。

“我想看看他们是不是跟着你过来了。”

“谁要跟着我来？”

“我马上告诉你。我半个小时前就到了，我是猫在彭塔洛萨山崖后边的。”

“你到这儿来。”警长道。

杰杰下了车，爬上蒙塔巴诺的汽车，差一点撞到他身上。

“你怎么了？冷吗？”

“不冷，但一样会抖。”

那是害怕的颤抖，出于恐惧。出于经验，蒙塔巴诺非常了解，恐惧有种独特的味道，黄绿色的酸味。

“你知道他们杀的那人是哪个啊？”

“杰杰啊，他们杀的人多了去啦。你说的是哪个啊？”

“我讲的是彼得罗·古洛。他们特地把他带到‘小牧场’给杀了。”

“他是你的老主顾？”

“主顾？我是他客户还差不多。他是塔努的人，为他收税的。就是他跟我说塔努想要来见你的。”

“杰杰啊，这有什么好奇怪的呢。不都是这样的嘛：成王败寇，现在政界也是这么一套。塔努的事务转到了其他人手里，他们就开始清理他那边的人。你既不是塔努的股东，也不是手下，你怕个什么东西啊？”

“不是的，”杰杰语气坚决，“事情不是这样的。我在特拉帕尼的时候他们跟我说了。”

“那是怎样？”

“他们说这些都是串通好的。”

“串通什么？”

“是的哎。你跟塔努串通好了。他们说什么交火啦抓捕啦都是假的，在演戏。他们还相信联合起来策划这场戏的还有我、彼得罗·古洛跟另外一个人，我肯定他们最近几天就会把他给干掉的。”

蒙塔巴诺想起在新闻发布会后接到的那通电话，一个陌生的声音骂他是个“做戏的呆逼”。

“他们感到被侮辱了。”杰杰接着说道。“他们无法忍受你跟塔努串通好了往他们脸上抹屎，让他们觉得像是群傻逼。这点比起收缴武器什么的更让他们愤怒。那你现在跟我说我该怎么办？”

“你啊确定他们也跟你对上了？”

“笃笃定定。他们为什么偏偏把古洛的尸体放在我的地盘上？还用再明显点啦？”

警长想到了阿尔契德·马拉文塔诺和他关于符号编码的那段话。

兴许是一片漆黑的夜色之中有了动静，或是眼角捕捉到了那 0.01 秒的亮光，总之在机枪开始扫射之前的那一瞬间，蒙塔巴诺反射性地完成了一连串的动作。他弯下腰，左手打开车门跳出车外，与此同时在他身边枪声大作，子弹击碎玻璃穿透钢板，一道道闪光刺破夜空。蒙塔巴诺一动不动，夹在他自己的车和杰杰的车中间，此刻才刚刚意识到手中还抓着手枪。刚才杰杰上他车的时候，他顺手把它放在仪表盘上了，刚才他应该是下意识中握住了枪跳的车。枪声停止后，一阵死寂，只听见海浪翻滚的声音。接着约二十米开外，海滩的尽头靠近小山丘的地方，传来一个声音。

“还好吧？”

“还好。”另一个声音道，这次从很近的地方传来。

“你看看还是两个都干掉了，然后我们就回去。”蒙塔巴诺努力计算着那人要走近确认尸体时的步行路线，嚓，嚓，脚步声在湿沙地上十分清晰。现在那人应该已经到了车旁，马上就要弯下腰往车里看了。

他猛地站起身，开了枪。只有一发。他清楚地听见身体倒在沙地上的声音，一声喘息，某种咕噜噜的声音，接着什么也没有了。

“阿九，怎么了？”远处的声音道。

蒙塔巴诺没有回到车里，只是透着打开的车门，把手放在大灯控制杆上，等待着。他没有听见任何声音。他决定赌上一把，在脑中默默数着数。数到五十的时候，他打开车灯，站起身来。灯光下十几米远的地方照着一个人，手中拿着一把冲锋枪，愣在那里。蒙塔巴诺开了枪，那人立刻胡乱扫射起来。警长感到身体左侧像是中了一记老拳，他晃了一晃，用左手撑在车上，又开了枪，连发三弹。灯光下的那人像是跳了一下，转过身开始逃跑，与此同时蒙塔巴诺看着白色的车灯开始变黄，眼睛开始模糊，头脑眩晕。他坐在沙地上，意识到双腿已经无力支撑身体，背靠在轿车上。

他等着疼痛到来，而当剧烈的痛感真正来临时，他呻吟了一声，像个小孩一样开始哭泣起来。

# 第十七章

他刚一醒过来，就意识到自己正在一家医院的房间里，随后记起了所有的事情，全部的细节：与杰杰的见面，他们说的话，那场交火。只有他躺在两辆车之间，在被浸湿的沙地上，感觉到腰侧那难以忍受的疼痛时，他的记忆才渐渐消退了下去。但并没有完全消失，比如说他还记得米米·奥杰罗惊慌的面庞，急促的声音。

“你觉得怎么样啊？怎么样啊？现在救护车来了，你没事的，不要担心！”

米米是怎么找到他的？

随后，在医院里，一位穿着白色大褂的男人：

“他失血太多了。”

之后，就没得了。他尝试着环顾四周：房间是白色的，很干净，有一扇大窗户，白天的光线从那里照射进来。他还不能动，膀子上还吊着点滴，但腰侧已经不疼了，那里跟不是他身体一部分样的毫无知觉。他尝试着挪动双腿，但没得来成。他渐渐地陷入睡梦之中。

将近晚上的时候他又醒了过来，屋里灯都亮着。他立刻又闭上了眼睛，因为他发现房间里面有些人，而他一点儿都不想跟那些人讲话。接着，带着好奇，他又稍稍眯起了眼皮，将将好能看到一丁点。莉维亚在那里，坐在床边，唯一的铁板凳上。在她后头，站着的，是安娜。床的另外一侧，英格丽，她也是站着的。莉维亚的眼睛里头都是泪，安娜毫无节制地哭着，英格丽面色苍白，满脸愁容。

“耶稣啊！”蒙塔巴诺惊恐地说道。

他紧闭上眼，逃入梦乡。

在他认为是第二天的早上，六点半时，两位护士为他进行了清洁，帮他换了药物。七点的时候主治医师出现了，后面跟着五个助手，所有人都穿着白大褂。主治医师看了看挂在他床脚的病历卡，拉开床单，摸了摸他受伤的腰侧。

“我认为恢复得很好，”他宣布道，“手术进行的非常成功。”

手术？他在说的是哪场手术？啊，也许是把打伤他的子弹取出来的手术。但冲锋枪的子弹都是射穿人体，很少会留在体内的。他本想要提问，寻求解释，但说不出话来。而主治医生注意到了他的眼神，以及警长想要通过眼睛传达的问题。

“我们当时需要对您进行紧急手术。子弹穿过了结肠。”

结肠？但是结肠与他的腰旁边有什么关系啊？结肠跟腰又没有关系，应该待在肚子里面的嘛。但要是它跟肚子有关系，就意味着——他惊动了一下，连医生们都注意到了——从那时起，以及他的下半辈子，他都只能喝稀粥过活了？

“……稀……粥？”蒙塔巴诺终于说出口来，那种生活的悲惨前景让他的声道又恢复了功能。

“他说什么？”主治医师转向他的助理们问道。

“我觉得应该是洗手。”一位说道。

“不对不对，他说的是袭警。”另一位说道。

他们讨论着这个问题，离开了房间。

八点半的时候门开了，卡塔雷拉出现。

“警臧，零觉得怎个样子啊？”

如果这个世界上有这样一个人，跟他讲话一点意义都没有，那么这个人就是卡塔雷拉。他没回话，只是摆了一下头，意思是不那么糟糕了。

“我是来这块守卫您的守卫。这家医院就素个港口，人进人出又人来人往滴。有可愣会有人进来图谋不轨，齐图完成他们没干完的四情。零懂我的意四啊？”

他解释得非常清楚。

“您知道吗，警臧？素用我的血给您输血的。”

接着他回到了守卫的岗位上。蒙塔巴诺痛苦地想着接下来的灰暗的日子，要靠着卡塔雷拉的血和粗面稀粥过活。

在那一天他收到的众多的祝福之吻当中，第一个吻来自法齐奥。

“你啊知道啊，警长，您枪法好得没话讲哎！一个您一枪就点中喉咙干掉了，另一个您也打伤了。”

“另一个我也打中了？”

“是的，我们不知道伤在哪里了，但受伤总归他是受了。贾科穆齐博士发现的，离车子十几米的地方有一块被染红的水潭，是被血染的。”

“你们辨认出死者了吗？”

“当然。”

他从口袋里掏出一张纸片，开始读道。

“穆纳夫·杰兰多，1970年9月6日生于蒙特鲁萨，单身，家住蒙特鲁萨克里斯比路43号，无特别标记。”

“他还是好个人口调查那一套。”蒙塔巴诺想着。

“犯罪情况如何？”

“什么都没有，警长。毫无前科。”

法齐奥把纸片放回了口袋。

“干一票这个，他们最多付他五十万里拉。”

他顿了一下，显然有话要说，但不知如何开口。蒙塔巴诺决定帮他一把。

“杰杰是当场就死的？”

“他没有受苦。那阵扫射把他半个头都削掉了。”

其他人进来了。接着是无数的拥抱和亲吻。

贾科穆齐和帕斯卡诺大夫从蒙特鲁萨过来了。

“所有的报纸都在谈论你。”贾科穆齐说。他显得很感动，又有些许嫉妒。

“我真心遗憾不能为您做法医解剖。”帕斯卡诺说。“我非常好奇您身体里是什么样的。”

“我是第一个到达现场的。”米米·奥杰罗说道。“当我看到你那副样子，那个场景，我给吓得一塌糊涂，差点儿没拉在裤子上。”

“你是怎么知道的？”

“有人匿名打电话到警察局，说在土耳其阶梯山脚下有人开枪。值班的是加卢佐，他立刻打电话给我了。他跟我说了件我一直都不知道的事情，那就是你，一直都在那个据称有交火的地方，跟杰杰会面。”

“他知道这个？”

“看起来所有人都知道这件事！半个城市都知道！于是我连衣服都没换，穿着身上的睡衣就出……”

蒙塔巴诺无力地举起一只手，打断了他。

“你穿着睡衣睡觉？”

“是啊。”奥杰罗有点尴尬。“怎么了？”

“没什么，你继续说吧。”

“就在我狂飙开车的途中，我用手机叫了救护车。幸好如此，您那时已经失血过多了。”

“谢谢。”蒙塔巴诺深怀感激地说道。

“谢什么啊！你为了我还不是会做一样的事情？”

蒙塔巴诺快速地询问了一下自己的良心，随后决定不回答这个问题。

“啊，跟你说件奇怪的事情。”奥杰罗接着说道。“当时你还躺在沙地上呻吟着的时候，你要我做的第一件事情，是把那些在你身上爬着的蜗牛给拿开。你当时出现了一些幻觉，所以我跟你说好的，我会拿开的，而根本就没有什么蜗牛。”

莉维亚来了，紧紧地拥抱着他，开始哭了起来，靠在床上与他紧紧地贴着。

“就这样待着吧。”蒙塔巴诺说道。

他喜欢闻她头发的香味，她的头贴在他的胸口。

“你是怎么知道的？”

“从广播里听见的。确切地说，是我的表姐听到的那条新闻。真是一下子就惊呆了。”

“你干了什么呢？”

“我首先打电话给意大利航空订了飞往巴勒莫的机票，接着我给你在维加塔的办公室挂了电话，他们把我转给了奥杰罗，他非常体贴，跟我说没事，还提出来机场接我。在开车过来的路上他把情况都告诉我了。”

“莉维亚，我看起来怎么样？”

“你很好，跟之前发生的事情比起来的话。”

“我这一辈子都毁了？”

“你在说什么呢？”

“我下半辈子都只能清汤寡水了？”

“您可真让我难堪啊。”局长微笑着说道。

“为什么？”

“因为您上演这种西部警长的剧情，或是要当夜行复仇者，最后被所有的电视和报纸报道。”

“这可不是我的错啊。”

“不不，这不是您的错，但这更不是我的错，我只有提拔您了。您还能再安稳一阵子。幸运的是接下来二十几天您都不能从这里出院。”

“这么久？”

“顺便说一句，利卡尔齐副部长正在蒙特鲁萨。他说，他到这里，为了回应公众对于打击黑手党犯罪的呼声，将会在下午前来探望您。”

“我不想要看见他！”蒙塔巴诺激动地叫道。

这一位曾经深涉黑手党事务，现在想要洗白自己，更何况这也是经过黑手党同意的。

就在那时主任医师进来了。看见房间里有六个人，他脸立马阴沉了下来。

“希望你们不要介意，但请你们让他一个人待一会，他需要休息。”

他们相继告退，与此同时医师大声地对护士说道：

“今天不许再接受探望了。”

“副部长今天下午五点钟返回，”局长低声对蒙塔巴诺说道，“很遗憾，鉴于医生的命令，他不能过来探望您了。”

他们会心地笑了。

几天后他们把膀子上的点滴给撤了；床头柜上放上了电话。就在那天早上尼科洛·齐多来看望他，好像圣诞老人一样。

“我给你带了台电视，一台录像机和一盘录影带。我还把谈论到你的报纸都给你带来了。”

“录影带里有什么？”

“我把我自己、维加塔卫视以及其他电视台关于整个事件的所有狗屁报道都录在里面了。”

“喂，萨尔沃？我是米米。你今天觉得怎样？”

“好些了，谢谢。”

“我打电话是要告诉你他们把我们的朋友英格拉夏给杀了。”

“我预料到了。什么时候的事？”

“今天早上。他开车进城的时候他们开枪干掉了他。两人骑在一辆大排量摩托车上。附近的警员没办法，只能尝试着对他进行急救，但已经什么都做不了了。跟你说啊，萨尔沃，我明天早上到你这儿来。你得告诉我，正式地把跟那次交火有关的所有情况都告诉我。”

他让莉维亚把录影带放了进去，不是因为好奇，纯粹是为了打发时间。加卢佐的妹夫在“维加塔卫视”上编的故事足以跟《遗失石棺的掠夺者》之类的电影剧本所媲美。据他所说，此次枪击事件与在石洞里发现的那两句干尸有着紧密的联系。那么在那古老的罪行之后，究竟隐藏着什么可怕的、不可告人的秘密呢？这位记者，尽管是一笔带过，但仍毫不掩饰地提到了那些法老墓穴发现者们的悲惨下场，并把这与警长所遭到的伏击联系在了一起。

蒙塔巴诺笑得直到腰侧一阵剧痛。接着出现了皮波·拉格奈塞的脸，他是同样这家私人卫视台的政治评论员，前共产党员，前天主教民主党员，现在是改革党派的代表人物。拉格奈塞单刀直入，上来便提出了个问题：蒙塔巴诺跟那个妓院老板跟毒品贩子——据传他们还是朋友——他们在一起干什么呢？这样的行为与每一位公务员应当遵守的道德规范相吻合吗？时代变了，这位评论员严肃地总结道，感谢新的政府，一股革新之风正在震撼着我们的国家，人们必须向前迈步。陈旧的态度，腐朽的勾结应当永远被抛弃。

蒙塔巴诺，由于愤怒，再次感到了腰侧的一阵剧痛，不禁出声呻吟起来。莉维亚一下站起身，关掉了电视。

“你冲着这个傻货的话生什么气哪！”

经过了半个多小时的坚持和请求，莉维亚再次打开了电视。尼科洛·齐多的评论充满感情、义愤填膺又富有理性。因为与警长的友情而充满感情，为他献上最诚挚的祝福；义愤填膺是因为尽管政府一再做出保证，黑手党在岛上仍自由无碍为非作歹；富有理性是因为他将塔努·格莱克的抓捕与枪械的发现联系在了一起。这两记强有力的对黑手党的打击均出自蒙塔巴诺之手，因此他也成为了对方不惜一切代价想要除掉的危险的对手。他讥讽那些将伏击事件与被亵渎的尸体联系在一起的假设，问道：他们用什么钱来雇用的杀手，难道是在碗里找到的已经过时的零钱吗？

最后“维加塔卫视”的记者展示了一段对于阿尔契德·马拉文塔诺的采访，他在节目里被称为是“神秘学的专家”。这位辞去圣职的神甫身着一件打着各色补丁的牧师袍，吸着奶瓶。记者在不停地追问，想让他承认警长所遭到的伏击与所谓的亵渎之间有所关联，而马拉文塔诺凭借完美的演员天赋，一半承认一半否认，让所有人都陷入一团飘忽不定的迷雾之中。接着，这卷齐多剪辑的录影带以拉格奈塞的政治评论单元收尾。只是这次出现的是一位陌生的记者，解释道当晚他的同事受到了粗暴的袭击，无法在节目上出现。在前天晚上录制完“维加塔卫视”的节目后，回家的路上，一群身份未明的歹徒殴打并抢劫了他。记者对于无法保护公民安全的警察力量提出了强烈的谴责。

“为什么齐多想让你看这段新闻？这与你没有关系啊。”莉维亚天真地问着，她是北方人，不懂得里面影射的意思。

奥杰罗提问，托托雷拉做笔录。他说道他与杰杰是同学和朋友，而这份友情这么多年来一直维持着，尽管他们已经处于两个相互对立的阵营了。他在笔录上说那天晚上杰杰要求与他见面，但他们还没来得及说上几句话，刚刚互相问过好。

“他开始提到枪械的交易，他跟我说他听到了一些我可能感兴趣的事情。但他没有来得及说完。”

奥杰罗假装相信他的话，而蒙塔巴诺详细地叙述了双方枪战交火的不同阶段。

“现在轮到你说了。”他跟米米说。

“先在笔录上签字吧。”奥杰罗道。

蒙塔巴诺签了字，托托雷拉跟他告了别，回办公室去了。没有太多要说的，奥杰罗道，摩托车超过了英格拉夏的汽车，坐在摩托车后座上的那位转过身来，开枪，结束。英格拉夏的汽车最后掉进了沟里。

“他们想要把枯死的树枝给剪了。”蒙塔巴诺评价道。接着觉得自己被排斥在外，所以带着一丝惆怅地问道：

“你们想怎么做？”

“卡塔尼亚的那些人，就是我通知的那些，他们跟我们保证不会放过布兰卡多的。”

奥杰罗并不知道，但也许，通知卡塔尼亚的同事们，正是签下了布兰卡多的死亡判决书。

“谁干的？”蒙塔巴诺顿了一会以后问道。

“什么谁干的？”

“看这块。”

他按动遥控器，让他看了拉格奈塞受袭的那段新闻。米米演得非常好，表现得天真无辜毫不知情。

“你问我？还有这跟我们又没关系了，拉格奈塞住在蒙特鲁萨啊。”

“你多无辜哦，米米！来，吃吃小指头！”

他把小指伸过去，就像是在逗小孩一样。

# 第十八章

一个星期过去了，在那些探望、拥抱、电话、祝贺之后，开始的是空虚和无聊。他说服了莉维亚，让她回到她的米兰表姐那里去，没有必要再这样浪费她的假期，而关于之前计划好的开罗之旅现在还不是讨论的时候。他们同意一旦警长出院，莉维亚就会再回来，直到那时他们再商定在哪里以及怎样度过剩下的两个星期假期。

就连关于蒙塔巴诺以及所发生事件的流言也一点一点地消退了，先还有一些回响，最后全都消失了。每天奥杰罗和法齐奥还是会过来陪他一会，待得不久，刚刚好够告诉他一些新闻，几个案子的进展。

每天早上，一睁开眼，蒙塔巴诺便开始思考，想着小克拉斯托中的两具尸体，想他什么时候才能有机会回到那里，四周静寂没有任何琐事打扰，这样他就能好好地思考，说不定能蹦出什么样的灵感。他对自己说，要抓住这样的机会，把整件事过一遍，就像是一匹马在头脑中跑上一圈。渐渐地那匹脑中的小马由奔驰转为小跑，随后索性踱起步子来，最终陷入一种麻木，占据了他全部身体和心灵。

“这就是康复期吧。”他告诉自己。

他坐在沙发上，拿起一张报纸或杂志，有一篇比其他文章略长的报道读到一半，他就失去了兴趣，眼皮耷拉下来，坠入汗湿的睡眠之中。

“法西奥警官讲说今天您会回家里头来。偶真为您感到高兴。警官还跟偶讲说做的东西要是清淡的。阿黛琳娜。”

阿姨的便条放在厨房桌上，蒙塔巴诺急忙冲到冰箱前，看看她的“清淡”究竟指的是什么。那是两条新鲜鳕鱼，用橄榄油和柠檬调味。他拔掉电话线，想要安静地重新适应在自己家中的生活。寄存了很多封邮件，但他一封也没拆，一张明信片也不看。他吃完鳕鱼，上床睡觉。

入睡之前他问了自己一个问题：医生曾向他保证他能重新恢复全部的精力，但为什么他总觉得嗓子眼里有股忧伤哽在那里？

最开始的十分钟他提心吊胆地开着车，更关注他腰侧的反应而不是路面情况。接着他发现他可以承受震动颠簸，便加快了车速。他穿过维加塔，开上了去蒙特鲁萨的路，在蒙塔佩尔多路口左转，又开了几公里，拐上一条简陋开出的小路，来到一个小空地上，那儿有一间简陋的房子。他从车子上下来。玛利亚妮娜，杰杰的妹妹也是他中学的老师，正坐在门边的一个草凳上，编着一个篮子。她一看到警长便迎了上去。

“萨尔沃，我就晓得你会来看我的。”

“您是我出院以后看的第一个人。”蒙塔巴诺拥抱着她，这样说道。

玛利亚妮娜开始慢慢地哭了起来，不出声地，只有眼泪，蒙塔巴诺眼睛也湿了。

“拿个凳子坐吧。”玛利亚妮娜说道。

蒙塔巴诺坐在她的旁边，她抓着他的一只手，抚摸起来。

“他受苦了吗？”

“没有。他们还在开枪时我就知道了，他们把杰杰当场就杀死了。之后其他人也跟我确定了。我觉得他都不知道当时发生了什么。”

“你真的把杀死杰杰的那位给干掉了吗？”

“是的。”

“在哪边是哪边了。杰杰应该很满足了吧。”

玛利亚妮娜叹了口气，把警长的手抓的更紧了。

“杰杰全心全意地喜欢你啊。”

*我灵魂的知己*，小说的名字，蒙塔巴诺脑中浮过这样的标题。

“我也是非常地喜欢他。”

“你还记得他捣乱的样子啊？”

捣乱，小炮子调皮捣蛋。玛利亚妮娜显然说的并不是杰杰最近这几年，跟法律有过节的时期，而是在遥远的过去，当她的小弟弟还是个小淘气的时候。蒙塔巴诺露出了微笑。

“您还记得那次他把爆竹扔到一个人正在修补的铜锅里，那个人当场因给爆竹吓晕了？”

“还有那一次他把墨鱼的墨汁全倒到隆革老师的包里了？”

将近两个小时，他们一直在谈杰杰和他的伟绩，最多到青年时期为止的那些往事。

“天晚了，我该走了。”蒙塔巴诺说。

“我本想让你留下来跟我一起吃饭，但现在对你来说可能口味太重了。”

嘴角和额头上擦着。

“亲爱的，你什么也没跟我商量，也没问我同意与否，就派了些探员跟着英格拉夏。你怎么想的呢？那家伙会傻到毫无知觉？他大概花上了半天的时间就发现不对劲，自己被盯梢了。但毫无疑问他会以为是我下的命令。他知道自己干了不少蠢事，而我正因此盯着他不放，于是，为了在想要摆脱他的布兰卡多前挣回些面子——你告诉过我他们两人之间通过电话——他花钱雇了两个傻瓜来干掉我，只是他的计划遭到了惨败。这时布兰卡多，或是别的为他干活的什么人，受够了他和他的自作聪明——别忘了谋杀可怜的米苏拉卡骑士这件事一点意义都没有——想办法让他从地球上消失了。如果不是你让英格拉夏有所警觉，杰杰就不会死，我也不会现在腰侧这么疼。你懂了吧。”

“如果事情真的是这样，那么你说的有道理。”米米被彻底击垮，沮丧地说道。

“事情就是这样的，可以拿你的屁股做担保。”

飞机停得离候机楼很近，乘客们无需换乘机场泊车。蒙塔巴诺看着莉维亚从楼梯上下来，低着头走向出口。他混在人群中，看着莉维亚在漫长的等待后从传送带上取下行李，放在推车上，走向出租车站。前天晚上，他们说好了，她会坐火车从巴勒莫到蒙特鲁萨，而他只需要到火车站去接他。而他早就决定好了要给她一个惊喜，在彭塔莱西的机场去等她。

“小姐一个人？要我载您一程吗？”

莉维亚正朝着一排出租车的头一辆走着，突然停了下来，叫出声来。

“萨尔沃！”

他们幸福地拥抱在一起。

“你气色真不错！”

“你也是。”蒙塔巴诺说道。“我看着你快半个小时了，从你下飞机开始。”

“为什么你之前不出现呢？”

“我喜欢看着你没有我在旁时的样子。”

他们上了车，蒙塔巴诺没有发动引擎，而是立刻拥抱着她，接吻，一只手摸在她的胸部，低下头，用脸颊蹭她的膝盖、腹部。

“我们离开这儿吧，”莉维亚喘着粗气说着，“否则他们会因为公众场合有伤风化把我们给抓起来的。”

朝着巴勒莫方向开的时候，警长提了个提议，这也是他临时想到的。

“我们在城里待一阵子？我想让你看看乌齐利亚。”

“我已经看过了。古图索。”

“相信我，那幅画是坨屎。我们在旅馆里租间房，周围转转，去乌齐利亚，睡觉，明天早上再去维加塔。反正我没什么事情可以做，可以把自己当成个游客。”

他们到达旅店，随即抛弃了稍微梳洗一下便就出门的打算。他们关在房里，做爱，然后睡觉。几个小时后他们醒了过来，然后继续做爱。快要到晚上的时候他们才离开酒店，去了乌齐利亚。莉维亚目瞪口呆地看着眼前的一切，被各种声音所淹没。市场上的吆喝声、叫卖声、突然爆发的吵嚷争执、方言土语，鲜活的颜色好像虚幻，画笔着色绘出。鲜鱼的气味夹杂橘子的清香，混着炖羊杂配卡其卡瓦洛奶酪的味道——当地人把这道菜称为“梅乌萨”——加上油炸的气味，所有这些味道混在一起，成为让人难以抵抗，几乎带着魔力的香味。蒙塔巴诺在一家二手服装店前停了下来。

“我上大学的时候，经常来这里吃‘梅乌萨’，现在再吃这个能把我的肝给腻爆掉。这是一家世界独一无二的店铺，现在卖些旧衣服，而以前那些陈列架，包括整个店铺都是空的。店老板，堂·切萨里诺，就坐在柜台后面招待客人，柜台也是干干净净什么也没有。”

“要是柜架都是空的话还有什么客人呢？”

“那并不是完全空无一物的。怎么说呢，那上面放满了意向、要求。那个人根据订单售卖偷来的东西。你去堂·切萨里诺那儿，你跟他说：我想要个手表怎么怎么样子的；或者，我想要幅海景画，比如说，十九世纪的海景画；或者说，我要个这种样子的戒指。他收了佣金，把要求写在一张包面包的纸上，就是以前那种黄色的、有一面糙糙的纸。他谈好价钱，告诉你说下次什么时候再来。到了那一天，迟了早了都不行，他从柜台下面拎出货物，递交给你。他不接受质量投诉。”

“那还需要一家店面做什么呢？我的意思是，这种活在哪儿都能接，咖啡馆里，马路拐角……”

“你知道他的那些乌齐利亚朋友怎么称呼他的吗？堂·切萨里诺大老板、店掌柜的。因为堂·切萨里诺不觉得自己是所谓的内线，就像是今天的这种，也不是什么下家，他就是个商人，和许许多多其他商人一样，正常支付店铺的水电费，租金，以此为证。那店面可不是障眼用的。”

“你们都是群疯子。”

“跟个孩子一样！让我像抱孩子一样地抱抱您！”校长的妻子把他紧紧地搂在胸前。

“您不知道我们有多么担心您啊。”丈夫回应着太太的深情，补充道。

校长早上给他打了电话，邀请他来吃晚饭，蒙塔巴诺谢绝了邀请，提议在下午会面。他们请他在客厅里坐下。

“我们长话短说，不浪费您的时间。”薄尔乔校长说道。

“我有的是时间，现在我暂时处于失业状态。”

“上次您在我们这里晚餐的时候，我妻子也跟您提过，我说她是个爱幻想的女人。好吧，您刚离开我们家，我的妻子就开始幻想了。我们之前想打电话给您，但是发生了后来的那些事情。”

“我们要么让警长先生裁定这些是不是幻想？”夫人有点赌气地说着，带着挑衅道，“你说还是我说？”

“这些可是你的幻想。”

“我不知道您是否还记得，当您询问我丈夫可以在哪儿找到李洛·瑞齐塔诺时，他回答说 1943 年 7 月以后就再没有他的消息了。于是我就想起了一件事情。我也有一位朋友在同样的时间段失踪了，虽然后来她又出现过，但以一种非常奇特的方式……”

蒙塔巴诺感到背后一阵凉意，洞穴里的两位是极年轻的时候被杀害的。

“您的这位朋友当时多大？”

“十七岁。但她比我要成熟很多，我还是个小毛孩。我们一起去上学。”

她打开放在茶几上的一个信封，从里面拿出一张照片，递给蒙塔巴诺。

“这是我们在学校的最后一天拍的，高中三年级。她是最后一排最左边那位，我在她旁边。”

所有人都在微笑，穿着意大利法西斯青年团的制服，一位老师正行着纳粹礼。

“由于轰炸，当时岛上的情况非常可怕。学校在四月的最后一天关门了，我们逃过了恐怖的毕业考试，我们由老师评价打分，决定是否通过考试。莉塞塔，这是我朋友的名字，她的姓是莫斯卡托。她和她的家人迁到了岛上内陆地区的一个小镇上。她间断着给我写信，她所有的信我都保留着，至少是寄到我这里的那些。您知道的，那阵子的邮政……后来我们也搬家了，甚至搬到了欧洲大陆上，住在我爸爸的一个兄弟那里。战争结束后我写信给我的朋友，小镇和维加塔的地址都寄了，但从未收到回信，这让我有些担心。终于1946年时我们回到了维加塔。我去找了莉塞塔的父母。她的母亲死了，父亲一开始不想和我见面，后来对待我的态度很差，跟我说莉塞塔爱上了一位美国士兵，不顾家人的反对跟着他走了。他补充道对他来说这个女儿就像是已经死了。”

“说实话，这个故事还挺合逻辑的。”蒙塔巴诺说道。

“我跟你说的吧？”校长插入话来，重新占了上风。

“警长，您瞧，这件事这样就已经很奇怪了，如果还不考虑之后的事情的话。首先，很奇怪的是莉塞塔如果真的爱上了一位美国的士兵，她无论如何都会想办法告诉我的。另外，从瑟拉蒂法托就是他们避难的那个小镇那儿，她从那寄来的信中，一直在反复说着同一桩事情：跟她的神秘爱人相互分离，给她带来了无尽痛苦。她从来都不愿告诉我那个青年的名字。”

“你确定这个神秘的爱人真实存在，而不是某个年轻时期的幻想？”

“莉塞塔不是那种沉迷于幻想的人。”

“您知道吗，”蒙塔巴诺说道，“在十七岁，有时甚至更大一点的时候，感情上的事情可说不太准。”

“感情来了冲昏头。”校长附和道。

夫人什么也没有说，从信封中拿出了另一张照片。上面是一位年轻女子，穿着婚纱，胳膊挽着一位身着美国军服的帅小伙子。

“这张照片我是1947年初收到的，从邮戳上看是从纽约寄来的。”

“那么我看，这就解除了所有的疑惑了吧。”校长总结道。

“哦不不，这让人更加怀疑了。”

“夫人，这是为什么呢？”

“因为在信封里只有这张照片，这张莉塞塔和士兵的照片，没了，没有一张卡片，什么都没有。就连照片背后都没有写上一行字，您可以看看。那您可以解释为什么一位真正的朋友、闺蜜，单单给我发了一张照片什么都没说呢？”

“您认出了信封上您朋友的字迹了吗？”

“地址是用机打的。”

“哦……”蒙塔巴诺道。

“我想再跟您说个事儿：艾丽莎·莫斯卡托[①]是李洛·瑞齐塔诺的表妹。李洛非常喜欢她，待他就像是小妹妹一样。”

蒙塔巴诺看着校长。

“他宠爱她。”后者补充道。

---

① 即莉塞塔·莫斯卡托。莉塞塔是艾丽莎的昵称。

难的事情我们都是送到巴勒莫去的。”

接下来车轮照着正确的方向开始转动，事情逐渐有了眉目。他给一家杂志社的摄影师打了电话。他曾出版过关于马拉文塔诺著作的书评，而蒙塔巴诺碰巧记得这个摄影师的姓名。

“抱歉打扰，您是孔蒂诺先生吗？”

“是的，我是。请问您是？”

“我是蒙塔巴诺警长，我需要见您一下。”

“很高兴能够认识您。如果您乐意的话，现在就可以过来。”

摄影师住在蒙特鲁萨的旧区里，那儿还有残留的几所老房子。这里曾经发生过一次山崩，整个以阿拉伯语命名的小区都被摧毁了。

“事实上我的职业并不是摄影师。我在高中教授历史，但我很喜欢摄影。有什么可以帮您吗？”

“您能告诉我这张照片是人工合成的吗？”

“我可以试一试。”孔蒂诺看着照片说道。“您知道这张照片是什么时候照的吗？”

“他们跟我说是1946年。”

“您后天再来吧。”

蒙塔巴诺垂下头，一言不发。

“很着急吗？那么这样吧，大概……两个小时以后您再过来，我可以给您一个初步的回复，但是我需要再加以确认。”

“好的。”

这两个小时他是在艺术画廊里度过的，那里有个七十多岁的西西里画家的展览。他的作品仍有些民粹主义的风格，但是色彩里充满幸福、强烈、活力四射。总而言之他心不在焉地看着画展，焦急地等待着孔蒂诺的回复。每过五分钟他就看一下手表。

“您说吧。”

“我刚刚结束。在我看来，这正是一张人工合成的照片。做得很精细。”

“您从哪里看出来的呢？”

“从背景里的影子可以看出。真正新娘的头被替换成了现在这个女孩的头。”

关于这点蒙塔巴诺之前并没有告诉他。孔蒂诺并不知情，这个结论是独立得出的，没有受到警长的干扰。

“我再跟您说吧，女孩子的画面被修饰过了。”

“什么意思呢？”

“意思就是说，这个女孩被修得更老了些。”

“我可以拿回这张照片吗？”

“当然了，我用不着了。我之前以为会更困难一些的。按我之前说的，现在用不着再进行确认了。”

“您实在是帮了大忙了。”

“警长先生，这些纯粹是我个人的意见，好吗？可没有任何法律效力啊。”

局长不仅立刻欢迎了他，而且欢快地张开了双臂。

“真是个惊喜啊！您有时间吗？跟我来，去我家，我在等我儿子的一个电话，我的妻子会很高兴看见您的。”

局长的儿子是名医生，隶属于一个志愿者组织。他们称自身为无国界组织，前往饱受战乱的地区，尽他们所能提供援助。

“您知道吗？我的儿子是个儿科医生，现正在卢旺达。我真的很担心他。”

“现在还有冲突吗？”

“我指的不是冲突。每次他成功打电话给我们，我都觉得他要被恐惧、折磨给击垮了。”

接着局长沉默了。为了让他从那些思虑中摆脱出来，蒙塔巴诺告诉了他那则消息。

“我百分之九十九能够确定那个洞穴里女孩的姓名了。”

局长没有说话，张着嘴巴看着他。

“她叫艾丽莎·莫斯卡托，十七岁。”

“你到底是怎么做到的啊？”

蒙塔巴诺把经过都告诉了他。

局长的妻子抓着他的手，像是抓到一个小毛孩一样，让他在沙发上坐下。他们稍微说了会话，接着警长就站起身，说他还有事情要先走了。其实这并不是真的，只是他不想在电话响起的时候仍杵在这里。局长和他的夫人应该独自并且平和地享受他们的孩子从遥远地方传来的声音，哪怕话语中带着焦虑，带着痛苦。在他离开房间的时候电话铃响了。

“您瞧，我遵守了自己的诺言。我给您把照片给带回来了。”

“请进，请进。”薄尔乔夫人靠在一旁，让他过去。

“哪一个啊？”丈夫从饭厅大声问道。

“警长哦。”

“快让他坐嘢！”校长喊道，好像他的妻子根本就没让警长进门一样。

他们正在吃饭。

“我加个碗儿？”夫人邀请道。也没等回复，她就把盘子放了上来。蒙塔巴诺坐了下来，夫人给他盛了鱼汤，浓得恰到好处，汤里放了欧芹显得格外新鲜。

“您弄明白了什么吗？”夫人问道，完全不顾丈夫的眼色，后者觉得现在谈论这个并不合适。

“很遗憾是的，夫人。我相信这是一张人工合成的照片。”

“我的上帝啊！那么那个给我寄信的人就是想让我相信一件虚假的事情！”

“是的，我认为对方的目的便在于此，想要消解您关于莉塞塔的疑虑。”

“你看是我讲得有道理嘛！”夫人几乎是向丈夫吼道，接着开始哭起来。

“你这是何苦呢？”校长问道。

“因为莉塞塔已经死了，而他们想让我以为她还活着，结了婚还很幸福！”

“你知道吗，可能就是莉塞塔本人……”

“不要再讲傻话了！”夫人说着，把餐巾扔在桌上。

一阵尴尬的沉默。随后夫人继续问道。

“她死了，对吗，警长？”

"恐怕是的。"

夫人站起身，用手掩着脸走出饭厅，刚一出门便能听到她一个人伤心抽泣的声音。

"我很遗憾。"警长说道。

"她自找的。"校长凭着自己处理家庭婚姻纠纷的惯常逻辑，毫不心疼地说道。

"请允许我问您一个问题。您是否确定在李洛和莉塞塔之间只有您和您夫人向我提到的那一种感情？"

"您的意思是？"

蒙塔巴诺决定说的更直白一点。

"您确定李洛和莉塞塔不是情侣？"

校长笑了起来，一挥手把这个假设给赶跑了。

"您瞧，李洛疯狂地爱着一个蒙特鲁萨的姑娘，那个女孩在 1943 年 7 月之后就再也没有他的消息了。他也不可能是洞穴里的尸体，根据农民的说法，他看见李洛受了伤，被抬上了军车，跟着一群士兵不知道到哪里去了。那个农民人很严谨，诚实可信。"

"那么，"蒙塔巴诺道，"这一切都说明一件事情，莉塞塔并没有跟着一名美国士兵跑了。因此，莉塞塔的父亲扯了个谎，骗住了他老婆。莉塞塔的父亲是谁呢？"

“我记得好像是叫斯特法诺。”

“他还健在吗？”

“不在了，至少五年前老死的。”

“他之前干什么的？”

“好像是做木材交易的。但当时在我们家里是不准提起斯特法诺·莫斯卡托的。”

“为什么呢？”

“因为他也并非善类。他跟他的那些瑞齐塔诺亲戚是一伙的，懂我的意思吗？他跟法律体系有过节，我并不了解具体的情况。在当时有教养的人家里是不会谈论这些人的。那就像是谈及粪便一样，抱歉。”

薄尔乔夫人回来了，眼睛红肿着，手上拿着一封陈旧的信件。

“这是我收到的来自莉塞塔的最后一封信。当时我在阿夸彭登特，和家人一起迁移过去的。”

瑟拉蒂法托，1943 年 6 月 10 日

亲爱的安吉丽娜，你好吗？你家里人都好吗？你无法了解此刻我有多么的羡慕你。你在北部小城的生活，与我在此度日如年的监狱是截然两个世界。请不要认为我所说

的监狱是在夸张。要忍受的不仅有我爸爸那让人窒息的监视,还有这仅几户人家的小镇里单调愚蠢的生活。你想想,上个周日,从教堂出来的时候,一个我甚至不认识的男孩子跟我打了招呼。爸爸看到后,把他叫到一旁,给了他几个耳光。简直疯了!我唯一的消遣便是阅读。我有一个朋友叫安德鲁巧[1],我堂兄的儿子,十岁大的小孩子。他很聪明。你能相信小孩子可以比我们更加机智吗?

我的安吉丽娜,好几天来我一直生活在绝望之中。我收到了一张卡片,整个过程非常离奇,说来话长。那是他的卡片。他的,他的。他跟我说他非常绝望,无法忍受再见不到我,他们接到了命令,在维加塔驻留这么久之后,近日将再次出发。想到再也见不到他,我感到要死过去了。他走之前,离开前,我一定,一定,一定要跟他一起度过几个小时,哪怕必须做出些疯狂的事情。我会再给你写信的。紧紧地拥抱你。你的,

莉塞塔

“无论如何您并不清楚这位信中的他是谁。”警长道。

---

① 即后文的安德烈·索伦蒂诺。安德鲁巧是安德烈的昵称。

“是的。她从未告诉过我。”

“这封信之后您再没收到其他的信了？”

“您是在开玩笑吗？我收到这封已经几乎是个奇迹了。那几天墨西拿海峡已经无法通行了，轰炸不断。接着7月9号美国人就登陆了，所有通讯就此中断。”

“抱歉，夫人，您能记得您的朋友在瑟拉蒂法托的地址吗？”

“当然了。住在索伦蒂诺家里，克里斯皮路18号。”

他把钥匙插进锁孔，接着有所警觉地停下了动作。从家里面传出声音和响动。他一时想回到车上拿起手枪，但什么也没做。他小心地打开门，努力不发出一丝声响。

突然间他想起了莉维亚，天知道她在那儿究竟等了他多久。

他花了整整半个晚上终于成功讲和。

早晨七点的时候他轻手轻脚地起了床，拨了个号码，压低声音说着：

“法齐奥？我要请你帮个忙。你今天得请个病假。”

“没的问题。”

“今晚之前，我要知道一个叫斯特法诺·莫斯卡托的家伙的全部事迹，他是五年前在维加塔这里去世的。你去问问乡里，查查档案，你觉得怎么合适就怎么做。拜托了。”

“你放心吧。”

他放下电话，抓起一只笔和纸，写道：

亲爱的，我得出去一会。有一件很紧急的事务，我不想吵醒你。下午前我肯定能回来。你干吗不叫辆出租去神庙那里去看看呢？它们美极了。吻你。

他像一个小偷一样溜了出去。如果莉维亚这时睁开眼睛，将会是场巨大的灾难。

去瑟拉蒂法托的路他开了一个半小时。天气晴朗，他还吹着口哨哼着歌，心情很好。他想起了开法斯，他父亲的狗，曾经一派无精打采又带着忧郁的样子在家里打转，但一看见主人开始准备弹夹，就立刻兴奋起来，给带到打猎场上之后，立马变得精力充沛、活力无限。他很快就找到了克里斯皮路，在18号的位置上有一座十九世纪风格的三层小楼房。有一个门铃上面上写着“索伦蒂诺”。一个可爱的小姑娘，二十来岁，询问他有什么事情。

“我想要找安德烈·索伦蒂诺先生。”

“那是我父亲。他不在家里，您可以在市政府那儿找到他。”

“他在那里工作？”

“也是也不是吧。他是市长。”

“我当然记得莉塞塔。”安德烈·索伦蒂诺说。他六十出头，保养得非常好，只有几根白头发，给人感觉仍然很健硕。

“为什么您向我询问关于她的事情？”

“这是个秘密的调查。我很遗憾什么都不能告诉您。但请您相信，了解这些消息对于我来说非常重要。”

“好吧，警长先生。是这样的，关于莉塞塔我有一些非常美好的回忆。我们会在乡野里一起散步，我走在她身边感觉非常自豪，自己已是个大人了。她对待我时仿佛对待她的同龄人一般。在他们全家离开瑟拉蒂法托回到维加塔之后，我就再也没有直接收到过关于她的消息了。”

“为什么呢？”

市长稍微迟疑了一下。

“好吧，我告诉您这些，因为已经是过去的旧事了。我相信我的父亲和莉塞塔的父亲曾经闹过矛盾，吵得昏天黑地。1943 年 8 月末，我的父亲有天晚上回家时心烦意乱。他去了维加塔，不知道为了什么事去找我的斯特法诺舅舅——当时我就是这么叫他的。他脸色苍白，有些发烧，我记得妈妈当时吓坏了，因此，我也给吓坏了。我不知道他们两个人之间发生了什么，但是第二天吃饭的时候，我的父亲宣布从此以后在我们家里不许有人再提莫斯卡托的名字。我听从了他的话，尽管我很想要问问他关于莉塞塔的事情。您知道的，那些家长之间的可怕的争执。”

“您还记得莉塞塔在这儿认识的那位美国士兵吗？”

“这儿？一名美国士兵？”

“是的，至少我理解的是这样。她在瑟拉蒂法托认识了一位美国士兵，他们相爱了，她跟着他走了，不久后在美国结了婚。”

“关于这个结婚的故事我隐约听人提起过。我的姑妈，父亲的姐妹，收到了一张照片，上面是莉塞塔穿着婚纱和一位美国士兵在一起。”

“那您为什么感到惊讶呢？”

“我惊讶的是您说莉塞塔是在这儿认识了那个美国人的。您瞧，当美国人占领瑟拉蒂法托的时候，莉塞塔已经从我们家消失不见有十多天了。”

“您说什么？”

“是哎。有天下午，大概三四点钟的样子，我看到莉塞塔正准备着要出门。我问她当天我们想要去哪儿散步。她回答我说请我别生气，但那天她想要一个人走走。我生了很大的气。

当天晚上，到了晚饭时间，莉塞塔没有回来。斯特法诺舅舅，我的父亲，还有一些农民都出去找她了，但都没有找到。那几个小时的情景十分可怕，附近都是意大利和德国士兵，大人们觉得她是被侵犯了。第二天下午，斯特法诺舅舅跟我们告别，说不找到他的女儿不会回来。莉塞塔的母亲留在我们家里，可怜的女人，心都碎了。接着就是登陆，我们因为先遣部队到来而断了联系。先遣部队离开的当天，斯特法诺·莫斯卡托回来带走了他的妻子，跟我们说他在维加塔找到了莉塞塔，离家出走是件幼稚的事情。那么，您听明白了我的陈述，就应该知道莉塞塔是不可能在瑟拉蒂法托这儿遇见她未来的丈夫的，而应该是在维加塔，她的镇子上。”

# 第二十章

我知道那些神庙都美极了自从我认识你开始我被迫去看了五百多次神庙了。你可以把那些柱子一根一根地塞进你那里你知道是哪儿。我干自己的事情去了不知道什么时候回来。

莉维亚的卡片上散发着满腔的愤怒，蒙塔巴诺一并收下了。从瑟拉蒂法托回来他饿得两眼发直，便打开了冰箱：什么都没有。拉开烤箱：什么都没有。莉维亚简直是个虐待狂，当她在维加塔的时候不想要阿姨过来，她甚至进行了最彻底的打扫，一圈下来家里连一片面包渣都没有。他回到车上，来到“圣卡洛杰罗”酒家，他们正降着卷帘门。

“警长，我们的店门对您永远都是开着的。”

因为饥饿，也是为了向莉维亚报复，他狠狠地搓了一顿，直撑到需要叫医生的那种。

“我一直在想着一句话。”蒙塔巴诺说。

“她说哪怕她要做一件蠢事？”

他们正坐在客厅里喝着咖啡，警长、校长和校长夫人安吉丽娜。

蒙塔巴诺手中拿着年轻的莫斯卡托的信，刚刚又大声重念了一遍。

“不是的，夫人。那件蠢事我们知道她后来真的做了。索伦蒂诺先生跟我说的，他没有必要糊弄我。总而言之，盟军登陆的前几天，莉塞塔想出了这么个妙主意，从瑟拉蒂法托溜出来，到维加塔这儿，跟他所爱的人见面。”

“但她是怎么做到的呢？”夫人焦急地问道。

“可能她请了某一辆过往的军车载她一程。那几天应该不断有意大利人和德国人的军车来往。像她那样的漂亮姑娘，这应该并不困难。”校长插话道。他终于选择了合作，不太情愿地承认这一次，他妻子的幻想还是有些意义的。

“那么轰炸呢？机关枪呢？上帝啊，这需要多大的勇气啊。”夫人说道。

“那么究竟是哪一句话呢？”校长急切地问道。

“莉塞塔给夫人写道：他告诉她说，他们在维加塔驻留了那么久之后，接到了出发的命令。”

“我没弄明白。”

“夫人，您看，这句话的意思是他在维加塔待了很长的时间，这就暗示说，他并不是镇上的人。第二点：他让莉塞塔明白他即将被迫、不得不离开这座镇子了。第三点：他说的是他们，所以并不只他一个人要离开维加塔，而是一群人。有可能我搞错了，但我认为这符合逻辑。”

“很符合逻辑。”校长道。

“夫人，您能告诉我，莉塞塔第一次告诉您她恋爱了是什么时候的事情？”

“当然能。这些天来我什么也没做，整天强迫自己回忆和莉塞塔在一起的每一分钟。那肯定是在 1942 年 5 月或者 6 月的事情。我凭着找到的一本旧日记又回忆起了往事。”

“她可把家里给兜了个底朝天。”丈夫嘟噜着。

“我们需要弄清楚的是，在 1942 年初，甚至更早些时候，直到 1943 年 7 月之间，当时有哪些军队驻扎在这里。”

“这可不容易哦。”校长说道。“光我就记得有一大堆，有高射炮兵连，海军炮兵连，一辆满载大炮的火车躲在一条隧道里，有驻扎在营地的军人，还有那些地堡里的军人……没有水手，他们都是来了又走的。要找出他们是几乎不可能的事情。”

他们泄了气。接着校长站起了身。

“我去给布鲁阿诺打电话。战前、战时和战后，他是一直都待在维加塔的，而我到了一定的时候就疏散走了。”

夫人接着说道。

“那也有可能是一时的恋情，在那个年纪谁分得清楚呢。但她肯定把这件事看得很认真，以至于不惜逃出家门，与严密看守着她的父亲作对。至少她是这么跟我说的。”

蒙塔巴诺有个问题到了嘴边，又咽了回去。终于他猎人的本能占了上风。

“抱歉打断您的话。您可以告诉我，或者说，您觉得莉塞塔用‘监狱’这个词是什么意思？那是西西里人对于女儿的嫉妒心？占有欲？”

夫人看了他一眼，低下了头。

“您瞧，像我之前所说的，莉塞塔当时比我要成熟得多，我还是个小姑娘。我父亲禁止我去莫斯卡托家里，所以我们在学校或是教堂里见面。在那儿我们可以安静地待上几个小时。我们无话不说。而我现在反复思索着她当时跟我说的，或是向我暗示的话语。我想，有些事情，当时的我还没弄明白。”

“比如说？”

“比如说，莉塞塔一直到某个时候，都叫她的父亲‘我父亲’，而从某天开始，她总是叫他‘那个人’。这有可能什么意义也没有。另一次她跟我说：‘那个人最后会伤害我的，狠狠地伤害我。’我当时想着的是揍上她一顿，拳脚相加，您懂吗？现在我怀疑她的那句话意味着更可怕的事情。”

她停顿了一下，喝了一口茶，继续道。

“她很勇敢,充满了勇气。在避难所里,外面在轰炸的时候,我们因为害怕都在颤抖、哭泣，而她给我们打气，安慰我们。而要做成她所做的事情，她需要双倍的勇气，挑战她父亲的权威，离家出走，冒着枪林弹雨来到这儿，跟还不是她正式未婚夫的恋人做爱。在那个时代我们和今天十七岁的姑娘可不一样。”

夫人的独白被校长打断了，他从隔壁回来，异常激动。

“布鲁阿诺我没找到，他不在家里。来，警长，咱们走。”

“去找会计先生？”

“不，不，我有了个点子。如果我们幸运的话，要是我猜中了，下次过节时我会给圣卡洛杰罗敬上五万里拉的。”

圣卡洛杰罗是位黑人圣人，为当地的居民所敬奉。

“要是您猜中了，另外五万里拉我来补上。”蒙塔巴诺受到他的热情所感染，说道。

“你们这是要去哪儿？”

“我之后告诉你。”校长道。

“那你们就把我撇在一边？”夫人坚持道。

校长已经走到门外了，非常狂热。蒙塔巴诺鞠了个躬。

“我会把一切都告诉您的。”

“我到底怎么回事，居然把帕奇诺蒂给忘了？”他们刚一走在路上，校长便喃喃自语道。

“这位是谁？”蒙塔巴诺问道。他想象着这人五十来岁，微有矮胖。校长没有吱声。蒙塔巴诺又问了个问题。

“我们开车过去？很远吗？”

“什么远不远的？两步路。”

“您可以解释一下这位帕奇诺蒂是谁吗？”

“您干吗总要说一位？帕奇诺蒂是一艘支援舰，用来维修战舰有可能出现的机械故障的。它四十年代末停在港口，就再也没动过了。上面的舰员包括一些水手，他们也是些机修工、木匠、电工、水管工……都是些小年轻。他们中有很多人，因为在这里待久了，在这里安家，变成了本地人。他们跟当地人交了朋友，甚至成了情侣。有两个人跟这里的姑娘结了婚。有一个死了，他叫特里普科维奇，另一个叫马林，加里波第广场上的修理厂老板。您认识他吗？”

“他是我的机修工。”警长说道，苦兮兮地想着他的旅程又得在老年人的记忆中继续下去了。

一个人五十来岁，穿着满是油污的工作服，人胖脾气又坏，没跟警长打招呼，直接冲着校长道。

“您干吗要过来浪费时间？还没好呢，我跟您说过这工作要弄很长时间。”

“我不是来取车的。您父亲在吗？”

“他当然在了！不然还能去哪儿？他就在这儿碍我的事，跟我说我不会干活，家里的机械天才就是他跟他的孙子。”

一个小伙子同样穿着工作服，二十来岁，正检查着发动机盖里面，抬起头来微笑着朝两人打了个招呼。蒙塔巴诺和校长穿过原本用作仓库的修理车间，来到用木板制成的隔间前。

里面写字台后，坐着安东尼奥·马林。

“我全都听见了。”他说。“要不是关节炎整我，我可会好好教教那边那位该怎么做的。”

“我们来是要问件事情。”

“请说把，警长先生。”

“最好还是由薄尔乔校长来说吧。”

“您还记得帕奇诺蒂舰上的舰员中有多少人被杀、受伤或是因为战争缘故下落不明吗？”

“我们当时非常的幸运。”老人来了兴致，显然谈论那样英雄的年代很对他的胃口，很可能在家里头他一开始讲这个话题其他人就会嫌他啰唆。“我们有一人死于炸弹的碎片，他名叫阿尔图罗·雷贝拉多；一人受伤，也是因为碎片，名叫希尔维奥·德斯特法诺；一人失踪，马里奥·库尼施。您看，我们之间非常的团结，我们大多数都是威尼斯、的里亚斯特人……”

“在海上失踪的？”警长问道。

“海上？什么海上？我们一直都是靠在岸上的。实际上我们就是一个延伸出来的码头。”

“那为什么认为他失踪了呢？”

“因为 1943 年 7 月 7 号那天晚上他没有返舰。下午的时候有次猛烈的轰炸，他当时在外面自由行动。库尼施他是蒙法尔科内人，有个朋友跟他是一个镇子的，那人也是我的朋友，叫做斯特法诺·普莱穆达。于是，第二天早上普莱穆达便动员了所有舰员去找库尼施。整整一天我们挨家挨户地问关于他的信息，什么都没有。我们去了军用医院，民用医院，去了人们放置那些从废墟下挖出来的尸体的地方……一无所获。军官也加入到了我们的行列中，因为不久之前我们收到了通告，类似某种预警，跟我们说之后几天我们就要起航了……最终我们再也没能起航，美国人抢先到达了。”

“他会不会只是开了小差？”

“库尼施？那不可能！他是相信这场战争的。他是法西斯。一个棒小伙子，但是个法西斯。还有他疯狂着呢。”

“什么意思？”

“他恋爱了，爱得疯狂。爱上了一个这儿的姑娘。实际上，我也是这样。他说，战争一结束他就要娶她。”

“你们再也没有他的消息了？”

“要知道，美国人登陆以后，觉得一艘支援舰，就像我们这艘，可是个无价之宝，他们就利用了起来。他们让我们穿着意大利军服为他们效力，给我们一块臂章让我们戴着，避免造成误会。库尼施如果要再次出现的话，完全有时间，但他并没有这么做。他就像人间蒸发了一样。我之后跟普莱穆达一直有联系，时不时我会问他库尼施有没有再次出现，或是有没有关于他的消息……什么都没有。”

“您说您知道库尼施在这儿爱上了个姑娘。您认识她吗？”

“从没见过。”

还有件事情需要问，但蒙塔巴诺停顿了一下，看了校长一眼，把问话的特权让给了他。

“他至少跟您说过她的名字吧？”校长接受了蒙塔巴诺慷慨的礼让，开口问道。

“要知道，库尼施是个嘴巴很紧的人。只有一次他跟我提起过，她的名字叫做莉塞塔。”

发生了什么？天使从上飞过，时间就此停止？蒙塔巴诺和校长直愣在那里，警长把手按在腰侧，感到那里传来一阵剧烈的疼痛，而校长则把手放在心口，后背靠在一辆车上才不至于跌倒在地。马林吓坏了。

“我刚才说了什么？天哪，我到底说什么了？”

刚一走出修理厂门，校长便发出了一声欢呼。

“我们猜中了！”

接着他手舞足蹈了几下。两位认识他的路人，知道他一向严肃，总是若有所思的样子，难以置信地停了下来。校长发泄了一番，又摆起了一脸严肃的样子。

“我们向圣卡洛杰罗承诺过每人五万里拉的，您可别忘了。”

“我不会忘记的。”

“您知道圣卡洛杰罗吗？”

“自从我到维加塔这儿就听过，每年我都看节日表演的。”

“这并不代表您了解他。圣卡洛杰罗，怎么说呢，可不是让人随便糊弄糊弄的。我这样说可是为了您好。”

“您在开玩笑吧？”

“绝对不是。他是位报复心很强的圣人，很容易就把他给惹毛了。如果有人向他承诺了什么，就必须兑现这个承诺。比如说，如果您躲过了一场交通事故，向圣人许了个诺，后来没有兑现，您完全可以确信之后还会再碰上一次事故，那时候就至少带去一条腿。这样解释够清楚吗？”

“非常清楚。”

“那我们回去吧，这样您可以把这一切都告诉我夫人了。”

“我来说？”

“是的，承认她有道理，让她心满意足这件事儿我可不愿干。”

“总而言之，”蒙塔巴诺道，“事情的经过可能是这样的。”

他很喜欢这种穿着拖鞋的调查，在一间属于另一个时代的屋子里，面前放着一杯咖啡。

“马里奥 · 库尼施海员，几乎变成了维加塔镇子上的人，与莉塞塔·莫斯卡托一起，双双坠入了爱河。他们是如何认识，如何交谈的，这只有天知道了。”

“我想了很久。”夫人道。“有一段时间，大概是 1942 年到 1943 年 3、4 月的样子，莉塞塔更自由一些，因为他的父亲，由于一些事务，要离开维加塔去出远门。两人的相恋，秘密的相会显然就是在那一段时间内才有可能发生的。”

“他们相爱了，这是事实。”蒙塔巴诺又捡起话头。“接着父亲的返家阻止了他们两人继续见面。中间还隔着大疏散。总之他即将出发的消息传了过来……莉塞塔逃了出来，到了这里，不知道在哪儿，跟库尼施见了面。海员为了跟莉塞塔在一起待得更久些，没有回船报到。到一定的时候，当他们正睡觉时，被人杀害了。直到这里一切正常。”

“怎么叫一切正常呢？”夫人惊讶道。

“抱歉，我的意思是说直到这里案件重现的情况还是说得过去的。杀死他们的可能是一位被拒绝的求爱者，或是莉塞塔的父亲本人，发现了他们后觉得自己的名誉受到了侮辱。谁知道呢。”

“什么叫做谁知道呢？”夫人问道，“你不想知道是谁杀死了那两个可怜的年轻人？”

他有些不忍心回答她说杀手是谁对他来说并不重要，他感兴趣的是究竟是谁，也可能是杀手本人，他为什么要把尸体移到洞穴里，并且摆好了碗、坛子和那只陶狗。

回家之前他经过一家食品店，买了两百克的乳酪配胡椒粉，一大块硬麦面包。就这样他储备了一些食物，因为他确信莉维亚不会在家里。事实上她也确实不在家，一切都保留着他出门去薄尔乔校长那儿之前的样子。

他还没来得及把袋子放在桌上，电话铃便响了，局长的电话。

“蒙塔巴诺，我想要告诉您今天利卡尔齐副部长给我打了电话。他想知道我为什么还没有把您的升迁报告交上去。”

“那家伙到底想要我怎样？”

“我擅自编造了一个爱情故事，神秘离奇，在叙述与沉默之间，留下了遐想的空间……那一位完全中招了，看来他是位爱情小说杂志的忠实读者。这一来问题也就解决了。他让我给他写份材料，为您申请一笔可观的奖金。申请书我写好发过去了。想听听吗？”

“您就饶了我吧。”

“那就可惜了，我还觉得是篇小小的杰作呢。”

他把餐桌铺好，切下一大块面包，电话铃又响了。跟他所希望的不同，不是莉维亚，而是法齐奥。

“警长，我可是为您跑了一整天的腿啊。这个斯特法诺·莫斯卡托可不是什么值得结交的好东西。”

“黑手党？”

“纯粹意义上的黑手党我觉得倒不是。一个暴徒，这倒是。几次因斗殴、暴力、人身侵犯而服刑。在我看来不像是黑手党的作风，黑手党的话不会因为一点屁事而被判刑的。”

“最后一次服刑是什么时候？”

“1981 年，你想想吧。一只脚都进棺材了，还用椅子砸开了别人的脑袋。”

“你知道他 1942、1943 年之间什么时候在监狱里待过吗？”

“怎么不知道。斗殴伤人。从 1942 年 3 月到 1943 年 4 月 21 日，他都待在巴勒莫的乌恰多内监狱里。”

法齐奥带给他的消息让晚餐变得更加美味起来，再加上乳酪配胡椒粉本身那个味道可不是盖的。

# 第二十一章

加卢佐的妹夫以一则重大凶杀案件的新闻开始了他的电视新闻报道。凶杀案显然与黑手党有关，发生在卡塔尼亚的郊区。某位科拉多·布兰卡多先生，他是一位在城里声名显赫并受人尊敬的商人，并且拥有一间为超市供货的大型仓库。某天下午，他决定给自己放个假，去自己位于城郊的别墅里休息一下。他把钥匙插进锁孔，打开的门里实际上什么都没有：开门的动作触发了精心安置的陷阱，引爆了炸药制造出一场可怕的爆炸，几乎完全摧毁了整栋别墅、那位商人以及他的妻子塔莉雅费科·朱塞巴女士。记者补充道，警方调查显得十分艰难，因为布兰卡多没有前科，也并没有查出他和黑手党事务有丝毫瓜葛。

蒙塔巴诺关上了电视，开始用口哨吹着舒伯特第八号交响曲：《未完成》。他吹的好极了，连着好几节都没有走音。

他拨着米米·奥杰罗的电话，确信他的副手关于此事应该比他更了解详情。没有人接电话。

终于吃完了饭，蒙塔巴诺把所有进餐的痕迹都隐藏了起来，甚至把他喝了三指深葡萄酒的杯子都小心地洗了干净。他脱了衣服，准备好上床睡觉了。就在这时他听见一辆车停下的声音，有人交谈，关上车门的声音，汽车开走了。他迅速拱到被子里，关掉灯，假装已经睡熟了。他听见开门跟关门的声音，她的脚步声到房间门口便停下了。蒙塔巴诺知道莉维亚正在卧室的门口看着他。

"拜托，别再搞笑了。"

蒙塔巴诺决定投降，点亮了灯。

"你怎么知道我是装的？"

"从你的呼吸里。你知道你睡着时的呼吸是什么声音吗？你不知道，但我知道。"

"你去哪儿了？"

"去了艾拉克莱米诺安，还去了塞利农特。"

"一个人？"

"警长先生，我什么都说，一切都向您坦白，但帮帮忙，您就省了这么委婉的语气吧！米米·奥杰罗陪我去的。"

蒙塔巴诺摆出一副死脸，一根手指威胁地指着她。

“我告诉你，莉维亚：奥杰罗已经占据了我的写字台，我不希望他再占据任何属于我的东西。”

莉维亚身子僵直了起来。

“我假装没有听懂你的意思，这对我们两个人都好。总而言之我可不是件属于你的东西，傻货西西里人。”

“好吧好吧，对不起。”

他们继续讨论着，就连在莉维亚脱了衣服上了床之后他们又说了一会。但是，关于米米，蒙塔巴诺下定决心不让他就这么过去了。他下了床。

“你现在要去哪里啊？”

“我给米米打个电话。”

“不要吵他了，他甚至连幻想些什么会冒犯你的事情都不敢。”

“喂，米米吗？我蒙塔巴诺哎。你刚到家啊？好好。哦不不，你甭担心，莉维亚好极了。她感谢你让她度过的这么美好的一天。我也谢谢你咯。哎对了，米米，你还晓得他们在卡塔尼亚把科拉多·布兰卡多给炸上天啦？不不，我没在开玩笑，电视里面讲的。你什么都不晓得？怎么会你什么都不晓得呢？哦，对了，我想起来了，你一整天都在外面哦。我们卡塔尼亚的同事可是在全世界地找你。可能局长也会纳闷你跑到哪里去了呢。你准备怎么办呢？想想办法弥补吧。睡个好觉哦，米米。”

“照我说你是个十足的混蛋，这都算轻的了。”莉维亚说道。

“好的。”蒙塔巴诺说道。已经是夜里三点了。“我承认这都是我的错，要是我继续待在这里我会完全忽视你，沉浸在自己的思想里。我太习惯于一个人生活了。我们离开这里吧。”

“那你把脑子放在哪儿？”莉维亚问道。

“什么意思？”

“意思就是你的脑子，还有脑子里面的所有那些东西，你会带在身上。所以，无可避免地，哪怕我们在千里之外，你仍然会想你的那些事情。”

“我发誓会在出发之前把脑袋给清空的。”

“那我们去哪儿呢？”

鉴于莉维亚对于考古兼旅游产生了浓烈的兴趣，他决定充分满足她的愿望。

“你从来没有看过莫齐亚岛吧？这样，就今天早上，十一点钟左右，咱们出发去马扎拉德瓦罗。我在那里有个朋友，瓦兰特副局长，我很久没去看他了。然后我们继续去玛莎拉，接着游览莫齐亚。等我们回到维加塔这里以后，我们再安排另一场旅行。”

他们和好了。

瓦兰特副局长的妻子，茱莉亚，不仅跟莉维亚一样大年纪，而且出生于赛斯特里[1]。两个女人一下子就亲密了起来。但对于蒙塔巴诺来说，副局长夫人可就没那么讨人喜欢了。她可耻地将意面煮了过头，明显是有着病态的心理才能做出那样的炖肉，煮的咖啡就连在飞机上服务员都不敢端上来让你喝。所谓的中饭结束后，茱莉亚建议莉维亚跟她一起留在家里，她们之后可以一起出门，而蒙塔巴诺则跟着他的朋友去了办公室。有一个四十来岁的人在等着副局长，络腮胡子留得很长，一张西西里人被太阳晒得黝黑的脸。

“每一天都有一个新的故事啊！抱歉打扰，局长先生，但我有话要跟您说。这很重要。”

“我向您介绍法利德·拉罕曼教授，一位突尼斯的朋友。”瓦兰特说道，接着转向教授：“要很长时间吗？”

“最多一刻钟。”

---

① 意大利北部利古里亚大区城市，位于热那亚以南约56公里。来自热那亚的莉维亚在西西里并无同乡，看见同是利古里亚人的茱莉亚自然特别亲切。

“我可以去阿拉伯区那里看看。”蒙塔巴诺道。

“如果您愿意等我的话，”法利德·拉罕曼插话道，“我将很乐意为您做向导。”

“我跟你说啊，”瓦兰特建议道，“我晓得我老婆根本不会煮咖啡。离这里过去三百米有个莫卡塔广场，你在那里的酒吧等着，喝上一杯好的。教授过会去那儿接你。”

他并没有立刻就点了咖啡，而是投身于一份香喷喷又十分丰盛的烤意面之中，终于从茱莉亚夫人的厨艺的阴影之中脱了身。当拉罕曼过来的时候，他已经彻底清除了意面的痕迹，在他面前只有一个单纯无辜的空咖啡杯。他们朝阿拉伯区走着。

“你们在马扎拉有多少人？”

“我们的人口超过当地的三分之一。”

“在你们和马扎拉人之间经常有冲突吗？”

“不不，很少，和其他城市比起来甚至可以算根本没有冲突。您知道吗，我们对于马扎拉居民来说就像是一个记忆，遗留下的历史。在这里我们就像在自己家中。阿里曼·艾玛扎里，马格比纳法律学校的创始人，就是出生在马扎拉的，还有语文学家本·阿比，1068年他因嗜酒而被驱逐出城。最根本的原因在于马扎拉人是海洋的民族，而海洋的民族总是很识实务，知道脚踏实地的道理。提到海洋，您知道吗，这里的机动渔船的船员都是一半西西里人，一半突尼斯人。”

“您有正式的职位吗？”

“没有，真主保佑我们不受官僚影响。这里一切都运作得很好，因为所有的事情都是以半官方的性质进行的。我是一名小学老师，但我也做我们的人民和当地政府之间的协调人。再举另一个通情达理的例子：一位校长给了我们几间教室，我们教师从突尼斯过来，创办了我们的学校。但是教育局那儿，官方角度上讲，完全无视这种情况。”

整个小区就是突尼斯的一部分，一模一样地照搬到了西西里这里。商店都关门了，因为那天是周五，休息的日子，但是狭窄的小路上还是充满了勃勃生气。首先，拉罕曼让他参观了大公共浴场，一直以来这里都是阿拉伯人社交的场所。接着他带着去参观了一家大烟店，一家提供水烟袋的咖啡馆。他们路过了一间简陋的小百货商店，有一位老人盘着腿坐在地上，气氛凝重。他一边读着一本书，一边讲解着。在他面前，用同样的方式盘腿坐着二十来个小孩子，认真地听着。

“这是我们的一位信徒，他正在讲解《古兰经》。”拉罕曼说道，示意继续往前走。

蒙塔巴诺拉住了他，把一只手放在他的胳膊上。他看到那些小孩子们虔诚而专注的样子深受感动，而这些孩子一出店门就仍会继续打闹吵嚷起来。

“他在给他们说什么呢？”

“第十八章，洞穴的那章。”

不知为何，蒙塔巴诺感到脊椎骨上一阵轻微的凉意。

“洞穴？”

“对的，Al Kahf，洞穴。这一章说真主查见了一些年轻人不愿意与腐败合污，远离真正的信仰，便让他们在一个洞穴里陷入了深深的睡眠。为了让洞穴里永远有着最完全的黑暗，真主改变了太阳的路线。他们大约睡了三百零九年。跟他们在一起沉睡的，还有一只狗，蹲在入口处，守卫着，前爪张开……”

他停了下来，意识到蒙塔巴诺脸色蜡黄，嘴巴一张一合，好像缺氧一般。

“先生，您怎么了？您感觉不舒服吗？您想要我去叫医生吗？先生！”

蒙塔巴诺也被他自己的反应给吓到了，他感觉浑身虚弱，头脑稀昏，两腿软得跟乳酪一样，显然又感到了来自伤口和手术部位的疼痛。与此同时一小群人渐渐地围在拉罕曼和警长周围。教授下了几个命令，一个阿拉伯人跑了出去，又带了一杯水回来，另外一位带了一把草编的椅子回来，强迫蒙塔巴诺坐在上面。警长觉得自己滑稽可笑极了。水又给了他勇气。

“用你们的语言怎么说：上帝是伟大而慈悲的？”

拉罕曼跟他说了。蒙塔巴诺努力模仿着那些词的声音，小小人群因为他的发音哄笑起来，接着齐声重复了一遍。

拉罕曼与他一位更年长的同事合租一间公寓。他的同事艾尔·曼达尼，那会儿也在家里。拉罕曼泡了薄荷茶，同时蒙塔巴诺解释着他感觉不适的原因。关于那一对在小克拉斯托里被杀害的青年的事情，拉罕曼完全不知情，而艾尔·曼达尼听人说起过。

“我想请你们帮我搞明白，”蒙塔巴诺道，“摆在洞穴里的那些东西跟经上那一章里所说到底匹配到什么程度。关于那只狗，现在已经毫无疑问了。”

“那只狗的名字叫齐特弥尔。”艾尔·曼达尼说道，“但他们也叫它库特摩尔。您知道吗？在波斯人那儿，那只狗，洞穴里的那只，化身成为了往来通讯的守护神。”

“在那一章里说到了那个放满了钱的碗吗？”

“没有。没有碗的原因很简单，眠者的钱是在口袋里的。当他们苏醒后，他们把一些钱给了其中的一位，让他去买些最好的食物。他们饿了。但被派出去的那位暴露了身份，因为那些钱不仅早已不再流通，而且到了当时已经价值连城了。人们一直跟着到了山洞口，想找寻那些财宝：眠者就是这样被发现的。”

“而那个碗在我的这个情况里是说得通的。”蒙塔巴诺对拉罕曼说，“因为年轻男女都是赤裸着身子被放在洞穴里的，因此钱总得放在什么地方。”

“同意。”艾尔·曼达尼说道。“但是在古兰经里可没说他们口渴。因此放水的容器，从经书那一章的角度说，是完全不相关联的。”

“我知道很多关于眠者的传说。”拉罕曼进一步说道，“但没有一个里提到过水的。”

“在洞穴里沉睡的有几人？”

“在经书上描写得很模糊，可能有几个人并不重要：三个、四个、五个、六个，不包括狗。但后来大家都相信总共是七个眠者，加上狗八个。”

“如果对您有用的话，您应该知道经书上的这一章取自基督教的传说，以弗所眠者的故事。”艾尔·曼达尼说道。

“还有一部埃及的现代剧，《阿赫-阿尔卡夫》，洞穴中的人，作者是陶菲格·哈基姆。在剧中，一些信基督教的年轻人，为了躲避古罗马德西乌斯皇帝的迫害，陷入了深深的睡眠，之后在狄奥多西二世期间苏醒了。他们总共是三个人，还有狗跟他们在一起。”

“所以说，”蒙塔巴诺总结道，“无论是谁把尸体放在了洞穴里，显然很了解古兰经，以及这个埃及人的戏剧。”

“校长先生？我蒙塔巴诺哎。我从马扎拉德瓦罗给您打电话，正要去玛莎拉。抱歉打扰，我得问您一个很重要的问题。李洛·瑞齐塔诺懂阿拉伯文吗？”

“李洛？开玩笑哦！”

“有没有可能他在大学里学过？”

“不可能。”

“他是什么专业毕业的？”

“意大利文，跟着奥勒留·科多内奥教授。可能他跟我讲过论文的题目，但是我忘记了。”

“他有没有什么阿拉伯朋友？”

“据我所知，没有。”

“在1942、1943年间维加塔有阿拉伯人吗？”

“警长啊，阿拉伯人在他们统治的时候曾经在这里待过[①]，直到现在这个时候他们又重新回来，但是可怜人已经不再是

---

① 阿拉伯人在他们统治的时候曾经在这里待过：公元九世纪至十一世纪，西西里岛处于阿拉伯人统治之下，史称西西里酋长国。

统治者了。那段时期这儿没有阿拉伯人。但阿拉伯人跟他有什么关系啊？”

他们朝着玛莎拉方向出发了，当时天色已晚。莉维亚心情很好，精力充沛，与瓦伦特夫人的见面让她印象很好。在第一个路口，本应往右转的时候，蒙塔巴诺拐了左边，莉维亚立刻发现了，警长不得不艰难地掉了个头。第二个路口时，可能为了与之前的路口保持一致，本应左转时警长拐了右边，而这次莉维亚激动地说着话，并没有察觉到。他们万分讶异地开回了玛莎拉。莉维亚怒了。

“跟你在一起还真要有耐心啊！”

“你甭讲你啊不是也没得发现嘛！”

“不要跟我说西西里话！你骗人，从维加塔出发前你跟我保证会把所有念头都清空掉的，但你现在仍然沉浸在你的那些事情里面。”

“对不起，对不起。”

前半个小时他特别注意地看着路，接着，冷不防地，念头又回来了：那只狗有关系，装钱的碗有关系，但是水坛子没有关联。为什么呢？

他甚至没来得及想出一个假设，一辆卡车的前灯直晃晃地刺到了眼前。他意识到他早已偏离自己的车道太远，可能发生的撞车后果将非常严重。他拼命地打了个弯，伴随着耳边莉维亚的尖叫和卡车愤怒的喇叭声。他们在刚犁过的一块地上弹跳着，随后车子停了下来，陷在地里。他们没有说话，没什么可以说的，莉维亚粗重地喘着气。蒙塔巴诺满心恐惧地想着接下来将会发生的事情，这时他的女人在旁边稍微恢复了一些。怯生生地，他把手放在前面，试图引起她的同情。

“你知道吗，我之前怕吓着你所以没跟你说，事实上，午饭后我感觉有点不舒服……”

接下来的事情就像是一场悲剧和劳雷尔 & 哈迪喜剧电影在交替地上演着。汽车纹丝不动，就算用大炮轰也毫不动弹。莉维亚满脸鄙夷，一言不发。过了会蒙塔巴诺忽然放弃了把汽车从沟里弄出来的努力，害怕引擎会就此烧掉。他扛着行李，莉维亚隔着几步跟在他身后。一位司机看到这两位在马路牙子上走着的流浪者，出于同情把他们带到了玛莎拉。蒙塔巴诺把莉维亚安顿在酒店后，去了警局，说明了自己的身份，在一位警员的帮助下找到了一辆有设备的拖车。一件接着一件事情终于平息之后，他躺在莉维亚身旁，对方在睡梦中翻来覆去，而当时已经是凌晨四点了。

# 第二十二章

为了获得对方的原谅，蒙塔巴诺暗下决心要尽量地温柔、耐心、微笑、顺从。他成功了，总之莉维亚又重获了好心情。她陶醉在莫齐亚的美景之中，那条连接着岛屿和海岸、浅浅浸在水面以下的小路让她惊讶不已；一间别墅里的马赛克地板，用黑色、白色的鹅卵石镶嵌而成，这令她深深着迷。

“这里就是托菲特，”导游说道，“腓尼基人的圣地。当时这里没有建筑，献祭活动是在露天进行的。”

“那种惯常的给诸神的献祭？”莉维亚问道。

“献给唯一的神灵，”导游更正道，“巴尔·哈蒙神。他们献祭他们的长子，将他们勒死，焚烧，然后把残骸塞进一个罐子，插进土里，旁边再竖起一面石碑。在这里发掘出超过七百多个这样的石碑。”

“上帝啊！”莉维亚惊叹道。

“女士啊，要知道，这块土地不喜欢小孩子。由狄奥尼西·迪锡拉库萨派遣的海军上将列普提内征服了这座岛屿，而所有莫齐亚人在投降之前把他们的孩子全部杀死了。就这样，无论如何，莫齐亚的小孩子们注定命运多舛。”

“我们快点走吧，”莉维亚说。“不要再跟我说这些人的事情了。”

他们决定出发去潘特雷里亚，并且在那里待了六天。终于没有任何的争论和吵架。那儿确实是个适宜的地点，一天晚上莉维亚问道：

“我们干吗不结婚呢？”

“是啊，干吗不呢？”

他们理智地决定之后会再冷静地思考这个问题，尤其是莉维亚，因为她得远离她在波卡达塞的家，并且适应新的生活节奏。

载着莉维亚的飞机刚一起飞，蒙塔巴诺便冲向一台公用电话，给他在蒙特鲁萨的朋友齐多打电话，问了他一个名字，得到了一个巴勒莫的号码，他又立刻拨了过去。

“利卡多·洛维奇奥教授？”

“是的。”

“我们共同的朋友尼科洛·齐多告诉我您的名字的。”

“那个小红毛现在怎么样？我可有好久没跟他联络了。”

机场广播里请飞往罗马的乘客前往登机口，这给了他个主意，怎样才能尽快跟他见上一面。

“尼科洛很好，他也向您问好。教授您好，我叫蒙塔巴诺，我现在正在彭塔莱西的机场，在换乘另一架飞机之前差不多还有四个小时的时间。”机场广播又重复了一遍通知，就像是跟警长串通好了一样，表示他正在等待对方尽快给出回复。

“您就是维加塔的蒙塔巴诺警长吗？就是您发现了洞穴里被杀害的那两个年轻人？是的？您看这多巧啊！我这几天也正准备来找您的！您来我家吧，我等着您，请记一下地址。”

“比如说我吧，有次整整睡了四天四夜，什么都没吃也没喝。当然睡成这样的原因还包括二十多根大麻烟，五次性爱和警察在头上夯的一棒子。那是六八学运的时候。我的母亲非常的担心，想要喊医生来，她相信我已经陷入深度昏迷了。”

洛维奇奥教授一副银行职员的样子，不像是四十五岁的人，眼中略闪着一丝疯狂的光芒。在早上十一点的时候他直喝着威士忌。

“在我的睡眠里并没有发生什么奇迹。”洛维奇奥继续说道，“要出现奇迹的话至少要睡上二十多年。就在《古兰经》里，大概是第二章吧，写着有一个人，根据后来的注释他名叫以斯拉，沉睡了一百年。而先知撒立哈沉睡了有二十年，他也是在大山洞里，可不是什么舒服的栖息之所。相比之下犹太人也并不逊色：在耶路撒冷《塔木德》经上，有一位叫做哈玛杰尔的，也是在山洞里，沉睡了七十年。可别忘了还有那些希腊人呢！埃庇米尼得斯在一个洞穴里，睡了五十年方才醒来。总而言之，在那时候，只要是有个洞穴以及因困倦而死的尸体，就可以说是一个奇迹了。您发现的那两位年轻人，他们睡了多久？”

“从1943年到1994年，五十年。”

“正好是醒过来的时间。如果我告诉您，在阿拉伯语里睡觉和死亡是一个词，这会不会让一切更加复杂？另外苏醒和重生也是同一个动词？”

“教授，您说的这些我都觉得非常神奇，但是我还得赶飞机，时间很紧。为什么您之前想要与我联系呢？”

“想告诉您不要因为那只狗而上当，不用担心狗与水坛不相匹配，反过来也一样。您听明白了吗？”

“完全没有。”

“您瞧，眠者的传说并非来自东方，而是源自基督教。在欧洲，图尔的格里高利首先引入了这些传说。他讲述七位来自以弗所的年轻人，在德西乌斯时期为了躲避对基督徒的迫害，逃进了一个山洞，上帝让他们沉沉睡去。以弗所的洞穴还在，您可以在意大利百科全书上找到这个词。人们在此地建了一座修道院，后来被摧毁了。如今根据基督教传说，在洞穴里有一眼泉水，几位眠者醒来后，先喝了那口泉水，随后派了一个人去找食物。但在基督教传说里，或是在欧洲流传的不同版本之中，根本没有提到狗的事情。这只狗，名字叫做齐特弥尔，纯粹是来自穆罕默德的创意，他非常喜爱动物，曾因不愿吵醒趴在衣袖上睡觉的猫咪，而为之断袖。”

“我有点给弄糊涂了。”蒙塔巴诺说道。

“没什么糊涂的啊，警长！我的意思是，那个坛子象征着以弗所洞穴里的泉水。换句话说，属于基督教传说的坛子，完全可以和那只狗共存，而后者来自古兰经中富有诗意的创新。布置洞穴的那人需要对所有这些传说的各个版本都有所了解，而将不同的文化融合在一起。在我看来，那个人肯定是这样的，出于学习研究的目的……”

就像是漫画里的场景，蒙塔巴诺看见自己头顶“叮”地亮起了一个灯泡。

他突然在反黑组的办公室前停下了车，让守卫一下警觉起来，抬起了冲锋枪。

“我是蒙塔巴诺警长！”他喊着，同时展示着自己的驾照。这是他手边上第一个能拿到的东西。他喘着粗气跑着经过另一位传达室里的探员。

“请赶快通知德·朵米齐斯博士，说蒙塔巴诺警长正在上来，拜托！”

在电梯里，趁着只有他一个人的功夫，蒙塔巴诺揉乱了自己的头发，松了松领带结，解开了一个衣领的扣子。他还想把衬衫从裤子里拽出来一点，但觉得有点太过了。

“德·朵米齐斯，我到了！”稍微喘着气，他说道，在身后关上了门。

“哪里？”德·朵米齐斯问着，被警长的样子吓到了，从他镶金的办公室里镶金的单人沙发上站了起来。

“如果您能帮我一个忙，我可以让您参与调查……”

他停了下来，一只手捂在嘴上，好像是要制止自己继续说下去。

“关于什么的调查？至少给个暗示嘛！”

“我不能说，相信我，我不能说。”

“我要做什么呢？”

“最迟今天晚上之前，我需要知道一个叫做卡洛杰罗·瑞齐塔诺[①]的意大利人的本科毕业论文题目是什么。我想，他的导师应该是叫科多内奥。他应该是在四二年底左右毕业的。这篇论文的主题是解答所有问题的关键，这样我们就可以狠狠地打击到……”

他又一次停了下来，撑大着眼睛，吓到的样子问道：

“我什么都没讲漏吧？”

蒙塔巴诺的激动情绪感染了德·朵米齐斯。

“这让人怎么搞啊？在那个时候，有好几千个学生呢！要是那些记录还在的话……”

“您说什么哪？没有几千个，只有几十个。在那个时候，年轻人都在军队里呢。这是件很容易的事情。”

“那为什么您自己不来对付这件事呢？”

“我要应付他们的官僚主义肯定得浪费一大堆时间，而他们对你们一直都是敞开着大门的。”

“我可以在哪里找到您？”

“我马上要赶回维加塔，不能错过一些进展。您一有消息就给我打电话。打到家里，拜托了。不要打到办公室，可能

① 即李洛·瑞齐塔诺，李洛是昵称，而卡洛杰罗是他的正式姓名。

会有内鬼。”

他直到晚上都在等着德·朵米齐斯的电话，后者一直都没有打来。但这丝毫没有让他担心，他确信德·朵米齐斯已经上钩了。显然这件事即使对他来说，也不算轻而易举。

第二天早上警长很高兴地又见到了阿黛琳娜，家里的阿姨。

“为什么这几天你都没出现？”

“阿能为什么啊！辣够小姐她在家里头的时候又不喜欢看到偶唠。”

“你怎么知道莉维亚已经走了呢？”

“镇上都晓得嘞。”

在维加塔，大家什么消息都知道。

“你给我弄了什么啊？”

“头盘是沙丁鱼意面，主菜是西红柿烩章鱼。”

美味但是致命。蒙塔巴诺拥抱了她一下。

将近中午的时候电话响了，阿黛琳娜正在给家里进行着彻底的清洁，显然是为了清除莉维亚来过的所有痕迹。她过去接起了电话。

“警长，一位狄肚米尼奇先生找你。”

蒙塔巴诺正坐在露台上读第五遍福克纳的《塔门》，听见后冲了进来。手上接过听筒之前，他快速地制订了行动计划，一旦从德·朵米齐斯那里套到信息后就立刻把他给甩了。

“喂，你好？哪一位？”他用一副疲倦而失望的嗓音说着。

“你之前说的有道理，那并不难。卡洛杰罗·瑞齐塔诺于1942年11月13日以满分成绩毕业。你拿好笔,论文题目很长。”

“好你等一下吧，我找个什么东西写一下。哎，反正现在这个样子那部分已经……”

德·朵米齐斯听出了另一位语气中的失落。

“你怎么了？”

对此事的关注让德·朵米齐斯用你来称呼警长。

“什么我怎么了？你还来问我？我跟你说过我昨天夜里之前需要这份结果！现在对我没用了！就因为你的延误什么都白费了！”

“相信我，我没办法再早点了。”

“好吧，你说吧。”

“《论十六世纪匿名七眠者圣迹剧中的通俗拉丁语》。你跟我解释下这个题目跟黑手党有什么……”

“有什么联系！当然有联系了！只不过现在，因为你的缘故，都没用了！当然我也没办法谢谢你了。”

他挂上了电话，爆出一阵高声的尖笑。很快，他听见厨房里玻璃打碎的声音：阿黛琳娜被吓了一跳，手中的什么东西掉地了。他助跑了一段，从露台蹦到沙滩上，做了个空翻，又是个侧滚翻，再一个空翻，又一个侧翻。第三个空翻时力量不支，猛地跌在沙地上。阿黛琳娜从露台上向他跑来，大声嚷着：

“偶的老太爷啊！疯的啦！脖子要给掼断赖！”

为了平复心情，蒙塔巴诺上了车，朝蒙特鲁萨市立图书馆开去。

“我想找一本圣迹剧。”他跟图书馆主任说道。

主任认识他，知道他是位警长，因此稍稍吃惊了一下，但什么也没说。

“我们有的，”主任道，“就只有达·安科纳的两本和德·巴托洛密的两本书了。这些书不能外借，您只能在这里阅览。”

他在达·安科纳的选集第二卷中找到了《七眠者圣剧》。那篇剧本很短，非常简洁。李洛的论文应该是围绕着两位异教博士之间的对话展开的，他们的对话用的是一种很有趣的通俗拉丁语。让警长更感兴趣的是达·安科纳写的一长段详尽的前言部分，里面提到了所有的事情：古兰经章节的引用，这个传说在欧洲和非洲国家的流传与演变。洛维奇奥教授说得很有道理：《古兰经》第十八章，若仅以此作为参考标准的话，将很难继续破解接下去，必须要与其他文化的相关内容加以结合。

“我现在提出一个假设，请你们再来把它补充完整。”蒙塔巴诺说道，他已经把最新的发现告诉了薄尔乔校长和夫人。“你们两位曾跟我说过，你们确信李洛把莉塞塔当做一个小妹妹一样看待，因此非常溺爱她。对吗？”

“是的。”两位老人齐声答道。

“好的。我想问你们一个问题。你们觉得有可能是李洛杀死了莉塞塔和她年轻的情人吗？”

“不可能。”两位老人毫不犹豫地回答道。

“我也是这么觉得的，”蒙塔巴诺道。“因为就是李洛把这两具尸体放在这样一个，怎么说呢，等待着复生的环境里的。谁杀了人，是不希望他的牺牲者再复活的。”

“所以呢？”校长问道。

“要是莉塞塔要求他，因为某种紧急的情况，在克拉斯托·瑞齐塔诺的别墅中收留她和她的情人，你们觉得他会怎么做？”

夫人不假思索地回答道。

“他会尽一切努力满足莉塞塔的要求。”

“那么让我们来想象一下七月的那几天里发生过的事情。莉塞塔从瑟拉蒂法托逃了出来，艰难地逃到了维加塔，与马里奥·库尼施见了面，她的这位情人刚刚开了小差，或者说，离开了他的军舰。现在这两个人不知道可以藏在哪里，到莉塞塔的家里就像是主动钻进了虎口，因为她的父亲肯定第一个去那里找她。她向李洛·瑞齐塔诺请求帮助，她知道他是不会拒绝她的。李洛把这一对青年安顿在克拉斯托山脚下的别墅里，他一个人住在那里，因为他的亲人全都疏散走了。谁杀了这两个年轻人，为什么杀了他们，这个我们并不知道，也可能永远也不会知道了。但毫无疑问就是李洛把他们埋在了洞穴里，因为他是一步步紧跟着基督教以及古兰经上的记载去做的。两种情况中的任何一种，眠者都会再次醒来。他有什么意图，这样安排想要告诉我们些什么？想说明这两个年轻人正在沉睡，有一天将会苏醒或是被人唤醒？或者正是这样，他希望将来有人能发现他们，唤醒他们？某种程度上说，发现他们，唤醒他们的人正是我。但是，请相信我，我真心希望从未发现过那个洞穴。”

他是真诚的，两位老人能理解他。

“我可以就此停止。我个人的好奇心已经得到了满足。确实，还有些问题仍没有答案，但对我来说这已经足够了。像我所说的，我可以就在这里停下来。”

“对于您来说已经足够，”安吉丽娜夫人说道，“但是我想要亲眼看到那位杀害莉塞塔的凶手。”

“就算你看到他，也只能在照片里看到了。”校长讽刺地说道。“因为时至今日有百分之九十九的可能性那位凶手已经寿终正寝，入土为安了。”

“全看你们的意见，”蒙塔巴诺道，“我该怎么做？继续调查下去？还是停止调查？你们决定吧，这起谋杀案跟任何人都没有关联，你们可能是在世上唯一与死者有关联的人。”

“我希望您继续下去。”薄尔乔夫人说道，一如往常的勇敢。

“我也是。”校长在短暂的停顿后，附议道。

快到马里耐拉镇的位置，他没有转弯朝着回家的方向开，而是任随汽车依着自身的意愿在沿海公路上行驶。路上没什么车，几分钟后他便到了克拉斯托山脚下。他下了车，沿着通往小克拉斯托的路上山。蒙塔巴诺坐在草地上，距离藏武器的洞穴大约一掷之遥，点亮了一根香烟。他坐在那里，看着夕阳，脑中有个念头挥之不去：他隐隐觉得，李洛还活着。

但怎样才能把他给引出来？夜幕降临，他开始向汽车走去。就在此时，警长的眼睛落在了山腰的那个大洞上，那个未曾启用的隧道入口永远被木板封着。在入口旁摆放着一堆废铁，旁边两根支柱撑起了一块公告牌。在他的大脑下达命令之前，蒙塔巴诺的双腿便开始朝那个方向迈了过去。警长气喘吁吁地到了那里，因为小跑腰侧还有些疼痛。公告牌上写着“加埃塔诺·尼克罗西与儿子建筑公司——巴勒莫——拉马莫拉路33号——承办公路隧道挖掘工作——施工主管柯西莫·兹来塔工程师——助理萨尔瓦多·佩里科内”，另外还有一些蒙塔巴诺不感兴趣的信息。

他又冲着车子小跑了起来，小汽车箭一般向维加塔驶去。

# 第二十三章

巴勒莫的加埃塔诺·尼克罗西与儿子建筑公司的电话无人接听。这个号码是蒙塔巴诺从黄页办公室那里要来的。当时已经太晚了，这家公司办公室里可能早已没人了。蒙塔巴诺试了又试，渐渐失去了希望。骂了一连串脏话发泄过之后，他询问了柯西莫·兹来塔工程师的号码，假设他也是一位巴勒莫人。他猜中了。

“您好，我是维加塔的蒙塔巴诺警长。你们是怎么征用的土地？”

“什么土地征用？”

“在我们这一块连通道路和隧道的这一片土地。”

“您瞧，这不是我负责的范围。我只负责施工。或者更准确地说，我负责收到停工命令之前的那部分施工工作。”

“那我应该跟谁联系？”

“跟公司里的什么人。”

“我试过了，没有人接电话。”

“那就跟荣勋骑士加埃塔诺跟他的儿子阿尔图罗联系呗，等他们从乌恰多内监狱出来以后吧。”

“哦，是吗？”

“嗯。贪污腐败。”

“那我就一点希望都没有了？”

“希望法官能大发慈悲，让他们只待五年就能出狱。我在开玩笑呢。事实上，您可以跟公司法务联系，迪·巴特洛米奥律师。”

“跟您说啊，警长，征地的一系列手续不是由公司负责的。由待征地管辖范围内的市政府负责。”

“那你们干什么事情呢？”

“这跟您没关系。”

律师挂上了电话。迪·巴特洛米奥，这家伙有点毛了：也许他的任务就是替尼克罗西父子所做的那些坑蒙拐骗的事情擦屁股，但这次他没能成功。

办公室开门还没到五分钟，土地测量员图米涅罗便看到蒙塔巴诺警长站在他的面前，看起来有些激动的样子。事实上对于蒙塔巴诺来说，他度过了一个紧张的夜晚，一夜难眠，便开始读起福克纳来。测量员的孩子不是个省油的灯，好个打架骑摩托车还不学好，头一天晚上也没有回家。看到警长，测量员的脸一下就黄了，两手开始发抖。蒙塔巴诺注意到另一位因为自己的出现而产生的反应，有了些不好的想法。

这个家伙在瞒着什么事情。

“有事吗？”图米涅罗问道，已经准备好听见对方说他的孩子被捕了。也许这还是万幸：他有可能被他的那些同伙给杀了。

“我需要了解一个信息。关于土地征用的。”

图米涅罗的紧张的神经明显松弛了下来。

“您现在不紧张啦？”蒙塔巴诺忍不住问道。

“不怕了。”测量员老实地回答道。“我在担心我的孩子。昨天晚上他没回家。”

“他经常这样吗？”

“是的。因为您看哦，他跟一群……”

“那您就不用担心了。”蒙塔巴诺没时间浪费在青年人问题上，便打断了他的话。“我需要看一下克拉斯托隧道建筑用地的土地售卖证或是征用证。是在你们这里的东西，对吧？”

“是的，在我们这儿。但是不需要再翻出来，我记得这些。您告诉我您具体想知道什么。”

“我想知道关于瑞齐塔诺的土地。”

“我猜也是。”测量员说道。“当我看到在那里发现了武器以及之后的两具尸体时，我不禁想到：那不就是瑞齐塔诺家的地方吗？我就去查了资料。”

“资料上怎么说的？”

“先得跟您说明一下，修路跟建隧道所占用的土地牵涉到，或者说，损害了四十五户人家的利益。”

“哎呀，圣母啊！”

“您瞧，可能有一小块继承下来的土地，两千平方米左右，但是归属于五户人家。通知不能传给一群继承人，而是发到单个人手上。我们拿到了行政法令，我们补偿给户主一个很低的数额，牵涉到的都是农业用地。至于卡洛杰罗·瑞齐塔诺，他是位假定的户主。因为并没有文件证实这一点，我的意思是，并没有继承书，而他父亲死时也没有留下遗书。我们就根据民事诉讼法第143条失踪者相关的条款来执行。您知道，第143条规定……”

“我不感兴趣。你们多久前发布的这条通知？”

“十年前。”

“所以十年前卡洛杰罗·瑞齐塔诺就已经失踪了。”

“就连之后也没有出现！四十五户人家中的四十四位户主关于我们补偿的数额提出了上诉，并且打赢了官司。”

“而第四十五位户主，没有上诉的那位，就是卡洛杰罗·瑞齐塔诺。”

“正确。我们把应属于他的钱存在了一边。因为无论如何，对于我们来说他仍然是活着的。没有人提出假定死亡的声明，只要他再次出现，就可以来取走这笔钱。”

只要他再次出现，测量员是这么说的。但这一切都表示，李洛·瑞齐塔诺并没有再次出现的意向。或者，也有可能，他无法再次出现了。薄尔乔校长和蒙塔巴诺都想当然地认为受了伤的李洛，7月9日夜里的时候上了一辆军车，不知道被运到了哪里，最终活了下来。他也可能在路上就死了，或是在医院里，如果他们曾把他送到了医院的话。为什么还要捕风捉影呢？可能小克拉斯托洞穴内的两具尸体被发现时，保存状况比李洛·瑞齐塔诺的还要好呢。五十多年过去了，一声未闻，只字未提。什么也没有。就连他们征用农村土地，把属于他的小别墅剩下的部分拆除的时候，他也没有出现。警长自愿走入的这个迷宫曲径蜿蜒，终于来到了一堵墙前。也许这个迷宫仍对他仁慈，禁止他继续向前，而是停留在了最符合逻辑，最自然的结论之前。

晚餐很清淡，但是做菜的过程中有着局长夫人的神来一笔，那是特地为了那些极少数的幸运儿所准备的。蒙塔巴诺并没有感谢局长夫人，只是用着一只流浪狗被人爱抚时的眼神看着她。随后两位男士进了书房聊起天来。局长的邀请对他来说就像是扔给他的一个救生圈，把他从大海中拯救出来，那并不是暴风雨中的海洋，而是一潭死水一般的厌烦。

他们首先谈论了卡塔尼亚的情况，一致同意将对布兰卡多展开调查的消息通知了卡塔尼亚警局，这便直接导致了布兰卡多的死亡。

“我们这儿就是个滤勺。”局长苦涩地说。“我们每一步举动都被对手知悉。布兰卡多让人杀了英格拉夏，因为他反应过激了。但那些在背后操线的人们发现布兰卡多也被盯上了之后，他们让他也消失了。至此，我们费力追寻的线索就全部中断了。”

局长有些沮丧，现在看来到处都有内线，这让他倍感受挫，这比被一位亲人背叛的感觉还难过。

接着，蒙塔巴诺在很长时间里都没有出声。沉默之后，局长问道：

“您那项关于小克拉斯托洞穴受害者的调查进行得怎么样了？”

从语调中听起来，警长意识到他的上级把这项调查当成是一个消遣，允许在他回来从事更加正经的工作之前，用这个来打发打发时间。

“我连那名男子的名字也弄清楚了。”他说道，像是要反击一下局长。后者惊了一下，讶异又充满好奇。

“您太神了！请跟我说说吧。”

蒙塔巴诺向他一一道来，包括在德·朵米齐斯那里演的那一出戏，这把局长给乐坏了。最后，警长像是宣布破产那样沮丧地说道，调查现在已经没有意义了，因为没人能够确信李洛·瑞齐塔诺还活在世上。

“但是，”局长想了一下说道，“如果他想要消失的话，他是可以做到的。有多少人明显消失得无影无踪，接着忽然又出现了？我不想引用皮兰德娄的话，但至少夏侠[①]吧。您看过

① 列昂纳多·夏侠（1921—1989），意大利作家、政治家。

关于物理学家马友拉纳的消失的那本小说吗？”

“当然。”

“我确信，归根到底夏侠也肯定是这么想的，马友拉纳是想要消失，最后也成功了。那绝不是一起自杀，他可是虔诚的教徒。”

“我同意。”

“还有最近不是有一位罗马的大学教授，有一天早上离开家门，就再也找不着了吗？所有人都找过他，警察、宪兵、甚至喜爱他的学生们。他计划好了自己的失踪，并且成功了。”

“确实如此。”蒙塔巴诺道。

接着他想了一会他们刚才的对话，又看着他的上级。

“我觉得您是在邀请我继续调查下去，而上一次您却责备我太过于关注此项调查了。”

“这没有关系啊。现在您是在康复期，上次您可是在工作。在我看来，这之间的差别可大了。”局长回复道。

他回到了家中，从一个房间踱到另一个房间。在和土地测量员见面之后，他几乎已经决定放弃一切了，确信瑞齐塔诺已经归西了。而局长就像是又把他给唤醒了过来。早期基督徒不是用“睡着了”这个词来描述死亡的吗？有可能瑞齐塔诺就像那些共济会的成员说的那样，睡过去了。

好吧，但如果事情真是这样的话，得找到一种方式让他从深深的井底重新浮出水面。但是需要来件大事，轰动一时，这样全意大利的报纸和电视都会谈论这件事。他得来个狠的。但是怎么做呢？这得抛弃正常的逻辑，好好发挥下想象力。

十一点，上床睡觉的话时间还早。他穿着衣服躺在床上，开始阅读《塔门》。

> “昨天半夜，罗杰·舒曼尸体的搜救工作宣告放弃。这位赛车手于周六下午坠入湖中。一架大约八十马力的警用三座双翼飞机贴水面飞行后成功返回，在距离舒曼尸体预计所在地大约四分之三海里之外，往水面上投放了一个花圈。”

小说还有几行就要结束了，而警长从床上一骨碌爬了起来，双眼大睁着。

“这样做简直是在发疯。”他说道。“但就这么办。”

“英格丽女士在吗？我知道现在有些晚，但我有事要找她。”

“女士没在家里。你讲话，我写。”

嘉达莫内找的这些家政人员来自各个地方，就连特里斯坦–达库尼亚群岛这种地方的人他们也能请的过来。

"Manao tupapau.[①]"

"听不懂啊。"

他念出了高更的一幅画的名称，因此确定这个阿姨不是波利尼西亚人，或是那一带的。

"你写字好准备了吗？英格丽女士电话蒙塔巴诺先生回到家之后。"

英格丽在夜里两点过后来到了马里耐拉，穿着晚礼服，开叉直到屁股。她听说警长要尽快见她的时候眼睛眨都没眨。

"抱歉，我不想浪费时间换衣服。我去了一个极其无聊的招待会。"

"你怎么了？我不喜欢你这样。只是因为招待会无聊吗？"

"不是的，你说中了。是我的公公，他又开始烦我了。有天早上我还在床上的时候他忽然闯进了我的房间。他想要立刻就干我。我最后终于把他给说服走了，威胁他说我会大喊

---

① 法国画家高更的著名画作，《死亡的幽灵看着她》，现藏于美国水牛城公立美术馆。

大叫的。”

“那么需要采取些措施了。”警长微笑着说道。

“什么意思？”

“我们给他来个第二次打击。”

警长在英格丽质疑的注视之下，打开了写字台一个锁着的抽屉，拿出一个信封，把它递给她。英格丽看见那些拍摄她的公公强占她的照片时，脸先成了黄色，随后又变得绯红。

“是你干的？”

蒙塔巴诺掂量了一下利弊：如果他说是一个女人拍的这些照片，英格丽可能会拿刀捅死他。

“是的，是我干的。”

瑞典女子扇的耳光让他一阵耳鸣，但他多少预料到了这个。

“我已经给你公公寄了三张过去，他吓得半死，好一阵子没有烦你了。现在我再给他寄三张过去。”

英格丽跳了起来，她的身体贴在蒙塔巴诺身上，她的嘴唇强吻着他，她的舌头热烈地缠着另一位的舌头。蒙塔巴诺觉得双腿像乳酪一样软了下去，幸运的是英格丽挪了开来。

“冷静点，冷静点。”他说道。“一切都过去了。这只是为了感谢你。”

在三张英格丽亲自选的照片后面，蒙塔巴诺写上："停止所有这一切否则下次你就上电视"。

"其他的照片我放在这里。"蒙塔巴诺说道。"你什么时候需要就告诉我。"

"希望越晚越好。"

"明天早上我给他寄过去，另外再给他打个匿名电话吓他个半死。现在你听好了，我要告诉你一个很长的故事。最后我得请你帮我一个忙。"

他早上七点就起来了，英格丽走了以后，他一直都没能合上眼。他照了照镜子，一脸疲劳，脸色可能比中枪之前还要差。他去医院做了检查。他们认为他恢复的好极了，之前给他开出的五份药现在只需要服用一份了。随后他去了蒙塔鲁萨储蓄所，他能攒下来的那么一点儿都存在这里。他提出要单独和经理会面。

"我需要一千万里拉。"

"您的账户里就有还是需要借贷？"

"我有。"

"那么对不起，这有什么问题吗？"

"问题在于这是一次警方行动，为了不拿国家的钱冒险，我要用我自己的钱。如果我现在到柜台去，取一千万里拉，但要求每张票子面值为一万里拉，这会显得非常奇怪。所以我需要您的帮助。”

经理表示理解，并且很自豪能够参与到警方行动之中。他极尽所能地帮助了警长。

英格丽把她的车停在警长的车旁，他们就在刚出蒙特鲁萨镇，指着巴勒莫方向的标牌下面。蒙塔巴诺把装满一千万里拉的袋子递给了她，她塞进了一个粗布袋里。

“你一办成就打电话到我家里。小心，别让人给抢了。”

她微笑着，用指尖给了他一个飞吻，发动了汽车。

他在维加塔买了些香烟。刚走出烟草店门，他看见一个绿底黑字的宣传海报，新贴上去的。海报邀请市民前往观看周日十五点开始在一个叫做“小克拉斯托平地”的地方举行的摩托车越野大赛。

他完全没有预料到会有这样的巧合。或许是出于同情，这个迷宫再次开始转动，向他指明了另一条道路？

# 第二十四章

小克拉斯托平地，山脚岩石延伸而出的一块地方，跟平坦一点都搭不上边，想都不要想。这块地坑坑洼洼、高低起伏，倒是非常适合作为越野摩托车赛的场所。天气绝对是夏天提前来临，人们不等下午三点便陆续来到了平地这儿，甚至有的人一大早就来了，带着爷爷奶奶小毛头子一大家子，与其说为了来看比赛，更不如说是来享受郊游的欢乐。

上午，蒙塔巴诺给尼科洛·齐多打了个电话。

“你今天下午啊过来看越野摩托车赛啊？”

“我啊？干什么啊？我们这边派了个体育专栏记者跟摄影师。”

“哦不，我的意思是我们一起去，我跟你，去看看好玩。”

他们将近三点半的时候到了平地这里，比赛仍然还没有一点要开始的迹象。周围震耳欲聋的是摩托车发动机的声音，大约五十来辆，车手们正在预热调试之中。除此之外，扩音器里还用最大音量播放着嘈杂的音乐。

“打什么时候开始你对体育有兴趣了？”齐多惊奇地问道。

“时不时来劲呗。”

虽然他们在户外，说话时仍要扯着嗓子。因此，当那架小型旅游飞机身后拖着宣传广告从小克拉斯托的山顶上高高飞过的时候，没什么人在意，一般情况下飞机的声音会让人立刻抬头看天，而这次却进不了人们的耳朵。兴许是飞行员意识到，这样没人会在意到他的飞机，于是在小克拉斯托顶上绕了三小圈之后，他调转机头朝着平地、对着人群飞来，优雅地做了一个俯冲，刚好从人们头顶掠过。这样所有人都不得不抬起头看着广告横幅，目光跟随着这架飞机。稍微进行了一些爬升之后，飞机又在山顶绕了三圈，接着飞近敞开着的武器洞穴入口，几乎贴着地面，开始向下抛撒玫瑰花瓣。人群鸦雀无声，所有人都想到了那洞穴里的两具尸体。与此同时飞机又变了方向，再次回过头贴地飞来，这一次抛撒下来的是无数的纸片。最后它改变航向，朝着地平线，很快消失在天际。机尾横幅上的内容引起了人们极大的兴趣，那并不是饮料或是家具公司的广告宣传，而只写着两个名字：莉塞塔和马里奥。抛撒花瓣让人群兴奋起来，而看着所有这些一模一样的纸片，人们激动地不断猜测、四下打听，做出各式推断。“莉塞塔和马里奥宣告苏醒。”这是什么意思呢？这并不是婚礼的邀请，也不是洗礼仪式的通知。各种猜疑交汇，但有一件事人们非常清楚：飞机、花瓣、纸片、横幅，都与洞穴里的死尸有关。

接着比赛开始了。人们转移了兴趣，开始观看起比赛来。在飞机刚开始投撒花瓣时，尼科洛·齐多便让蒙塔巴诺待在原地不要动，紧接着消失在人群之中。

一刻钟以后他回来了，身后跟着一位“自由网”的摄影师。

“我可以采访您吗？”

“当然可以。”

正是蒙塔巴诺这种一反常态的配合，让记者更坚定了自己的信心。他之前便有所怀疑，飞机这件事情蒙塔巴诺在其中有不少干系。

“刚才，维加塔越野摩托车比赛的准备期间，我们目睹了一件非同寻常的事件。一架小型广告用飞机……”

他接着描述了一下刚刚发生的事件。

“现在，我们很荣幸地请到了刚好在场的萨尔沃·蒙塔巴诺警长，向他咨询几个问题。依您看来，谁是莉塞塔和马里奥？”

“我本可以绕开您的问题，”警长坦诚地说，“告诉您我对此一无所知，有可能是一对情侣想要用自己独特的方式庆祝他们的婚礼。但这样与纸片上的内容并不相符，那上面说的是苏醒，而不是婚礼。因此我决定诚实回答您的问题：莉塞塔和马里奥是两位年轻人，他们惨遭杀害，尸体就是在我们面前山腰小克拉斯托洞穴中被发现的。

“那么这一切有什么意义呢？”

“我并不知道，这需要去询问安排了这次飞行的人。”

“您是如何了解到两人的身份的呢？”

“碰巧吧。”

“您可以告诉我们两人的姓氏吗？”

“不行。我知道，但是我不会说的。我可以告诉你年轻女孩是这一带的人，而他则是位来自北方的水手。我还想补充的是，无论是哪位用这么庸俗的方式纪念两具尸体重现天日，并把这称为苏醒，他还忘记了那条狗，可怜的家伙，它也有个名字，叫做齐特弥尔，是只阿拉伯狗。”

“那为什么杀手要精心布置这样的场景呢？”

“稍等一下，谁说杀手和布置场景的一定是同一个人呢？是我的话，我就不信。”

“我马上就去剪片子。”尼科洛·齐多朝他奇怪地看了一眼，随后说道。

接着“维加塔卫视”的人来了，意大利国家电视台的地方记者，还有其他的一些私人电台。面对所有的问题，蒙塔巴诺应对得体，顺畅流利。而考虑到他的惯常表现，这绝对是非同寻常的一件事情。

他饿得前胸贴后背，便在圣卡洛杰罗酒吧饱餐了一顿海鲜冷盘，接着赶回家里，打开电视，调到“自由网”频道。尼科洛·齐多关于此次神秘的飞机事件，进行了深入的报道，以各种可能的方式进行了夸张。对他的采访，他们未加删减就全部播出了，但真正致命的却是对巴勒莫“两千广告传媒公司”总经理的采访。这出乎警长的预料，而齐多则是毫不费力就寻到了这家公司，因为整个西西里岛中西部只有这一家广告传媒公司拥有宣传用飞机。

总经理显然仍激动不已，在镜头前说道，一个年轻的女子，美丽异常，耶稣啊真是漂亮！简直都不像是个真人，就像是杂志上的那些模特，耶稣啊真漂亮！明显是位外国女子，因为她的意大利语说得很差（“我说的是很差吗？不对不对，在她唇间我们的语言就像蜜一样甜。”），不，她的国籍可说不太准，德国人或是英国人吧，四天前她来到我们公司（“上帝啊！真是惊鸿一现！”）向我们要求使用飞机。她详细说明了机尾横幅和纸片上应该写什么话。是的，玫瑰花瓣是她的主意。啊是的，具体地点她也说得很详细明确。一丝不苟！飞行员呢，经理说道，提出了一个建议：与其把纸片随便撒在滨海沿岸，不如撒在看比赛聚集在一起的人群头上。那位女子（“圣母马利亚！我不能再说她了，不然我老婆要把我给宰了！”）预付了费用，现金付款，发票抬头是给一位叫罗斯玛丽·安特卫普恩的人，地址在布鲁塞尔。经理没向那位陌生女子（“上帝啊！”）再询问什么，以及为什么她要这么做。这位女士又不是在要求他们往下扔炸弹！她是如此美丽！温柔！还有她的微笑！那就是一场梦啊。

蒙塔巴诺心满意足。他之前是这样嘱咐英格丽的：

“你要打扮得再漂亮一些。这样当人们看见你的时候，头脑就停止运作了。”

“维加塔卫视”也播出了关于美丽神秘女子的报道，把她称为“娜芙蒂蒂再世”，并精心编造了一个金字塔与小克拉斯托错综交织的故事。但很显然，他们的信息都是来自于竞争对手电视台尼科洛·齐多的新闻内容的。意大利国家电视台地区新闻中也大幅报道了此次事件。

蒙塔巴诺想要制造的轰动、传闻、回响，都一一实现了，事实证明他的想法是正确的。

“蒙塔巴诺？我是局长。我刚刚听说了飞机的事情。向您祝贺，一个天才的想法。”

“这是您的功劳，记得吗？是您让我继续坚持下去的。我正在努力把我们的人给引出来。要是他过了一定的时间还没有出现的话，就意味着他不跟我们在一起了。”

“祝您成功。请随时告诉我最新情况。啊对了，显然飞机的费用是您支付的吧？”

“当然了。我就等着之前说好的奖金了。”

“警长吗？我是薄尔乔校长。我妻子和我十分赞赏您的创举。”

“希望有用吧。”

“警长先生，如果李洛真的出现了，请您务必告诉我们。”

午夜新闻里，尼科洛·齐多大篇幅地报道了整个事件，展现着小克拉斯托里两具尸体的图片，并加上了不少拉近特写镜头。

“特别鸣谢勤勉的贾科穆齐先生提供有关照片。”蒙塔巴诺想着。

齐多辨别出青年男子的尸体，称他为马里奥，接着指出那名女子的尸体，称为莉塞塔。他又展现了飞机投撒玫瑰花瓣的镜头，并给了纸片上的文字一个特写。接着，他开始编织一个神秘而又催人泪下的故事，这完全不是“自由网”的报道风格，而更加类似“维加塔卫视”。为什么两位年轻爱人被人杀害？是怎样的悲惨命运引他们走到生命的终结？又是谁大发慈悲把他们安放在洞穴里？也许出现在广告公司的那位美丽至极的女子，是从过去中苏醒，以这两位被害者的名义寻求正义复仇？美丽女子与五十年前的两位年轻人有什么关联？“苏醒”这个词有什么特殊意义？为什么蒙塔巴诺警长甚至能给出那只陶狗的名字？他对于这个谜题又知道多少？

“萨尔沃？我是英格丽。希望你没以为我卷着你的钱跑了吧。”

“瞧你说的！怎么，钱还有剩的？”

“是的，花了你给我的一半都不到。剩下的在我这里，我一回到蒙特鲁萨就还给你。”

“你在哪儿打的电话？”

“在陶尔米纳。我遇见了一个男的。四五天之后回来吧。我还不赖吧？一切发展如你所愿？”

“你干得好极了。玩得开心点。”

“蒙塔巴诺？我是尼科洛。我的服务你可满意？谢谢我吧。”

“谢你什么？”

“我可是完全按你想要的去做的。”

“我什么也没要求你啊。”

“没错，直接地说并没有。但我又不木，我晓得你希望这个故事能获得最大力度的宣传，播出的方式要激起人们的兴趣。我讲的那些话下半辈子想起来都会觉得丢脸。”

“谢谢了。尽管我再跟你重申一遍，我并不知道你为什么要我来感谢你。”

“你可晓得啊？我们的总机都快给人打爆了。节目录像被各方索要，意大利国家电视台、菲宁维斯特、安莎社跟所有的意大利报刊。你这一下动静可大了。我可以问你个问题吗？”

“当然了。”

“你租那架飞机花了多少钱啊？”

他睡得非常香，就像人们说的，诸神对自己的作品很满意，便睡去了。他竭尽了自己所能，甚至完成了不可能的任务，现在就只等回复了。讯息已传了出去，而就像阿尔契德·马拉文塔诺说得那样，有人能够破译这则讯息。早上七点的时候他接到了第一通电话。那是《南方报》的鲁齐亚诺·阿夸桑塔来电求证自己的一个想法：两个年轻人会不会是在某个恶魔崇拜仪式上被献祭杀害的呢？

“为什么不呢？”蒙塔巴诺彬彬有礼，不置可否。

一刻钟之后第二通电话打了进来。《女性》杂志的斯黛法尼娅·夸德里尼提出的设想是，马里奥在与莉塞塔做爱时，被另一位嫉妒的女子发现——您知道水手都是怎么一回事，对吧？——就把他们两个都干掉了。接着她逃到了国外，但临死前把这件事告诉了自己的女儿，而女儿又告诉了她的女儿奶奶曾经犯下的罪恶。那个姑娘，为了用某种方式来补偿吧，来到了巴勒莫——她说话带着外国口音，对吧？——策划了广告飞机事件。

“为什么不呢？”蒙塔巴诺彬彬有礼，不置可否。

七点二十五分时《生活》周报的柯西莫·阿帕拉先生提出了他的构想。莉塞塔和马里奥，沉醉在爱情和青春之中，曾经常常像亚当和夏娃一样赤裸身体在乡野间手牵着手散步。在某个不幸的日子，撞见了一群正在撤退的德国士兵，而这些人沉醉在恐惧和残暴之中，强暴并且杀害了他们。弥留之际，那群德国兵中的一人……到这里，故事神奇地与斯黛法尼娅·夸德里尼的故事有雷同之处。

“为什么不呢？”蒙塔巴诺彬彬有礼，不置可否。

八点钟的时候法齐奥按响了门铃。前一天晚上警长要求他把所有维加塔能买到的日报都带过来。蒙塔巴诺一边回答着来电，一边翻阅着报纸。所有的报纸，或详或简，都对此事件进行了报道。最让他觉得有趣的标题来自《晚邮报》，上面写着：《警长辨明五十年前死去的陶狗身份》。一切都能推波助澜，就连讽刺也有用处。

阿黛琳娜惊讶地发现，一反常态的是，警长居然还待在家里。

“阿黛琳娜，我会在家里待上几天，在等一通非常重要的电话。所以，请尽量让我在围城里待得舒适一些。”

“您缩的偶都听不懂萨。”

蒙塔巴诺于是向她解释，她的任务是让他在这自愿封闭的这段时间内痛苦少一些，也就是说在准备中饭和晚饭时花样更多一些。

将近十点的时候莉维亚打电话过来了。

“发生了什么事情？电话一直都在占线！”

“抱歉，我一直都在接电话，因为……”

“我知道，那件事。我在电视上看见你了。你从容不迫，对答如流，不像是你的作风。看得出来我不在的时候你感觉好多了。”

他打电话到办公室找法齐奥，请他把邮件都送到家里，再买一根电话加长线。他补充道，邮件必须一到单位就都转到家里，每日如此。另外请他转告大家，只要有人找他，不问何事，单位总机应当立刻告诉别人他的私人号码。

一个小时未到，法齐奥就过来了，带着两封并不重要的明信片和电话延长线。

“办公室里怎么说？”

“什么怎么说？没什么。都是您拉着大活，奥杰罗警官拾着些破烂事，小偷小摸，小打小闹。”

“我拉着大活是什么意思？”

“就是我说的意思呗。比方讲我家老婆，害怕老鼠。那么好赖，信不信随您，她就特别招老鼠，走到哪块老鼠就跟到哪块。”

整整四十八个小时，他就像一只拴着链子的狗一样，电话延长线有多长，他的活动范围就有多大。因此他无法到海边走走，也不能去跑步。电话他总是带在身上，就算去厕所也是，时不时地——二十四小时过后他犯上了这个毛病——他要把听筒提起来放在耳边，确认电话工作正常。第三天早上他忽然想到：

“用不着出门的话，干什么还要洗澡呢？”

下一个念头紧接着第一个就冒出来了：

“那刮胡子又有个什么用呢？”

第四天早上，浑身臭汗，龇毛拉碴，拖鞋跟衬衫压根没换过，他把阿黛琳娜着实吓了一跳。

“圣母马利亚，警长，您怎么啦？生毛病啦？”

“是的。”

“干么四零不喊个医生呢？”

“我的病医生瞧不好。”

他是一位著名男高音，在全世界享有盛誉。那晚他本要去开罗歌剧院献唱，在仍未失火的那个旧歌剧院里，他也知道那里不久之后便会被火焰吞噬。他告诉助理，一旦杰杰先生在他的包厢内就座，就过来通知他。他的包厢在二楼右数第五个位置。他已穿起了戏服，最后的妆也都上好了。他听见人说“该谁上台了”，他没有挪动，一位助理气喘吁吁地跑来告诉他，杰杰先生——他没死，这个他知道，他逃到开罗去了——还没有出现。他冲到舞台上，透过幕布的小开口向大厅看去：剧院挤满了人，唯一空的包厢是二楼右数第五间。

他即刻做出了决定，返回更衣室，脱下戏服，换上了自己的衣服，保留着戏妆，长长的灰色胡须、浓密的白色睫毛。没有人会认出他，他也不会再演唱了。他知道自己的歌剧生涯将就此结束，他必须想办法维系生活，但他并不知道该怎么做：离开了杰杰他无法再唱歌了。他大汗淋漓地醒了过来。他以自己的方式做了个弗洛伊德式的梦，空剧场的解梦。这什么意思呢？这样无谓地等待李洛·瑞齐塔诺，将毁掉他的一生？

“警长先生吗？我是薄尔乔校长。好久没有联系了。关于我们那位共同的朋友，您那里有消息吗？”

“没有。”

快速的，只一个词的回答，甚至有些失礼。必须尽量避免那些啰哩啰嗦、毫无用处的电话，如果瑞齐塔诺下定决心打过来，发现电话占线以后，可能会改变主意的。

“很抱歉这么说，但在我看来现在要想跟李洛说上话，唯一的方式就是求香通灵了。”

他跟阿黛琳娜狠狠吵了一顿。阿姨刚进了厨房没多久，接着便听见她在那里嚷嚷起来。随后她闯进了卧室。

“您挫天中午跟晚丧什么都没得吃嘛！”

"阿黛琳娜，我没胃口。"

"偶辛辛苦苦地给您搞这个那个好吃的，您就在这块夹生到嫌东嫌西滴啊！"

"唉哟，不是我不喜欢，我跟你讲过咯：我没胃口哎。"

"还有这个家要变成个猪圈唠！您在这块又不让偶拖地又不让偶擦东西！您这一件衬衫跟一条内裤已经穿唠五天赖！人都臭得唠！"

"抱歉，阿黛琳娜，都会过去的。"

"那么您告诉偶什么时候会过去，偶到时候再回来。不然偶再也不到这块来唠！您什么时候感觉好点儿唠什么时候打电话给偶。"

他走出房间，上了露台，坐在长凳上，电话放在手边，看着大海。他什么都做不起来，读书、思考、写作，什么都不行。看着海。他正在迷失自己，他很清楚，迷失在强迫症的无底深渊里。他想到之前看过的一部电影，可能是改自迪伦马特的小说，里面有一个警长固执地等着一个杀人犯，后者本应该从山上的一个什么地方经过，但实际上他永远也不会从那里经过了。但那位警长并不知道，他等着他，一直等着，同时日子不停地流逝，一天一天、一月一月、一年一年……

就在那天上午十一点左右，电话铃响了。校长早上的电话之后再也没有人打进来过。蒙塔巴诺没有拿起话筒，他呆呆地愣在那里。他百分百确信——自己也无法解释原因——电话另一头的那一位是谁。

他强迫自己，拿起了话筒。

“喂？是蒙塔巴诺警长吗？”

一个动听的嗓音，深沉，来自一位老人。

“是的，是我。”警长说道。忍不住又补充了一句：

“终于。”

“终于。”另一位重复道。

他们沉默了一会，听着各自的呼吸。

“我现在到了彭塔莱西。我最迟十三点三十就可以到达维加塔您这儿。如果您愿意的话，请详细地告诉我您在哪里等我。我有很久没来这个镇子了。五十年了。”

# 第二十五章

他像某些默片喜剧电影里那样飞速地擦拭房间、打扫、拖地。随后他走进浴室，彻底地把自己清洗了一番，就好像在此之前他一辈子里只洗过一次澡，就是十六岁他第一次去约会的那次。他冲了个没完没了的澡，嗅了嗅自己腋窝和手臂皮肤上的味道，随后在全身上下都洒满了古龙水。他知道自己这样做非常滑稽，但还是选了最好的西装，最正经的领带，又把皮鞋擦得光亮，好像里面自带了一个小灯泡。接着他想到要准备一下餐桌，但只有一个座位，这时他意识到自己早已饥肠辘辘，但很明显，根本吃不进东西。

他等着，没完没了地等待着。过了一点半，他觉得很不舒服，有一种空虚感。他倒了三指的不带汽威士忌，一口闷了下去。随后，终于解放了：门外传来一辆汽车的声音。他冲过去打开了大门。一辆巴勒莫牌照的出租车停在那里，一位老人正从车上走下，穿得十分得体，一只手拿着手杖，另一只拎着一个短途旅行箱。他付了钱，在出租车调头的时候，他抬头看了看周围。他站的笔直，头抬的很高，让人有一种敬畏感。蒙塔巴诺顿时有种似曾相识的感觉。他们见面了。

“这里全是住宅了？”

“是的。”

“曾经这里什么都没有，只有灌木丛，沙子和大海。”

他们没有互相打招呼，没有自我介绍。他们早已认得对方。

“我已经几乎要瞎了，看起东西来十分费力。”老人坐在露台的长凳上，说道。“但我觉得这儿很美，十分安静。”

唯独那时警长想起了曾在哪里看见过老人，确切地说并不是他本人，而是另一位和他一模一样的人，一本杂志上豪尔赫·路易斯·博尔赫斯的照片。

“您想要吃点什么吗？”

“您真是太客气了。”老人迟疑了一下，随后说道，“您瞧，我只需要一点沙拉，一小块脱脂奶酪和一杯红酒。”

“请您到这儿来，我为您备了桌子。”

“您和我一起吃吗？”

蒙塔巴诺胃饿得都打了结，但还是产生了种异样的感动。他撒谎道：

“我已经吃过了。”

“那么，要是您不介意的话，您能把餐具摆到这块吗？”

瑞齐塔诺说了一句方言，就像一个外地人竭力在模仿本地的语言。

“我意识到您几乎已全部弄明白了。”瑞齐塔诺一边缓慢地进餐，一边说着。“从《晚邮报》上看到的。您看，我已经没法再看电视了，那上面我只能看见一些影子，并且对我的视力有损害。”

“对我来说也一样，虽然我看得很清楚。”蒙塔巴诺道。

“但我之前就知道莉塞塔和马里奥是您找到的。我有两个儿子，一位是工程师，另一位跟我一样是教授，全都结婚了。我的一个儿媳是激进的党派会员，一个让人无法忍受的傻瓜。她对我很好，但把我视为一个例外，因为她认为所有的南方人都是些罪犯，最多也就是些游手好闲的家伙。因此她经常跟我说：爸爸，您知道吗，在您那儿——在我那儿指的是从西西里直到罗马并包括罗马这一块——这一位被杀了，那一位被绑架了，又有一位被抓了，投放了炸弹，就在您的镇上，他们在一个洞穴里发现了两具五十年前被杀的尸体。”

“怎么？”蒙塔巴诺插话道，“您的家人知道您是维加塔人？”

“他们当然知道，但我从来没跟任何人说，包括我那已经去世的老婆都没说，我在维加塔还有些房产。我告诉他们我的父母和大部分亲戚都被炸死了。他们无论如何也不可能把我和小克拉斯托里的死尸联系在一起，他们并不知道那也是属于我的一块土地。而至于我，听到那则消息后，我就得了病，发了高烧。所有记忆都汹涌地回到了当下。我告诉您我读的是《晚邮报》上的报道。那上面说一位维加塔的警长——正是他发现的那两具尸体——不仅能够辨别出两位受害者的姓名，甚至还发现了那只陶狗的名字，叫做齐特弥尔。于是我确信您已经成功了解到我的毕业论文了。因此您正在向我传递一个讯息。我花了些时间说服我的儿子让我一个人过来，我跟他们说我想在死之前再看一眼，我出生和年轻时生活的地方。”

蒙塔巴诺还是觉得不够信服，又回到了之前的话题。

“这么说，在您家里，所有人都知道您是维加塔人？”

“我为什么要隐藏这一点呢？我甚至没有更换过姓名，从来没用过假身份。”

“意思就是您根本没有费劲就成功地消失了？”

“就是这样。只有当别人确实有需要，或是特意去寻找什么人的时候，那人才会被发现……无论如何，您得相信我，一直以来我都是用的真实姓名生活，参加国家考试，通过考核，成为教师，结了婚，生了孩子，孙子用的也是我的姓氏。我现在已经退休了，退休金是发给生于维加塔的卡洛杰罗·瑞齐塔诺的。”

“但是，我不知道，您应该会需要向市政府、向大学写信，索要一些必需的文件的啊！”

“当然了，我写了，他们也给我寄过来了。警长，在历史方面您估计失误了。在那个时候，没有人在找我。”

“但您没有取出市政府征用您的土地所应付给您的补偿金。”

“就是这样。超过三十多年来我跟维加塔没有任何接触。因为，人年纪越来越大，所需要的出生地相关文件也就越来越少了。但那些用来提取征地补偿金需要的文件，可能带来危险。也许会让什么人记起我来。而我跟西西里岛在很久之前，就已经断绝关系了。我那时不想——现在也不想——跟这儿扯上关联。如果用什么特殊的设备能把我体内血液中的印记清除，我会很高兴的。”

“您想要在海边上散散吗？”老人吃完饭后，蒙塔巴诺问道。

他们走了五分钟，老人拄着拐杖，另一边手臂搭着警长的胳膊。瑞齐塔诺问道：

“您愿意告诉我您是怎么发现莉塞塔和马里奥的身份的吗？你又是如何得知我牵涉在里面？实在抱歉，一边走路一边说话对我来说太疲累了。”

蒙塔巴诺向他一一道来，时不时地老人撇撇嘴巴，意味着实际事情经过并不是那样的。

接着蒙塔巴诺意识到瑞齐塔诺撑着他的手臂越来越沉了。警长全心全意沉浸在自己的叙述之中，没有意识到老人散了会步后已经很累了。

“我们回去吧？”

他们再次坐在露台的长凳上。

“那么，”蒙塔巴诺道，“您可以告诉我事件的真实经过吗？”

“当然了，我来这里就是为了这个。但是要说起来很费劲啊。”

“我会尽量节省您的精力的。这样吧，我跟您叙述我想象出来的部分，如果有错的地方您来纠正。”

“同意。”

“所以呢，1943 年 7 月初的某一天，莉塞塔和马里奥到了克拉斯托山脚下的别墅里来找您，当时您只有一个人住在这里面。莉塞塔从瑟拉蒂法托逃了出来，为了见她的情人，马里奥·库尼施，靠港军舰帕奇诺蒂号上的水手，而这艘军舰过几天就要起航了……”

老人举起了一只手，警长停了下来。

“抱歉，事情并不是这样的。我所有的微小细节都能记得。

老年人的记忆，时间过得越久，越是清晰澄明。它毫无怜悯。7月6日晚，近九点时，我听见有人拼命地敲门。我过去打开了门，我发现逃跑出来的莉塞塔。她被人侮辱了。”

“是在从瑟拉蒂法托到维加塔的路上发生的吗？”

“不，她父亲干的，前一天晚上。”

蒙塔巴诺一时说不出话来。

“这只是个开始，更坏的还在后头。莉塞塔向我吐露，她的父亲——我喊他叫斯特法诺舅舅，我们是亲戚——他时不时地占她一点便宜。有一天，斯特法诺·莫斯卡托，从监狱里出来后，跟他的亲戚一同疏散到瑟拉蒂法托后，发现了马里奥写给他女儿的信。他告诉她要跟她谈一件重要的事情，便把她带进了田地里，把信扔到了她的脸上，打了她，又强暴了她。莉塞塔还是……她从来没有跟男人在一起过。她没有大吵大闹，她的意志十分坚定。第二天她只是逃走了，逃到我这里，我对她来说就像是哥哥一样。第二天早上我去了镇上通知马里奥关于莉塞塔过来的消息。马里奥一到下午就过来了，我让他们单独待着，自己到田野上去散散步。接近晚上七点时我回到了家，莉塞塔一个人，马里奥回到帕奇诺蒂号上去了。我们吃了晚餐，然后我们靠着窗户看外面的烟火。当时我们以为是烟火，实际上那是针对维加塔展开的攻击。莉塞塔到楼上我的卧室睡觉去了。我留在下面，就着煤油灯读着一本书。就在那时……”

瑞齐塔诺暂停了下来，因为疲惫，深吸了一口气。

“您要喝杯水吗？”

老人好像没有听见这句话。

“就在那时我听见有人远远地喊了什么话。或者说，在我听来更像是一只动物在哀鸣，一只狗在呜咽。然而那是斯特法诺舅舅，在喊他的女儿。那声音让我浑身发麻，那是心碎之人发出的让人心碎的声音，像是一个爱人被无情地抛弃后，像野兽一般承受着、哀号着自己的痛苦。而这绝不是一个父亲寻找自己女儿的呼唤。这声音使我心烦意乱。我打开了门，外面漆黑一片。我喊着在家里只有我一个人，为什么到我这儿来找他女儿？忽然在我眼前，一个人影猛冲进房内，一个疯子，浑身颤抖着，辱骂着我和莉塞塔。我尝试让他冷静下来，朝他走近过去。他一拳打在我脸上，我后脑着地，天旋地转。这时我发现，他手上有把左轮手枪，冲我说着他要杀了我。我犯了个错误，我责骂他想要回他的女儿，好再强奸她一次。他朝我开了枪，没有打中，他太激动了。他重新瞄准，但就在那时另一声枪响了。我在自己的房间里，靠近床的地方，摆着一把填好子弹的猎枪。莉塞塔拿起了那把枪，从楼梯上面，向她的父亲开了火。斯特法诺舅舅一侧肩膀中了枪，晃了一晃，手中的武器掉在地上。莉塞塔用冷酷地声音威胁道，如果他不走开，就会杀了他。我确信她当时会毫不犹豫这样做的。斯特法诺舅舅盯着他女儿的眼睛看了好久，接着闭着嘴唇哼哼了几句，应该不只是因为肩膀上受伤的缘故。随后他转过身，走出了门。我闩上了所有的门和窗户。当时我吓呆了，莉塞塔反过来安慰我，给我打气。第二天早上我们也反锁在家中。快三点的时候马里奥过来了，我们把斯特法诺舅舅出现后发生的事情告诉了他，于是他决定留下来陪我们过夜，他不想让我们落单，显然莉塞塔的父亲还会做出第二次尝试的。接近半夜的时候维加塔那里受到了猛烈的轰炸，但莉塞塔非常平静，因为她的马里奥跟她在一起。7月9日早晨，我去了维加塔，想去看看我们在镇上的房子是否还在。我建议马里奥别给任何人开门，并且把猎枪就放在手边。

他停了一下。

“我嗓子干了。”

蒙塔巴诺跑到厨房，拿了一个杯子和一瓶凉水回来。老人两手捧起杯子，因为激动而颤抖着。警长看着十分难过。

“你想要的话，我们可以休息一下，过会再继续。”

老人摇了摇头。

“如果我停下的话，就没法再继续了。我在维加塔一直待到了下午晚些时候。房子没被摧毁，但是情况一团糟。门窗都被震坏了，家具倾倒，玻璃四碎。我尽力把一切都安置整齐，一直干到将近天黑。大门口的自行车不见了，他们把它给偷走了。我步行返回克拉斯托，大约一小时的路程。我必须在省道路边上走着，因为大路上许多军车呼啸开过，意大利人的、德国人的，往两个方向开的都有。就在我走到转往别墅方向的小路口时，四架美国的战斗轰炸机冒了出来，开始扫射并投掷炸弹。飞机飞得很低，声音震耳欲聋。我跳进一条沟里，几乎同时感到有什么东西猛烈地击中了我的背部。开始我以为是因为爆炸而掀起的飞石，后来发现那是一只军靴，里面还有从脚踝处断开的一只脚。我跳起身，重新走上小路，又不得不停下来吐了一地。我感到腿快要支撑不住身体，跌倒了两到三次，同时我背后的飞机声渐渐减弱，更清晰的是惨叫、呻吟、祈祷，燃烧的卡车间传来的命令声。我刚走到家门口，楼上传来了两声枪响，一声紧随着一声。我想着，斯特法诺舅舅还是进了家门，实现了他的复仇。靠近门口的地方有一根大铁棍，闩门用的。我拾起铁棍，悄声上了楼。我卧室的门是开着的，一个男人，就站在离门不远的地方，手上还拿着一把左轮手枪，背对着我。”

老人完全没有看着警长，而是直视着什么地方。

“依您看来，我像是一个杀人犯吗？”

“不。”蒙塔巴诺说道。“如果您指的是那位手上还拿着武器的人，您放心，您完全是出于必要，正当防卫而做的。”

“一个人杀了另一个人，始终是杀了人。您跟我说的这些是事后的法律用语罢了。真正算数的是当时的念头。而我在当时我只想要杀了那个人，无论他对莉塞塔和马里奥做了什么。我举起铁棍，朝着他的后颈敲去。我使足了全力，希望能敲碎他的脑袋。他倒了下去，我看到了床上的景象。马里奥和莉塞塔躺在床上，赤身裸体，紧紧拥抱着，在一摊血泊之中。他们应该是在做爱时被落在房屋旁边的炸弹爆炸声吓到，出于恐惧用这个姿势拥抱着。他们什么也做不了。也许在我身后倒在地下的这个人还能做些什么，他开始呻吟起来。我用脚把他翻了过来，让他脸部朝上，那是一个斯特法诺舅舅的走狗，一个罪犯。我用铁棒，一下一下地，把他的头砸得稀烂。接着我完全丧失了理智。我从一个房间走到另一个房间，唱着歌。您曾经杀过人吗？”

“很遗憾，是的。”

“您说很遗憾，可见您并不以此为乐。而我不仅满足，还十分快乐。我当时感到幸福，我跟您说了，在唱着歌。接着我倒在一张椅子上，被恐惧所击中，对我自身的恐惧。我恨我自己。他们成功地让我成为了一名杀手，而我的反抗失败了，甚至，我感到很高兴。我体内的血液还是受到了感染，无论我如何努力通过理智，通过教育与文化，随便您怎么说，试图洁身自好。那是瑞齐塔诺家的血，来自我的爷爷，我的父亲，来自那些在镇上人们总是避免谈及到的人们。就像他们，比他们更差。接着，在我狂乱的神志中，闪现了一个可能的解决方法：如果马里奥和莉塞塔继续沉睡下去，那么所有这些恐怖就不会发生了。那只是一场噩梦，一个梦魇。于是……”

老人无力再继续下去了，蒙塔巴诺担心他会一下晕过去。

“我来继续说吧。您把两位年轻人的尸体搬到了洞穴里，把他们重新摆放好。”

“是的，但是说起来简单。我必须一个一个地把他们放过去。我筋疲力尽，浑身浸满了血。”

“第二个洞穴，就是您放置尸体的那个，是用来存放黑市赃物的吧？”

“不是的。我的父亲用大石头把入口封了起来，让里面保持干燥。我把它们挪开，最后又把它们摆回了原处。在里面为了照明，我打着手电筒——当时在乡下存着很多电筒。然后我得找到长眠的记号，传说中的那些标记。水罐和碗花点钱很容易买到，但是狗呢？在维加塔，前一个圣诞节时……”

“我都知道了。”蒙塔巴诺说道。“那只狗，当他们拍卖时，被您的某位家人买了下来。”

“我的父亲。但是因为母亲并不喜欢，于是放在了地下储藏室里。我记得这个。当我把一切都安置好，用大石封住了洞穴入口后，已经是深夜了。我的心中几乎有了宁静的感觉。莉塞塔和马里奥现在真的在沉睡着，什么也没有发生。因此楼上的那具尸体让我毫无感觉，他并不存在，只是我因为战争的惊吓而编造出的想象。接着世界的末日到了。整个房子因为几米之外的爆炸而晃动着，但我并没有听到飞机的声音。那是军舰，从海上进行的炮击。我跑出房子，担心如果屋子被击中的话我会被埋在瓦砾废墟里。天边好像太阳升了起来。那究竟是什么光？我的背后仿佛整个别墅爆炸了，也确实如此，我被碎木击中头部，昏了过去。当我再次睁开眼睛的时候，天边的光更亮了，可以听见遥远而持续的轰鸣声。我成功地拖着身体来到路上，示意，做手势，但没有任何车辆停下来。所有人都在逃命。我差点被一辆卡车撞上。他们停了下来，一位意大利士兵把我拉了上去。根据他们所说的，我了解到美国人正在登陆。我请求他们无论去哪儿，带上我。他们也这么做了。之后发生的事情我想您应该不感兴趣了。我已经筋疲力尽了。”

“您想要躺一会吗？”

蒙塔巴诺几乎支撑着老人全身的重量，帮助他脱了衣服。

“请您原谅，”他说，“我唤醒了他们的沉睡，把您又拉入了现实。”

“这总该发生的。”

“我的朋友薄尔乔，在这件事里也给了我帮助，他会很乐意见到您。”

“而我不。如果您不反对的话，您应该视作我从未来过这里。”

“当然，我完全不反对。”

“您还想问我点什么吗？”

“没了。只想跟您说，我自心底里感激您回应了我的召唤。”

他们没有什么要说的了。老人看了看手表，好像要把表直接戳到眼睛里头。

“我们这样吧。我睡上一个小时，然后您叫醒我，帮我叫辆出租去彭塔莱西。”

蒙塔巴诺把窗帘拉了下来，朝门走去。

“抱歉警长，请稍等一下。”

老人从放在床头柜的钱包里掏出一张照片，递给警长。

“这是我最小的孙女，她十七岁了，名叫莉塞塔。”

蒙塔巴诺凑近光看了起来。若不是她穿着的牛仔裤和她靠着的摩托车，那完全就是莉塞塔的模样，与另一位莉塞塔一模一样。他把照片还给了瑞齐塔诺。

“再次打扰，您可以给我一杯水吗？”

蒙塔巴诺坐在露台上，为自己警察的头脑提出的问题补上了答案。即使他们在房屋废墟里找到了杀人犯，肯定也无法辨识出那是谁。李洛的父母或是相信了那就是他们孩子的尸体，或是根据村民的叙述，知道他生命垂危之际被军车救走了。但是由于他再没有了消息，显然是在某个地方去世了。至于斯特法诺·莫斯卡托，所派出的杀手的尸体意味着，他完成了他的任务，也就是说杀死了莉塞塔、马里奥和李洛，让他们的尸体消失后，又回到了别墅，想要偷些东西，但接着被随后的炮击炸死了。显然关于莉塞塔的死，他编造了美国士兵的故事。但是，当她在瑟拉蒂法托的亲戚回到维加塔时，并不相信这个故事，并与他断绝了关系。伪造的照片使他又想起了老人向他展示的那张照片。他微笑了起来。形貌的相似与深不可测而交错纷乱的血缘关系比起来，只是一个粗浅的玩笑。血缘赋予了记忆重量、实体与呼吸。他看了看手表，跳起身来。时间过去很久了。他走进卧室。老人享受着平静的睡眠，轻轻地呼吸着，表情轻松、沉静。他在睡梦的国度中穿行，不用拖着沉重的行李。他可以沉睡很久，在床头柜上还放着他装着钱的钱包和一杯水。他想起了莉维亚在潘特雷里亚买的毛绒玩具狗。他把它找了出来，之前被放在橱柜上，藏在一个盒子后面。他拿起玩具狗，摆到地上，床脚的位置。接着，他轻手轻脚地关上了门。

# 作者后记

感谢我的两位埃及籍学生，我们在课堂上共同研究陶菲格·哈基姆的戏剧《阿赫-阿尔卡夫》（洞中人）时，我获得了写作这个故事的灵感。

借此我希望对所有我在意大利“希尔维奥·达·米果”国家戏剧学院的学生表示感谢，我在此教授导演学，执教超过了二十三年的时间。

在每本印出的书上都会注明，本书所涉事实、人物、场景均属虚构。这样重复说明惹人厌烦，但还是不得不加以注明。既然如此，我就再啰唆一句：我笔下的人物的滑稽姓名只是为了逗人一笑，并无任何恶意。

# 食谱

在意大利，正餐通常情况下分为：前餐、第一道、第二道、甜品等，依次序每道食用完之后上下一道菜肴。现将卡米莱里的《陶狗》中出现的菜肴及菜谱列举在下，供读者参考。（菜谱中各式意面、调料基本可在国内买到，但新鲜奶酪因运输问题，恐怕无法获取，建议用其他奶酪代替。西西里菜谱比较“欢实”，菜量较大，读者朋友可以适当减量。）

## 前餐（Antipasto，类似我们的冷盘）

特色海鲜前餐

原料：小章鱼1只，蛤蜊500克，鱿鱼500克，小虾1公斤，贻贝1公斤，黑橄榄100克，柠檬2个，欧芹、橄榄油、盐适量。

做法：在平底锅中放入贻贝和蛤蜊，烧至壳瓣张开。另外的锅中煮章鱼、鱿鱼及小虾。煮熟后沥水，将章鱼切成小块，鱿鱼切成圈，小虾去壳。静置待冷后，转入装贻贝与蛤蜊的平底锅中，放入橄榄、切成碎末的欧芹，浇上橄榄油。挤适量柠檬汁，盛入盘中。作为冷盘食用。

## 第一道（Primo Piatto 头盘，一般为意面或烩饭）

奶酪脆壳意面

原料：细通心粉600克，新鲜Tuma或Caciocavallo鲜奶酪200克，绞肉200克，Mortadella或Salame肉肠50克，煮鸡蛋2个，茄子4根，Pecorino奶酪粉100克，西红柿酱，白葡萄酒半杯，罗勒叶、橄榄油、盐、胡椒粉适量。

做法：将茄子切片，放入盐水中泡一个小时以上，取出后入锅油炸。另外平底锅中用文火，足量的油将绞肉煎熟，逐渐兑入葡萄酒调味，最后加入几勺西红柿酱收尾。通心粉煮熟后，沥干，在大碗中与西红柿酱拌匀。将烤盘抹上橄榄油，撒上面包屑，将通心粉与绞肉酱、炸茄子依次分层倒入，同时加入Pecorino奶酪粉、罗勒叶、煮鸡蛋、切片肉肠和Tuma或Caciocavallo鲜奶酪。最后一层铺上茄子、肉酱和足量Pecorino奶酪粉。将烤盘放入已加热好的烤箱中，烧烤20分钟。奶酪在烤盘中融化后会形成一层很薄的壳，本道菜由此得名。

墨鱼汁意面

关于本道菜的起源尚有争议。有人称起源于墨西拿，另有卡塔尼亚、锡拉库萨等市起源之说。总之可以肯定的是，这道菜起源于东部西西里岛。

原料：细意面（Taglierini）600克，西红柿500克，中等大小墨鱼2只，蒜头1瓣，白葡萄酒1杯，橄榄油、盐、胡椒粉适量。

做法：将墨鱼清洗干净，小心不要弄破装墨的囊袋，并将囊袋另置一旁。把墨鱼切成细薄片。油锅中放入整片或切碎的蒜头，西红柿去皮去籽后放入油锅煎炸。西红柿炸干后，小心地打开墨囊，将墨汁倒入锅中。放入墨鱼片，拌匀，逐渐兑入葡萄酒，并倒入一杯水冲淡墨汁，文火煮约半小时。另一边细意面煮熟后与墨汁拌匀，装盘。

沙丁鱼意面

原料：通心粉500克，小茴香1公斤，洋葱2个，咸凤尾鱼3条，无核小葡萄干50克，松子50克，一小袋藏红花，新鲜沙丁鱼500克，橄榄油、盐适量。

做法：用足量盐水将小茴香煮熟，沥出（煮小茴香的水留下），剁碎。将洋葱切成薄片，凤尾鱼压碎后入油锅煎炸。沙丁鱼洗净，剔去鱼刺，去头、尾，放入油锅与洋葱、凤尾鱼一起，中火炸至金黄。加入小茴香末，放适量盐，文火烧约十分钟，之后放入葡萄干、松子、藏红花。用煮小茴香的开水煮通心粉，熟后沥出，与菜料充分拌匀。可加入烤熟的面包屑，静置几分钟后可以食用。

### 第二道（Secondo Piatto 正餐，一般为肉或鱼类）。

煮章鱼仔

原料：章鱼仔 750 克，西红柿 2 个，小洋葱 1 个，牛至草、橄榄油、盐适量。

做法：将章鱼仔洗净，洋葱切成薄片，西红柿去皮切成小块。放少许橄榄油，所有菜料下锅，开大火翻炒均匀，之后转文火。约 10 分钟后加入热水（几乎没过章鱼仔），放盐、牛至草调味，再用文火煮半个小时。期间可以把章鱼头切开，让里面的汁液流出，菜汁会更加鲜美。

鲜鲈鱼

原料：鲈鱼 6 条（共约 1 至 1.5 公斤），西红柿 4 个，大蒜 1 瓣，洋葱半个，白葡萄酒半杯，欧芹、橄榄油、盐、胡椒粉适量。

做法：取一个大平底锅，将洋葱、大蒜切碎，放入油锅煎炸。洋葱成金黄色后加入鲈鱼，变色后浇上白葡萄酒。待酒蒸发后，放盐、胡椒粉调味，并加入去皮去籽并切成小块的西红柿。取出大蒜，盖上锅盖后中火烧 15 分钟。在此期间尽量避免搅拌，但适当晃动平底锅，让配料在锅里均匀分散并避免粘底，如需加水可适量添加。烧熟后撒上足量欧芹，趁热食用。

柠檬刨冰

原料：柠檬汁1杯，糖2杯，水4杯。

做法：将糖在温水中化开，倒入柠檬汁后放在冰箱冷冻层，不时搅拌以避免结冰。冷冻层温度越高越好，最好刚刚低于零度。

所有资料来自卡米莱里爱好者网站 www.vigata.org 以及意大利著名美食菜谱网 http://www.giallozafferano.it/ 等。

**图书在版编目（CIP）数据**

陶狗 /（意）卡米莱里（Camilleri, A.）著；成沫译.—上海：上海译文出版社，2014.3
ISBN 978-7-5327-6394-8

Ⅰ.①陶… Ⅱ.①卡… ②成… Ⅲ.①长篇小说—意大利—现代 Ⅳ.①I546.45

中国版本图书馆CIP数据核字（2013）第235776号

IL CANE DI TERRACOTTA by ANDREA CAMILLERI

Copyright: ©1996 by ANDREA CAMILLERI

This edition arranged with Sellerio Editore srl

Through Agenzia Letteraria Internazionale

Simplified Chinese edition copyright:

2014 Shanghai Translation Publishing House (STPH)

All rights reserved.

图字：09-2010-405号

**陶狗**

［意］安德烈亚·卡米莱里/著　成　沫/译

责任编辑/宋　玲　装帧设计/张志全工作室

本书承蒙意大利驻上海文化处介绍引进并资助出版。

上海世纪出版股份有限公司
译文出版社出版
网址：www. yiwen. com. cn
上海世纪出版股份有限公司发行中心发行
200001　上海福建中路193号　www. ewen. cc
上海市印刷十厂有限公司印刷

开本720×1020　1/32　印张11.25　插页2　字数141,000
2014年3月第1版　2014年3月第1次印刷
印数：0,001—7,000册

ISBN 978-7-5327-6394-8/I · 3823
定价：33.00元

本书中文简体字专有出版权归本社独家所有，非经本社同意不得连载、摘编或复制
本书如有质量问题，请与承印厂质量科联系。T：021-65418000